講談社文庫

アイアムマイヒーロー！

鯨井あめ

講談社

目次

アイアムマイヒーロー！

0

変わりたい、と思い続けている。自分の影を振り切って、過去を捨て去って、新しい姿に生まれ変わって、そうすれば、万事が上手くゆくと思っている。だから敷石和也は、今日の同窓会に乗り気ではなかった。途中で抜け出したのも当然である。

夜の路地。商店街を突っ切る最短ルートを避け、裏道を進む。地方のこの街では、駅周辺でも電灯がまばらだ。赤提灯の垂れる古民家を横切ると、酔っ払いの喧騒が漏れ聞こえた。突如膨れ上がった爆笑と拍手に舌打ちをして、和也はポケットからスマホを取り出す。画面を点けると、時刻は午後八時半。ＬＩＮＥの通知が入っている。送られてきた「なんかごめん」というメッセージを歩きながらスワイプして、道端に転がっていた空き缶を蹴飛ばした。カランコロンと乾いた音が跳ねて、凹んだコーラ缶は側溝に消える。

「勝手に落ちてんじゃねーよ」

息が白く躍った。鼻腔に冷気が刺さる。ダウンジャケットのポケットに両手を突っ込んで、足早に駅へ向かう。

二月中旬の空気は、特別冷えていた。

旧友との再会が億劫だった。嫌な予感はあった。それでも同窓会に顔を出したのは、ちょっとした期待があったからだ。ドラマのような劇的な何か、もしくは映画みたいな小さな奇跡——例えば新しい出会いとか、哲学じみた気づきとか——が起こって、自分に革命が起こるんじゃないか、と。

結果は見るも無残だった。

幸先は良かった。暖かな光の漏れる居酒屋へ入ると、座敷席から青年が「タカちゃん」と顔を覗かせた。幼馴染の正人だった。他にも懐かしい面々が迎え入れてくれた。小学校の卒業式、「最高の六年三組、十年後に集まろう！」の合言葉で別れたあの頃と比べ、肩を組んで語らう友人たちは大人びていた。大学生っぽい風貌、小綺麗な格好、会社帰りに寄っただろうスーツ姿。懐かしいなあ、いまは何やってるんだ、就職先はどこだ、どこに住んでるんだ。誰かの成功談を聞くたびに、和也は居心地の悪さを覚えた。

「デンローは仕事で遅れるって。もう少ししたら来るんじゃないかな」

拓郎のニックネームを恥ずかしげもなく呼び、正人はスマホをテーブルに伏せた。

クラスメートのひとりを顎で示す。

「ここ、あいつの親戚の店なんだって。いい店だよね。知ってた？」

「全然」

「タカちゃんはいま何してんの？」

「大学生。正人は？」

「前みたいにサトちゃんでいいのに」彼の笑顔には清潔感がある。「僕も大学生。高校からエスカレーター式で、私大。そっちは？」

「地方の、貧乏なとこ」

「理系？」

「文系」浪人の末に流れ着いた、第三志望の公立大学だ。おざなりに授業を受け、単位を落とし、成績は低空飛行。ギリギリでどうにかやっている。「ザコだよ」

「ザコなんだ」正人はからりと笑う。「タカちゃんは理系のイメージだったな。古代生物に詳しかったよね」

「詳しくねぇよ」

「名前トリビア知ってたじゃん」

「ひとつだけだし、受け売りだし、それを詳しいとは言わねぇだろ。そっちこそ、ゲーム系は諦めたんだな」

「ゲームはやる専門。来年度はどうするの？」

「俺、浪人だから」

「じゃあ次は四年生か。就職？」

「まあ」

「何系？　公務員？」

「知らね」

「決めてないの？」

「決定打がない」

和也は就活が苦痛だった。エントリーシート、インターンシップ、説明会と準備が多いことも苦だが、最も嫌気がさしているのは、自己分析だ。いざ始めるとプライドが高いだの、自己肯定感が低いだの、自分がないだの、嫌なところばかりが目立ち、自己嫌悪のスパイラルに陥る。このままじゃだめだ、どうしようもない自分を少しでも変えなければ、と決意して立ち上がった途端、不安の波が押し寄せ、揉まれ、呑み込まれ、膝をつき、また鏡を見る。そして呆れる。その繰り返しだ。

「苦行だろあんなの」

「苦行かぁ。就活って本当に大変そうだよね。サークルの友達も精神的に参ってた。僕は院進学だからさ」

「そう」

「タカちゃんはあと一年あるんだし、いまからでも希望の職種にチャレンジできるんじゃない？」

「そうかもな」

「なりたいものとかないの？　教師とか。教職課程は取ってる？　あ、警察は？　昔はほら、俺はヒーローだ、って言ってたじゃん」

「憶えてねぇよ」和也はグラスの縁に口をつけ、「長続きしねぇんだよ、俺」チューハイをちびちび飲む。

　こんな話さっさと終わらせたい、と思うが、話題を変えるあてがない。失敗談を笑い話にする余裕はないし、自分のことを話せば、何かが瓦解してしまう。

　昔の自分。俺はヒーローだ、と高らかに宣言していた、明るくてまっすぐで人気者だった自分。いま思い返せば、ただの問題児だった。まるで独裁者のように横柄だった。人気者なんてとんだ勘違いだ。

ビールを一口飲んだ正人が、枝豆に手を伸ばした。

「タカちゃん、変わったね」

「そうか？」と返したが、そうだろうな、と思う。自分は変わった。変わったが、いまの自分も昔の自分も嫌いだ。「自分だとわからないな」

「変わったよ。道に迷ったみたいな顔してる」

「なんだその譬(たと)え」

「あの頃のタカちゃん、元気百パーセントだったよ。いい意味でも悪い意味でもね。でもって自信家だった。憶えてない？」

「さあ」

「僕のゲーム好きは憶えてたのに？」

「そういうもんだろ」

「そうかなぁ」

「嫌いなんだよ、そういう話」

「なんで？」

「黒歴史を掘り返して楽しいか？」

「黒歴史」

苦笑した正人はタコのからあげを箸で摘まみ、口に放り込んだ。

「まあ、生きてれば、封印したくなるくらいのアクシデントもあるよね。黒歴史って自分にしかわからないし、僕も大概だったし。子どもは元気すぎるくらいがいいと思うんだけどね。外で走り回って、いたずらして、怒られてさ。そういえば、憶えてる？　あの犬」

「犬？　柴犬（しばいぬ）？」

「うん。名前、なんだっけ」

答えようとして、前掛けエプロンにバンダナをした店員が「お待っしゃったー」と酒を持ってきた。正人が空いた皿を重ねてテーブルの端に寄せ、手羽先を追加注文したところで、拓郎が来た。靴を脱いで座敷に上がった彼は、出入口近くのテーブルのふたりを見て顔をほころばせ、「久しぶり」とジャケットを脱いで腰かけた。

「何かやってる？　背、伸びたよね。ガタイも良くなった」グラスを回した正人が尋ねる。

「週一でラグビー。ボランティアコーチしてる」答えた拓郎の左手の薬指には、指輪がはまっていた。

「もしかしてデンロー、まさか」

「まだ婚約だけどね」

「ええー！　言ってよ！　おめでとう！　高校のときから付き合ってる子？」

「そう。ふたりはどう？　元気にしてた？」

「もちろん」

軽快に答えた正人に対し、和也はチューハイを飲みながら曖昧に頷いた。ふたりの口から次々と出てくる知らない話題が、ちくちくと身体に刺さる。高校進学で散り散りになったと思っていたが、自分が一方的に交流を絶っていただけらしい。

「デンローは順風満帆だなぁ」

「サトちゃんもすごいじゃん。都市形成、だっけ？　の研究してて。昔から好きだったよね、そういうの」

「働いてる方がすごいって。こっちはまだ扶養入ってるし。な、タカちゃん」

「ああ、まあ」何か言わなければ、と思い、和也はグラスを置いた。「ふたりともすげぇじゃん。俺なんて、バイトもしてない授業も行ってない自堕落生活だぜ」

拓郎が瞬く。「バイトもせず、授業にも行かず、どうやって生活してるの？」

「どうって、」質問で返されると思っていなかった。「し、仕送り」

「仕送り？　大丈夫なの、それ。光熱費とか足りてる？」

「親が、払ってる」

「バイトくらいしなよー。飲食いいよ、飲食」正人は軽快だ。「ほんとタカちゃんって、話を聞けば聞くほど、モラトリアム謳歌中の自堕落大学生だよね。そういう、いまを生きてる、ってところは変わってないなぁ」

拓郎も「たしかに」と笑う。「無鉄砲なところ、タカちゃんらしいか。最初は随分変わったと思ったけど、変わってないや」

「なまけ癖だけ残った感じ？」

仲良し三人組。以前は冗談で罵り合えるくらい、気の置けない仲だった。ふたりはかつてのテンションで話しているだけだ。中学生のノリのままであるなら、和也は「うるせーな」と笑いながらふたりの肩口を小突いていただろう。

しかし、誰しも武器を持っている。此度は銃だ。彼らは銃口の先を確認しないまま、笑顔で引き金を引いた。引いた本人は悪気がないから性質が悪い。彼らの些細な茶化しは和也の腹を貫いた。痛みにカッと頭に血がのぼって「うるせぇな」と語気強く吐き捨て、気まずくなったところに手羽先が来た。手を付けずに和也は席を立った。そしていま、暗い路地を歩いている。

「好きで自堕落になったんじゃねぇよ」

駅に到着すると、次の電車まであと十分弱だった。これを逃せば次は三十分後だ。ホームは無人だった。車社会、しかも休日の夜に、電車を利用する人は少ない。ガラス張りの待合室に入り、ベンチに深く腰かけて、スマホを取り出す。ＬＩＮＥを開き、正人を未読のままブロック、流れで拓郎もブロックしてＴｗｉｔｔｅｒを開く。しょうもなさと勢いだけのツイートを鼻で笑い、背凭れに体重を預けただらしない姿勢でタイムラインをスクロールしていると、自己啓発的なツイートに手が止まった。

「自分を好きになろう。自己肯定感を高めよう。」即ブロックする。それができるなら、こんなに苦しんでいない。

勝手に終点を作れたら、どれだけいいか。そうしたら、ゲームのデータをボタンひとつでリセットするように、予定から大幅に外れたガタガタの轍をなかったことにして、また一から再出発できるのに。面倒な人間関係を断っても、嫌な思い出を否定しても、過去はゼロになってくれない。逃げ場はどこにもない。手元に残ったものは、つまらない自分と見栄とプライドだけ。

「誰か助けてくれねーかな」

ホームにアナウンスが響いた。まもなく、二番線に電車が参ります。お乗りのお客様は、危険ですので、黄色い線の内側で——。

「くだらね」

大きな欠伸が出た。目をこすり、ぐっと伸びをして、気がついた。

ホームに女性がいる。

和也に背を向けて立つ彼女は、明るい茶色のボブカットにファー付きの白いコートを着て、革製の黄色のハンドバッグを右手に提げ、黄色い線の外側で、こめかみを押さえるように俯いていた。おそらく同年代だ。知り合いだったら気まずいな、と思い、和也は待合室の反対側から出ようと立ち上がった。

不意に、女性が舟をこぐように傾いた。彼女はふらりとよろけ、重たい頭に振られてよろよろとホームの縁へ近づき、そのまま、落ちた。

「は？」

和也は待合室のドアノブを摑んだまま、いま自分が見た光景を脳内で再生した。

女性が線路に落ちた。

本当に落ちたのか。

和也は酔っている。眠気もある。以前にも、酒を飲んで寝惚けて、大恥をかいたことがあった。いまだって、一瞬のうちに、夢を見たのかもしれない。

視界の隅に、小さな光の点が映る。緩く曲がった線路の向こうに、豆粒大のライトがひとつ。どんどん大きくなってくる。ガタンゴトンと音が近づいてくる。電車だ。

「おい、おいおい」

和也は待合室のドアを開けて外に出た。線路を覗き込み、そこに女性の姿を視認した。声をかけても返答はない。ピクリともしない。キョロキョロとホームを見回す。

「誰か」

ホームは無人だ。改札へ続く階段を見遣るが、誰もいない。

これは自殺か？　違う。飛び降りるタイミングが早すぎる。女性は具合が悪そうだった。足取りも覚束なかった。気絶したのだ。助けなければ、と思うのに、身体が動かない。動悸が激しい。どうしよう。どうにか、いや、でも、どうしたら。どうすればいいんだっけ。わからない。ボタン。そうだ、緊急時に押すボタンがあったはず。どこだ。見当たらない。血の気が引く。後退る。電車の音がどんどん大きくなる。すぐそこに車体が迫っている。喉の奥がきゅっと締まって声が出ない。

もう無理だ。

間に合わない。

ざらついた視界に、真っ黒な三文字が落ちてくる。

見殺し。

今日の同窓会、淡い期待を抱いて足を運んだ。自分の人生の分岐点になるような、小さくて劇的な奇跡を求めた。何かが自分を変えてくれるのではないか、と。その結果がこれだ。情けねぇ。一生後悔するって、わかっているのに。

でも俺は、どうしようもない人間だから。

「誰か」

突然、視界の露出度が上がった。一瞬で世界中の万物が発光を始めたようだった。あまりの眩さに目を細めたところで、意識の首根っこを掴まれて後ろに引きずり出された。視界が暗転する。

わん！

1

荒い息遣いが聞こえる。湿った物体に頬を撫でられ、和也は瞼を開いた。

ぼやけた視界に、緑と薄い青が映る。

ゆっくり瞬きをすると、焦点が合い、折り重なる木々の葉が立体的になった。その向こうに青空が見える。にわかに風が吹き、細い枝の先端がざわざわと心地の良い音を立てた。涼しかった。新緑と土の混ざった匂いがする。背中に凹凸を感じた。どうやら寝転んでいるらしい。

身体が重たい。夜明けまで起きて、三時間だけ寝て、朝食抜きで大学へ行くような、疲れからくる気怠さを覚える。このままもう一度、眠ってしまいたい。とろとろと微睡に身を委ねかけて、ぐいと肩を押された。

「……うん」
ハ、ハ、ハ、と耳朶に生暖かい風がかかる。何かが頭のそばにいる。横を見ると、伏せた柴犬と目が合った。

和也は瞬いた。寝起きの脳に油を差す。犬。薄い茶色の、柴犬。ごくりと唾を呑んで、犬を見つめたまま、慎重に上半身を起こした。座ったまま尻を引きずり、恐々(こわごわ)と距離を取る。

犬はピンクの舌を揺らしている。くるんと丸まった尻尾がふりふり左右に躍っている。ピンと立った三角の耳。赤い首輪をつけているが、リードはない。柴犬にしては非常識な大きさだ。和也は自分の身長と犬の図体(ずうたい)を脳内で比較して、改めて、その体長に息を呑んだ。ライオンと同じくらいの大きさ、のように感じる。

右頰に手を当てると、濡(ぬ)れていた。舐(な)められたのか、と思ったところで、違和感を覚える。自分の頰は、こんなに肉付きがよかっただろうか。積み重なる不摂生な生活でやつれたはずだけれど。

両手を見て、混乱する。角ばった大人の男の手ではない。子どもだ。角の落ちた、短い指の、皮の薄い、子どもの掌(てのひら)だ。続けて足を見下ろし、さらに混乱した。両腕も両脚も小さすぎるし、短すぎる。そういえば視線も異様に低い。

「なんだ、これ」

幼い声が体内に響いた。震えていた。

「俺、縮んだのか」

呼吸が浅くなる。掌を返し、身体を捻り、頭を掻きむしった。感触も色彩も現実味があった。頬をつねると痛い。起きろ、と念じても何も変わらない。

犬が起き上がった。じっと和也を見つめ、

わん！

遠くから、ガサガサと草を掻き分ける音が聞こえた。周囲の草むらのどこかに、何かがいるようだ。和也は立ち上がろうとしたが、バランスを崩して膝をついた。手足が短いため、普段の感覚で動こうとするとズレが生じる。

ガサ、ガサガサガサ、何かが近づいてくる。

「おーい、どこだ」

知らない子どもの声に、犬がわんと応えた。

ガサ、とひと際大きく草むらが揺れ、その間から、

「ここか！」

頭や服に木の葉をくっつけた男の子が飛び出してきた。

半袖半ズボンに短髪、元気溌剌を体現した外見だ。彼は「参上！」とヒーローの登場シーンみたいにポーズを決めたあと、花が咲いたように笑った。

「カズヤみーっけ！」

「カズヤ？」

　和也は振り返るが、誰もいない。少年が呼んだ人物は、和也以外ありえなかった。

「和也」は、初対面の人には大抵「かずや」か「かずなり」と読まれるが、正しくは「たかなり」だ。幾度も訂正してきたので、反射で「いや和也(たかなり)だけど」と言いかけて、口を噤(つぐ)んだ。

「カズヤ難しいところ選ぶよなぁ。まあ俺にはお茶の子さいさい、お茶の子ほいほいだけど！」少年は得意げだ。

　和也はのっそりと起き上がった。まだバランスが取りづらい。目線はやはり低く、少年と同じくらいの高さだ。

　わん
「おっ、そうだな！」

　少年はしゃがんで、柴犬を両手でわしゃわしゃと撫でた。

「マイゴ、ナイスアシストだったぞ。やっぱりおまえはすごい犬だ！　天才だ！　ヒーローだ！」

　わん！

「マイゴ」

和也は頭痛を覚えながら、犬と少年を見つめた。少年は十歳前後に見えた。知らない子だ、と思ったところで、記憶の片隅に波紋が広がる。どこかで見かけた顔だ。どこだったろう。思い出そうとすると、頭痛が強くなる。じわじわ削られていくような鈍痛だ。あと少しで思い出せる。喉まで出かかっている。

「カズヤ？」

靄がかかった脳内で、引き出しを片っ端から開けていく。どこで見た？　そう、たしか、実家だ。実家で見た。写真を。アルバムを見ていて。ならこの子は古い友達か。だとして、なぜこんなところに、子どもの頃の姿で。そもそも自分はどうなっているのか。

「どうした？」少年が和也を覗き込んだ。「うんこか？」

和也は一瞬固まったが、一呼吸おいて首を振った。「ここ、どこ？」

「どこって、学校の裏山だろ。秘密基地がある。自分で隠れたくせに馬鹿なの？」

「かくれんぼ、してたんだ？」

「そうだよ。どうした？　記憶喪失か？　その遊びは昨日やったじゃん。またやるの？　あ、そっか。昨日はサトちゃんいなかったもんな。よし！　デンローはもう見つけてるからさ、あいつ隠れるの下手なんだよ。あとはサトちゃん見つけて、公園に戻ろうぜ」

「デンロー？」

「そう、あいつすぐ見つかるとこに隠れてんの。ちょーアホ。どーせ見つからなかったときのこと考えて怖くなったんだよ」

「サトちゃんって、サトちゃん？」

「なんだその質問」

「だって、……だって」

デンローは田島拓郎、サトちゃんは飯塚正人。居酒屋で再会した正人と拓郎が、いま、この場にいるらしい。しかしなぜかくれんぼを？

わふ
ひと鳴きした柴犬は、嬉しそうに尻尾を振っている。

マイゴ。

小学生の頃、地域で放し飼いされている柴犬がいた。野良犬ではない。赤い首輪をつけていた。野良猫もよく見かけたあの頃は、疑問なんて抱かなかったが……。

和也は呟く。「タイム、スリップ」

「え？」

「あ、いや」

「いつまでぼーっとしてんだ。行こうぜ」

少年が、和也の手首を摑んで歩き出す。草むらを片手で搔き分けて、ぐんぐん進んでいく。彼の隣を、マイゴが背の高い草の間をぬって歩く。丸まった尻尾がふりふりふりふり。

拓郎と正人と和也は、仲良し三人組だった。リーダーは和也だ。そこに時々マイゴが混ざる。和也、デンロー、サトちゃん、マイゴ。この三人と一匹がワンセット。しかしいま、謎の少年が、和也の手を引いている。これがタイムスリップであるなら、登場人物が、ひとり余分だ。

彼は、誰だ。

草むらを抜け、獣道に出た。踝(くるぶし)ほどの高さの草を踏みながら、少年は進む。和也は彼の顔つきを改めて思い返す。絶対にどこかで会っている。見憶えのある顔、見憶えのある服、見憶えのある――

衝撃が走った。思わず腕を払うと、少年が振り返って「なんだよ」と怪訝(けげん)な顔をした。

「おまえ」和也の声は掠れていた。

「おう？」少年が首を傾げる。

実家で見たアルバム。既視感なんて生温い。信じがたい事実に気づいてしまった。

余分は、少年ではない。

「俺、おまえ、」

口のなかが渇き、冷や汗が垂れた。まさか、と思いながらも、続ける。「タカナリ」

「何？」

「タカナリ」

「だからなんだよ」

目の前に立っている少年は、紛れもなく、敷石和也本人だった。

和也は高校時代に身長がぐんと伸び、顔つきが変わった。写真を見返すことなんて滅多にないから気づかなかったが、かつての自分は、確かにこんな顔をしていた。少年が着ている服だって、履いている運動靴だって、ずっと昔に自分が持っていたものだ。

なら。

ぶるり、と背筋が震えた。

なら、俺は、誰だ。

山を下ると見知った道路に出た。そこでマイゴは細い路地へ消えた。「じゃーな、マイゴ」とタカナリが別れを告げる。彼について歩きながら、和也は辺りを見回した。

遠くで黄色いMの看板がくるくる回っている。川を挟んだ向こう岸の幹線道路沿いにマクドナルドができたのは、小学五年生の冬だ。「スマイルください！」と店員を困らせて、「五年生にもなって！」と両親に怒られたのを憶えている。一方で、曲がり角に建つこぢんまりとした駄菓子屋は、和也が中学一年生の夏に閉店した。それが営業している。

カーブミラーを見上げると、知らない誰かが映っていた。丸いフォルムの黒髪、薄手の長袖パーカーにTシャツ、半ズボン。平凡な顔立ち。

和也に、カズヤという名の知り合いはいない。同学年にもいなかったと断言できる。よく読み間違えられる響きだから、知り合いなら印象に残るはずだ。

つまり。

ここは十年前の故郷、万代町(ましろちょう)。和也の前で立ち止まってきょろきょろしている少年は、小学六年生、十二歳の敷石和也。自分は実在しない赤の他人――カズヤの身体に入った、二十二歳の敷石和也というわけだ。一体全体、どうしてこうなった。

「おい」

後頭部をはたかれ、和也は思考を中断した。「なんだよ」

「かくれんぼだぞ。ちゃんと探せ。サトちゃんは絶対ここらへんに隠れてるんだって。ほら、あそことか怪しいぞ」

目を皿のようにして住宅のガレージを覗き込み、侵入しようとするタカナリの肩を、和也は慌てて摑んだ。「ちょ、迷惑だろ」

「は？　何が？」

「他人の家だし、不法侵入だ」

「ふほー？　ここはかくれてもいい範囲内だろ？」

「いや、通報されるぞ」

「残念でしたー、俺は子どもだから大丈夫でーす」

和也を振り切って、「サトちゃーん」と民家の庭に入って行く。ほどなくして「誰だおまえは！　勝手に入ってくるな！」と怒鳴り声が聞こえ、タカナリが逃げ帰ってきた。

何軒か回ったあと、タカナリに連れられて民家の裏から出てきたのは、サトちゃんこと飯塚正人だった。同窓会の垢抜(あかぬ)けた姿ではない。悔しそうな顔をした、少年の姿である。

「ちくしょー見つかった」

正人はタカナリと同じくらいの身長で、色白だ。ゲーム性のある遊びが好きで、カードゲームやコンシューマーゲームのほかに、おにごっこや王様ドッジなども好んでいた。彼は中学でめきめきと成績を上げ、私立高校の特進クラスに進学する。

「僕が最後か」正人が和也を見て、小首を傾げた。「えーっと」

「カズヤが二番目！」タカナリが言った。

「あ、そっか、カズヤくん。カズヤくんが二番目。てことはやっぱり、デンローが最初？」

「デンローはわかりやすいところに隠れるじゃん。馬鹿だから」

「それじゃあ、僕は賢いってことだね」

「は？ 俺の方が賢いし。カズヤもそう思うだろ？」

「え、いや、……さあ」

西公園に着くと、デンローこと田島拓郎が手持ち無沙汰にブランコを漕(こ)いでいた。

小柄で肥満体型の拓郎は、気弱で怖がりで諦めが悪い慎重派、という不器用な性格をしていた。機械いじりが性に合った彼は、工業高校に進学し、地元企業に就職する。

「みんな見つかったの？」拓郎が立ち上がる。「えっと」

「カズヤが二番目！」

再びタカナリが言い、拓郎は「あ」と思い出したような顔をした。「カズヤくんが二番目かぁ。じゃあ、サトちゃんが最後だね。さすがサトちゃん」

「次は誰が見つける番？」正人が拳を上げた。じゃんけんをするようだ。それをタカナリがさえぎる。「記憶喪失ごっこしようぜ」

「なにそれ」

「自分が誰か忘れるんだ。ここがどこかも忘れる。そういう設定。デンローもそれでいいだろ？」

「う、うん。昨日、やったやつでしょ？　サトちゃん、きっと好きだよ。ゲームみたいでおもしろかった」

「ＲＰＧだ！　やりたい！」

「カズヤもそれでいいよな？」

「えっと」

「なんだよ、おまえが言い出したんだろ？」

　タカナリが和也の頭を小突いた。容赦ない小突きだったので、和也はよろけた。タカナリに眼を飛ばすが、当人はけろりとしている。「カズヤが嫌みたいだから、おにごっこにしようぜ」

「ええ、記憶喪失ごっこしたいなぁ」正人は文句を言ったが、すぐに切り替えた。

「いろおに？　こおりおに？　ふえおに？」

「ふつーのでいいだろ。この人数でふえおには地獄だし」

「ほんとにおにごっこするの？」拓郎は乗り気ではないが、反対しない。「今日こそ勝つぞ」

「最初のおにはカズヤな」

「あ、え、俺？」

「範囲は公園内。はいスタート！」

「え、えっ」

　タカナリの合図で、蜘蛛の子を散らすように三人は走り出した。和也はひとまず拓郎を追いかける。しかし走れば脚がもつれ、ジャングルジムに上ろうとすれば空ぶりして落ちかけ、滑り台を逆走できない。感覚がずれた身体での外遊びは、糸の絡まった操り人形のように滑稽だった。なんで俺こんなことしてるんだろう、と思いながらフェイントに引っかかって滑って転んだ。

日が暮れる頃、和也はとうとう諦めて膝をついた。

「どーしたの、カズヤくん。調子悪い？」

さすがの運動音痴っぷりに驚いたのか、正人が労わるような口調で言った。その隣でタカナリが爆笑している。

「なんだよさっきの、鉄棒に引っかかってこけるとか！」

「い、言いすぎだよ、タカちゃん」拓郎もぜえぜえと息を切らしていた。汗で背中が濡れ、服には楕円の染みができている。「確かにちょっと、おもしろかったけど」

和也はタカナリを睨み上げて文句を言いかけ、大きくむせた。「大丈夫？」と言ってきた正人と拓郎から距離を取る。弱ったところを見せたくなかった。吐き気をこらえ、どうにか落ち着かせる。

いつの間にか、西陽が公園を橙に照らしている。

正人が腕時計を見て、「あ、五時半だ」

拓郎が汗をぬぐう。「そろそろ帰らなきゃ。また明日ね」

ふたりは連れだって公園を出ていく。

「俺も帰るわ。カズヤは？」

「あ、俺も、帰る」

「じゃーな。また明日」

正人と拓郎が出ていった側とは反対へ出ていくタカナリを見送り、やっと邪魔者がいなくなったと肩の力を抜いた和也は、いやどこに帰るんだよ、と愚痴を垂れた。

ブランコに座り、ゆっくりと両手を開いて閉じる。一通りのアクションをこなしたおかげで、身体の大きさや腕の長さ、体力、筋力が馴染んでいた。なるほど、動いた意味はあったらしい。しかし寒さにぶるりと震えて腕をさすり、このまま凍え死ぬのでは、とひとたび思うと、思考はどんどん螺旋状に下っていく。

裏山で目醒めてから、三時間以上が経過している。いっそ敷石家へ向かってみようかと思ったが、いまの自分はカズヤだ。追い返されるのが関の山だろう。ではカズヤの家は、親は存在するのか。何もわからない。こんなことなら、あの三人に尋ねておけばよかった。現状を説明すればよかった。信じてくれたかどうかはわからないが、探りを入れれば、何か有益な情報が得られたかもしれない。いつもの癖で様子を見たのがいけなかったのだ。

「いや、」

タイムスリップぅ？　カズヤが変なこと言い出したぞ！　タカナリの笑い転げる姿が目に浮かぶ。彼はおにごっこでもせこい手ばかり使い、他人を馬鹿にして、都合が悪くなれば「バリア！」と、問題児と称されるにふさわしい少年だった。

和也は舌を打って、ブランコの鎖に頭を凭れる。全身が怠い。

じゃあねーと手を振る三人を思い出した。じゃあねー、また明日。電灯が瞬いて灯(とも)る。車や自転車の通り過ぎる音。辺りは夜になっていた。見知った街、見慣れた景色のはずなのに、どこか余所余所(よそよそ)しい。

「くそ」

腿(もも)の上で拳を握り、唇を噛(か)んだ。現状は受け入れるしかないが、納得できない。

「くそっ」

タイムスリップ直前の出来事、ホームに立つ女性の後ろ姿を思い出した。服装ははっきりと憶えていないが、彼女が落下していく様は鮮明に憶えている。ざらついた視界に〝見殺し〟の文字も。タイムスリップしたからなんだっていうんだ。

ズキリと頭の奥に痛みを覚え、こめかみを押さえた。キリで抉(えぐ)られているような痛みだった。何かがじわりじわりと脳を覆っていく。侵食されていく。ふざけんな、と罵倒が漏れる。こんな奇跡、俺は求めてない。もっと魔法みたいな奇跡がほしい。誰か助けてくれ。早く俺を――。

わん

漣のように頭痛が引いた。顔を上げると、ブランコの柵の向こうに柴犬が座っていた。

「マイゴ」

電灯の明かりを受けて、三角の耳がピコと跳ねる。

マイゴは和也にトテトテと近寄って、おすわりをした。和也は手を伸ばしてその頭を撫でた。つぶらな瞳が嬉しそうに細められる。

マイゴは奇妙な犬だった。賢くて温厚で聞き分けが良く、地域社会にとけこんでいた。大人が駆除だの保健所だのと騒がなかったのは、時代のせいか、大人の間では飼い主が周知されていたからか。とにかくこの地域猫ならぬ地域犬は、その愛嬌と特異な性質ゆえに、歓迎すらされていた。

マイゴは人が道に迷ったとき、どこからともなく現れ、目的地の手前まで案内してくれるのだ。

和也は膝をつき、マイゴと目線を合わせた。

「俺の家、わかる？　おれの、いえ」

マイゴは動き出さず、へっへっへっと赤い舌を垂らしている。

ぐう、とお腹が鳴る。手持ちの金はなく、無銭飲食する度胸もない。挑戦したところで、この身体では逃げられっこないだろう。

西公園には土管のトンネルの遊具がある。おにごっこでフェイントをかける際に重宝されるそれのなかに潜り込み、招き入れたマイゴを抱きしめて、和也は寝転んだ。

「腹が減ったときは、寝るに限るんだってさ」

ぎゅっと目を閉じる。

「誰が言ったんだろうな。そんなの、ただの現実逃避だ」

マイゴは大人しかった。狭いトンネルのなかで和也に寄り添い、くうんと鳴いた。

目が醒めたら、きっと全部が元通りになっているはずだ。ベッドの上で跳ね起きて、なんだ夢オチか、じゃあ駅のホームでの事故も夢か、って笑いながら朝ごはんを食べて、一日ゆっくりして、翌朝には田舎におさらばして、大学へ戻る。大丈夫。大丈夫。同窓会なんて一生参加しねーって思いながら、またサボりがちな大学生活に戻るだけ。

ガンッ
激しい音に体が跳ねあがり、夢うつつから引き戻された。

「何」

隣のマイゴが後ろを睨んでいる。見ると、誰かが電灯の明かりを遮って、土管を覗き込んでいた。シルエットはぼさぼさの頭にオーバーサイズの厚着。男だ。

ガンガンと立て続けに音が反響した。硬い物同士がぶつかる鈍い音だ。マイゴが牙をむいて唸っている。

「出ていけ」

男が言った。

和也は強張って動けない。

しゃがれた男の声が、土管一杯にこだました。

「邪魔だ！　出ていけ！」

慌てた拍子に和也は頭頂部を打ち付けた。痛みに悶えながら這ってトンネルの出口へ向かう。遅れてマイゴも出てきた。振り返った瞬間、棒状のものが飛んできた。

「失せろ！　クソガキ！」

脇目も振らずに逃げ出した。道路に飛び出してでたらめに角を曲がり、人気のない歩道を駆け抜け、西公園から遠ざかった。

　無我夢中で走っているうちに息が上がり、速度を落として立ち止まった。膝に手をついて振り返る。マイゴはいなかった。どこではぐれたのかわからない。

　たどり着いたのは、住宅街の一画だった。地価の高いエリアで、道にはゴミひとつなく、建ち並ぶ家はどれも大きい。無意識のうちに、治安の良い地区に来ていたようだ。

　塀に凭れ、道の先を見遣りながら、呼吸を整える。動悸がなかなか治まらない。

　出ていけだの、邪魔だの、あの男も和也と同様に、公園で寝泊まりするつもりだったのだろう。ホームレスかもしれない。思い返せば、大学近くの公園にも、ブルーシートを屋根にして暮らしている女性がいた。水道があるから公園は住みやすいらしいぜ、と聞いたのは、食事目的で行ったサークルの新歓で、だったか。酒を飲みながら立場の弱い人をゲラゲラ笑う先輩に、愛想笑いするしかなかった自分を思い出し、和也は嫌な気分になった。

　しかし、当時の万代町、しかも西公園に住んでいる人がいただろうか。いや、自分が知らなかっただけかもしれない。だって成人するまで、万代町の居酒屋を一軒も知らなかった。些細なことは、意識しない限り記憶に残らない。大抵は感情ばかりが残って、事象は押し出され零れていく。

普通車が通り過ぎていく。祖父母のおさがりの一軒家で育った和也は縁もゆかりもない豪邸に囲まれ、今度こそ知らない街に迷い込んだ気分になる。ずるずるとしゃがみ込んで、膝を抱えれば、くしゃみが出た。火照った身体が体表から冷えていく。公園には戻れない。マイゴはどこかへ。こんなところを目的もなくうろついていては、通報される。

「あ、違う、補導か」

乾いた笑いが零れた。

「なんだよこれ」

視界がぼんやりと滲んだ。

「なんなんだよ」

両手で顔を覆う。

「もう勘弁してくれよ」

タイムスリップ。漫画や小説や映画やドラマで、主人公が過去に戻って、足掻いたり、踏ん張ったり、勇気を出したりして、未来が書き換わる、都合のいい超常現象。それがまさかこれほど困難な形で自身に降りかかるとは。そして自分が、知らない誰かになっているとは。

呻(うめ)きが漏れる。誰か助けてくれ。いまこそ奇跡をくれよ。眩暈(めまい)。後頭部の内側で、平衡感覚を司(つかさど)る棒がバランスを崩しかけている。いままでかろうじて保ってきた自分が――。

ザリ、とアスファルトと靴が擦れる音がした。

「どうしたの？」高めの声が響いた。

顔を上げると、道の先、街灯の下に立っていたのは長身の少女だ。すっと伸びた背筋で、青色の塾のかばんを提げている。顔つきと立ち姿に見憶えがあった。

「渡来(わたらい)」

名前を呼ばれた少女は、途端に目つきを鋭くした。

「あんた誰？　万代小の子？」

口調に刺(とげ)があるが、これが彼女のデフォルトであることを和也は知っている。

渡来凜(りん)。敷石和也と同じ六年三組の秀才。クラスの委員長を務める絵に描いたような優等生で、和也のやることなすことに文句をつけてきたお節介焼きだ。彼女は同窓会にいただろうか。和也はテーブルを一度も離れなかったし、挨拶に回ったりもしなかったので、わからない。

「聞こえてる？　あんた誰？　こんな時間に何してるの？」

「俺、は……」

和也は気づいた。息を呑み、立ち上がる。

「なあ、俺のこと、知らないよな？」

一歩踏み出すと、凛は一歩下がる。「知らないけど、誰？」

「そうだよな、俺のこと知らないよな。カズヤなんていなかったよな」

ずんずん距離を詰めると、その分、凛も引いていく。とうとう彼女の背が塀についた。

「それ以上来ないで」凛はポケットから防犯ブザーを取り出し、紐（ひも）を掴んで語気を強めた。「あんたいったい誰……」その顔に困惑が浮かぶ。「なんで泣いてんの？」

和也は鼻をすすった。

「なあ、そうだよ、俺が正しいんだ。俺は間違ってない。やっぱりカズヤなんていなかったんだ。じゃあ俺は誰だ。なんなんだよ、なんでこんな意味のわからないことが」

凛の手が、紐から離れた。

「ほんと困るんだけど。どうしたの？　迷子？」

違いない、と和也は思った。

道の脇に寄って、和也は事の仔細を打ち明けた。

駅のホームで事故を見かけたこと。いつの間にか裏山に倒れていたこと。知らない人間になっていたこと。旧友と遊んだこと。公園で一夜を過ごそうとしたら、男に追い出されたこと。マイゴとはぐれたこと。

うずくまってとりとめもない話を繰り返し、凜の質問にも禅問答のような回答をしてしまったが、その不確かさが却って真実味を帯びさせたのか、万代町に関する質問にはしっかり答えられたからか、凜は逃げ出さず、立ったまま壁に凭れ、しばらく思案した。

「つまり、あんたは十年後の敷石和也ってこと？」

「そして、この身体は俺の物じゃないってこと」

「変な感じ。わたし、未来の敷石と喋ってるわけ？」

「そうなる」

「じゃあ年上か。敬語の方がいい？」

「呑み込み早いな。いいよ、そのままで」和也は苦笑した。「信じてくれるんだ？」

「あんたがへんてこな嘘つく理由も思い当たらないし、ほんとなんでしょ。事実は受け入れたほうが早いってパパが言ってた。でも、こういうこと、ほんとにあるんだ。『バック・トゥ・ザ・フューチャー』とか、『バタフライ・エフェクト』みたい」

「バ、何？」

「ママが映画好きなんだ。いまは忙しくて、あんまり観れてないけど」

「……渡来って、しっかりしてるんだな」

「わたし、しっかり者だからね。敷石はもっと、なんかこう、どうしようもない感じだよね。あ、いまはカズヤって呼ぶべき？」

「いや、敷石でいい」特にこだわりはない。

「小六の敷石は、あんたのこと知ってたんだ？」

「うん。正人と拓郎も知ってた。思い出した、みたいな感じだったけど」

「わたしの知る限り、万代小学校の六年生に、カズヤって男の子はいないかな」凛は顎に手を当てて、名探偵さながらのポーズだ。「五年生にカズヤって名前の子がいるけど、その子とあんたは別人だし、わたしはあんたのこと、知らない」

「そうだよな。俺も知らない。やっぱりカズヤは、この世界の異物なんだ」

凛は顎から手を離した。「で、今日は、行くところないの？」

「ない」

「困ってる？」

「困ってる」

ぐう、と計ったように和也の腹が鳴る。凜が笑った。「提案なんだけど」

「うん」

「うち、泊まる？」


凜の家は小さな一軒家だった。セキュリティが厳重な門の鍵を開け、ドアの鍵を開けながら「うち、賃貸」と彼女が言い、小学六年生が賃貸を知っているのか、と和也は感心した。彼が不動産関係の用語を正しく理解したのは、大学進学時にひとり暮らし用のアパートを探したときだった。

廊下の明かりが点く。

「親は？」

「パパは海外。研究者。夏と冬に帰ってくる。薬の研究をしてる。ママは大学の先生。隣町で働いてて、今日は病院に泊まり。唯の付き添い」

「唯？」

「弟。検査入院中。七歳」

「弟がいたんだ」

入院には触れないで返すと、凜が口角を上げた。

「敷石はクラスメートに興味ないよね。あ、なかったよね、か。いつも授業を妨害して、デリカシーも品もないし」

「な。俺、やばかったよな」

リビングは整理整頓が行き届いており、広々としていた。白い壁に掛かったウッド調のアナログ時計は八時半を差している。棚の上に置かれた白色の卓上カレンダーを見ると、日付は十年前の五月。思い立って訊いてみる。「今日って、何日?」

「ゴールデンウィーク初日」

カレンダーを見る限り、ゴールデンウィークは計四日間だ。

凜は塾のかばんから水筒を取り出して、シンクへ持っていく。

和也は尋ねた。「いつもひとり?」

「今日はおばあちゃんが来る予定だったんだけど、体調が悪いみたいだから断った。明日は意地でも来るって。もう留守番なんて慣れっこなのに、心配性だよね」

「まだ十二歳だろ。心配されて当然だ」

「軟弱な敷石と一緒にしないでくれる？　さっきだって、ぴーぴー泣いちゃって」

「うるせぇ」

「うわ口悪。ちょっと元気出てきたね」

「ずっと元気だよ」

「嘘は下手と。ごはんの前にお風呂入る？」

「そうしたいけど、」

「着替えなら適当に用意するよ。お風呂はこっち」

彼女はてきぱきと浴槽を洗い、着替えを用意し、洗濯機の使い方を説明して、時短コースで下着だけ洗ってからドライヤーで乾かすように助言して、脱衣所を出ていった。すぐに給湯器が湯張り完了を知らせる。あれよあれよという間に、和也は湯船に浸かっていた。

身体の芯がぽかぽかと温まっていく。最近はシャワーで済ますことが多かったので、久々の湯船だ。ずぶずぶと頭の上まで埋もれてしまいそうになる。

凜は小学二年生のとき、東京から転校してきた。そして中学の途中で東京に引っ越していく。

和也が凜を認識したのは、小学五年生、初めて同じクラスになったときだ。しっかり者で逸脱を許さず、和也の邪魔をする正義の味方気取りの凜が、和也は気に喰わなかった。(実際、あまりに歯に衣着せぬ物言いをするので、彼女は男子だけでなく一部の女子からも敵視されていた。)融通の利かない鬱陶しいガキ、とレッテルを貼っていたが、とんだ思い違いだったらしい。

「みんなより大人だったんだなぁ」

物思いに耽りすぎた。のぼせ気味で上がると、洗濯機は止まっていた。下着を取り出し、言われた通り、ドライヤーで適当に温風を当てる。カズヤの下着を穿くのは、洗濯したものでも若干の抵抗があったが、よく考えたらこの身体こそ他人のものだ。自分と他人の境界って何だろう、と火照った頭で柄にもなく考える。

コンコン、と脱衣所のドアがノックされた。

「あがった?」

「おー」

「ごはん、あまり物だけど用意したから」

「渡来は?」

「わたしは塾の前に食べた」

「おまえ、すげーな」

　こんな気遣いが、十二歳の自分にできるだろうか。数時間前に見たばかりの呆けた面が思い浮かぶ。絶対に無理だ。

　生乾きの下着を穿き、メンズサイズの無地のTシャツとスウェット（サイズからして、Tシャツは渡来の父親のもの、スウェットは彼女のものだろう）姿で脱衣所を出ると、いい匂いが廊下まで漂ってきていた。

　凜がカウンターキッチンで作業をしている。「湯加減どうだった？」

「渡来は、よく人を泊めるわけ？」

「全然。なんで？」

「風呂とか、料理とか、手際がいいから」

「これくらいは常識じゃん。生活力だよ。敷石だって大人なんだから、自分のことは自分でやってるんでしょ？」

「………………」

「ぐうの音も出ないってことは、大人になった敷石はダメダメなんだね」

　和也は口を噤み、言葉を探した挙句、

「ぐう！」

　ぷ、と凜が笑う。「そういう冗談が言えるやつだったんだ。知らなかった」

「昔はガキだったんだよ」

「いまも案外、子どもっぽいけど」

「外見に引っ張られてるんだろ」

電子レンジがチンと鳴った。

「何か運ぼうか」

「座ってて」

大きなとんかつが、皿に載って出てきた。ほかほかの白ごはんと、ありあわせのサラダも一緒だ。

「いいのか、こんな」

「どうぞ。減ったって誰も気づかないんだから」

凜が目の前に座り、すぐに立ち上がる。「食べてて」とリビングを出ていった。

とんかつを一口食べた。じゅわりと肉汁が染みる。おいしかった。食べるごとに空腹を自覚していく。これはいよいよ現実だ、と何度目かの実感を得た。

凜がリビングに帰ってきた。片手にノートを持っている。

「それは？」

「じゃん」得意げな笑みで見せられた表紙には、マジックペンで題名が記されていた。『気づいたことノート』。

「捻りのないネーミングだな」

「わかりやすくていいでしょ」凛は和也の向かいに座って、ノートをパラパラとめくり、テーブルに置く。

「話を聞く限り、敷石の身に起こっている現象は、タイムスリップだと思うんだよね」

「俺もそう思う」

「なので、これはタイムスリップと仮定します。で、これはママが言ってたんだけど、タイムスリップにも種類があるんだって。ほら」

凛の細長い人差し指が、ノートの上部を示した。そこには『タイムスリップ・三種類』と記され、その下には筆圧の強い端正な字と、流麗な字が並んでいる。一方の字は凛のもので、もう一方は彼女の母親のものだ。小見出しは三つ。『登山』『木の幹』『巻き戻し』。

「ひとつめは、未来が確定している場合のタイムスリップ。どんな道順をたどっても、必ずある未来にたどり着く。つまり過程を変えても結果は変わらない。これは『登山』」

凜の指先がスライドする。

「ふたつめは、何かのきっかけで全然違うルートに未来が逸(そ)れる。タイムパラドックスってわかる？」

「いや」

「敷石は大人になっても馬鹿だなー。仕方ないから説明してあげる」凜はわざとらしくため息を吐(つ)いてページをめくった。

和也はキャベツを咀嚼(そしゃく)しながら、彼女がクラス内で孤立気味であった理由を解した。「精神年齢の差かな、って思ったけど、違うなこれ」

「何？」

「なんでもない」

「説明続けるよ。この図、見て」ノートには棒人間が描かれている。「タイムパラドックスってのはね、たとえばわたしがタイムマシンに乗って、自分が生まれる前に行くとする。そこでパパとママの出会いを邪魔する。そしたら、パパとママが出会わないから、わたしは生まれない。すると、タイムマシンに乗ったわたしも存在しないことになる。じゃあパパとママの出会いの邪魔もなかったことになって、つじつまが合わなくなる」

「矛盾が生じるってことか」

「うん。だからタイムマシンは実現不可能だって言われてきた。で、偉い人がこのタイムパラドックスをどうにか解決できないかな、って考え出したのが、未来の分岐」

「漫画とかアニメとかで見たことある」

和也は箸を置いた。

「過去を変えたら未来も変わるけど、そこは自分のいた未来と違う、ってやつだ。過去を変えた瞬間が分かれ道になって、行き着く先がまったく違うものになる」

「そんな感じ。ふたつめのタイムスリップは未来を変えることができる。これは『木の幹』。途中で分かれていくでしょ。わたしはこれが好き。過去をちょっとでも変えたら未来が大きく変わるって、希望があるよね」

わかりやすいたとえは、ノートの字を見るに、彼女の母親が作ったようだ。

「最後は、ふたつめのタイムスリップと似てるんだけど、ちょっと違う。ふたつめはタイムマシンに乗って移動したけど、みっつめは自分の身体ごと世界が巻き戻る、『巻き戻し』。これがいまの敷石にいちばん近いかな。でも……」

凛は和也をじろじろと眺め、「マジで誰？」と言った。

「それは俺が訊きたい。誰だよ、これ」

自分の頰をぐいと引っ張ると、やはり痛かった。感覚のズレは解消され、いまやこの少年の身体が自分自身であるかのように馴染んでいる。

「そうだね。たとえば、巻き戻ったときに意識だけ飛び出しちゃって、入る身体を間違えたとか？」

「幽体離脱みたいな？　身体はどこから調達してきたんだ？」

「カズヤの記憶はないの？」

「ない」

「親も家もわかんない？」

「わかんない」

「なら、適当に作られた器かもしれないね。ほら、過去の自分と直接会ったら死んじゃうとか、世界が消滅しちゃうとか、あるじゃん。ドッペルゲンガーみたいな、対消滅（ついしょうめつ）？　みたいな。だから、アバターが必要。そういうSF映画あるよ」

映画ねぇ、と和也は反芻（はんすう）した。「中身は大人の俺、外見は赤の他人。ややこしいタイムスリップだ。もうちょっとわかりやすくしてくれよ」

「誰に言ってんの？」

「……神様？」

「届くといいね」

届かないだろうな、と和也は思った。神様なんているわけがない。

「敷石のタイムスリップは、未来に影響があるのか、ないのか、全然わかんないな。

『登山』でも『木の幹』でも『巻き戻し』でもない、まったく新しいケースだよね」

凜がぴたりと動きを止めた。その表情が緩む。

「てことは、新種みたいなものだから」

「新種」

「何か名前を付けよう！」

「学者みたいだな」

「うん。わたし、将来は学者になりたいんだ」

「へえ、なれるんじゃねぇの、大学院で博士号を取れば」

「博士って響きは好きじゃないな。学者がいい。たくさん勉強して、謎を探求して、
何かを新発見するんだ。パパやママみたいに」

凜はシャーペンを握り、眉をひそめ、じっとノートとにらめっこして、「よし」と
新しい文言を付け足した。

『赤の他人タイムスリップ』

「どう？」

「どう、って」

彼女が期待に満ち溢れた顔をしていたので、和也は「まあいいんじゃねぇの」と答えた。答えたあとで悟った。「渡来、楽しんでるだろ」

「ワクワクするよね、未知との遭遇。敷石が未来に帰れるように、全面協力しちゃうもんね」

「こっちは真剣に悩んでるってのに」

「まじない？」

「大丈夫。わたしが味方だから、絶対に元に戻れる。大丈夫のおまじない」

「大丈夫、って言われると安心するでしょ。特に自分を励ますための〝大丈夫〟って、安心しない？」

「そうか？　むしろ癇に障るけど」

「なんで？」

「普通そうだろ。根拠もないし、うざいし、自分に励まされたところでなぁ……」

「まあ、ほら、元気出して。目標は大人の敷石の姿で未来に帰るってことで」

凜は立ち上がった。空になった食器を重ねて、力強く右拳を握る。

「とにかく、諦めないで頑張ろう！」

子どもふたりでどうにかできるのか、と和也は思ったが、大人がタイムスリップなんて突拍子もない話を信じてくれるわけがない（和也もこんな事態にならない限り信じない）。寄る辺もないいま、当面は彼女をブレインとして頼るのが良さそうだ。

「そうだな、俺ひとりだと無理なことも多いから、よろしく頼む」言いながら後片付けを手伝おうと立ち上がった。

「やめて。敷石は座ってて」

「皿くらい洗うぞ」

「割れたら悲しい」

「なんで割る前提なんだ」

「だって敷石だもん」

次こそぐうの音も出ない。小学六年生の敷石和也は破壊魔だった。正しい判断だ。

ただ座っているのも役立たずのようで嫌だったので、手持ち無沙汰の和也は『気づいたことノート』をパラパラとめくった。内容は、豆知識、雑学、著名人の名言と、気になったことや憶えておきたいことを書き留めているようだが、雑多で脈絡がなく、三は重要な数字！　という意味のわからないフレーズだけが書かれたページもあった。

凜がキッチンから、「そうだ」と尋ねる。「敷石本人には言わないの？『赤の他人タイムスリップ』のこと」

「言わない。事態がややこしくなるし、そもそも理解できるかどうか怪しい」

「そっか、敷石って人の話聞かないもんね」

「馬鹿だからな。できるなら関わらずに過ごしたい」

過去の自分との邂逅は、懐かしさより嫌悪が勝った。タカナリは予想を裏切らなかった。悪い意味で。

「にしても、この『赤の他人タイムスリップ』って、何のために起こったんだろうな」

「うーん、そこはまだ、わかんないね。でも、せっかくなんだから、自分と友達になるいい機会じゃん」

「冗談だろ。そういうおめでたい人格じゃないんだよ、俺は。いまも昔も」

「ネガティブだなぁ。楽しいこと考えたらいいのに。帰った未来のこととかさ」

凜が水を流し始めたので、和也は開きかけていた口を噤んで、『気づいたことノート』を斜め読みしながら、帰った先の未来を考えた。

ノートをめくる手が止まった。

ぞっとした。

和也を待ち受ける未来。我に返ったとき、真っ先に目にするもの。それはきっと、女性が電車に轢かれて死ぬ光景だ。

そんな未来に帰って、はたして自分は耐えられるのだろうか。

2

駅のホームらしき場所に和也は立っていた。そこが駅のホームであることはわかるが、ホームの端は見えず、無限遠のコンクリートの地面がどこまでも続いていた。周囲は雲に突っ込んだように白かった。

ぼんやりしていると、白い空気に映像が投影された。短髪の男の子が駆けていくシーンだ。実に立体的で、プロジェクションマッピングのようだった。彼が背負っている臙脂(えんじ)色のランドセルは、雑に扱われているせいで傷がつき、歪(ゆが)んでいる。あの男の子は敷石和也だ。二十二歳よりも、十二歳よりも幼い頃の。

二十二歳の和也は思い出した。傘を忘れた雨の日だった。黄色い傘を差した子が、子犬を抱いて道端でうずくまっていた。

映像にも、傘を差した子が映った。駆け寄った敷石和也がその子と数言交わし、口を大きく開けて何かを言った。びしょぬれのくせに得意げな憎たらしい顔で力強く頷いて、子犬を受け取った。黄色い傘の子は立ち上がり、その場を去る。

敷石和也から自分に向かって、足跡が伸びている。足跡のつま先は全てこちらを向いていて、くっきりとスタンプされている。これは轍だ。一生消えない傷跡のようなもの。

「敷石！」

目を醒ますと、焦り顔の凛が眼前にいた。

「起きて！」

揺すられ、腕を掴まれ、引っ張られる。寝ぼけ眼をこすりながら尋ねた。「何？」

「おばあちゃんが来た」凛の顔は強張っている。「男子を連れ込んだ、なんて知られたら、怒られる」

「怒られることをした自覚はあったんだ」

「当たり前でしょ敷石とは違うんだからさっさとして」畳まれた服が突き付けられた。

チャイムが鳴る。

「はーい！　もうちょっと待ってー！」凛が声を張った。「寝起きでパジャマだから開けないで、って言ってある」

「嘘が上手い」

「必要悪」

和也は素早く着替え、昨日の服装になった。寝間着は丸めてソファに置いておく。

凜が庭に面した掃き出し窓を開けた。朝の空気は少し冷えている。時計を見れば午前八時。日々を適当にこなす大学生ならまだ寝ている時間である。

玄関へ走った凜が「これから寝癖直すから待って！」と言って、和也の靴を片手に帰ってきた。

「何から何まで悪い」

「ほんとしっかりしてよ。大人のくせに」

「大人が全員しっかりしてると思うなよ」

「ヘリクツ垂れてる場合？」

和也は運動靴に足を突っ込んだ。小さな庭に出て片足立ちで踏んだ踵（かかと）の折れを戻していると、凜が庭の裏手を指した。

「あっちに回って、塀を乗り越えて、家の裏の細道から表に出て。あとこれ」

鼻先に突き付けられたのは、折りたたまれた紙幣だった。受け取って数えると、千円札が三枚。

「これ」三千円は、小学六年生には大金だ。「いいのか」

「絶対、返してよ。唯の誕生日プレゼントのための貯金だったんだから」

「悪い」

「あとで合流しよ。それまでに、自分の身に何が起こってるのか、『赤の他人タイムスリップ』のこと、ちゃんと調べといてね」

ぴしゃりとガラス戸が閉まり、カーテンも閉められた。

礼を言いそびれた和也は、三千円を折り畳んで尻のポケットに仕舞った。言われた通り塀をよじ登り、人通りがないことを確認して、狭い路地に飛び降りる。着地と同時に両足がじんと痺(しび)れるが、大きなダメージはない。子どもは身軽だ。

路地を抜けて、住宅街を去る。


朝の幹線道路は混んでいた。交通量も多い。今日はゴールデンウィーク二日目。天気は晴れ。まずは腹ごしらえだ。駐車場の広いコンビニへ立ち入り、おにぎりをふたつ選んだ。ポケットに入った三千円のうち、千円を取り出す。店員は無表情でバーコードをスキャンし、レジ袋におにぎりとおしぼりを詰めた。

コンビニを出て迷った末、西公園に来た。外遊び日和の公園と遊具を眺め、和也は改めて懐かしさを覚える。

子どもの頃、西公園で遊ぶのが日課だった。住宅街の中心にあり、ボールが外に飛び出ないよう周囲を垣根が囲っている、使い勝手のよい公園だった。

ベンチに腰掛けておにぎりを頬張る。塩とツナマヨだ。ぺろりと平らげた。まだ腹は減っていたが、贅沢はできない。ゴミをレジ袋に入れ、口を結んでゴミ箱に捨てた。しばらくぼうっとした。凛に言われた通り『赤の他人タイムスリップ』の調査をしなければならないが、どうにも気が乗らなかった。

自分の怯懦は、自分がよくわかっている。未来に帰りたい、と思う一方で、帰った先の未来を直視するのが怖いのだ。落ちた女性と迫る電車。スローモーションになって、無音になって、どうしようもなくて諦めた。見殺しにした。

仕方ないだろ、と誰かが言った。

頭の奥で、しゃがれた自分の声が囁いている。

仕方がない。だって、あんな不幸が起こるなんて思わなかったんだから、咄嗟に動けるわけがない。

「……自分に期待してもな」

ようやっと重い腰を上げ、そういえば、と土管のトンネルを覗いてみたが、昨日の男はいなかった。ぐるりと公園を見渡して、ふと、目が留まる。何かが滑り台の下に落ちている。

近寄りかけて、

「カズヤー！」

公園の入口で、タカナリが両手を振っていた。後ろには正人と拓郎を従えている。

「はよー！」

「おはよう！」

「お、おはよ！」

「ああ……」

三人が駆け寄ってきた。まるで悪魔の軍団に見えた。

正人は長袖のシャツにチノパンで、袖を捲っている。拓郎は体格に合った大きめの長袖Tシャツと短パン。タカナリだけが半袖半ズボンに運動靴と、真夏のような服装だ。

「今日は何して遊ぶ？」

和也が断る前に、拓郎が言った。「新しい道を探検しようよ」

「賛成！」

「賛成！　カズヤもそれでいいだろ？」

和也が答える前に、タカナリが続けた。「当番は誰だ。デンローか」

「うん」拓郎がポケットから取り出したのは、四つ折りの紙だ。少々苛立っていた和也は、「なんだそれ」と拓郎の手から紙を奪った。開くと手書きの地図だった。西公園の周辺と拓郎、正人、タカナリの家の周りは細い路地まで書き込まれているが、全体的に空白が目立つ。

「ああ」

思い出した。

小学六年生の四月下旬の修学旅行。初日の縁日で木刀を購入し、こっぴどく叱られたことが印象に残っていたが、二日目に訪れた城下町の手書きの地図に感動し、帰ってくるなり「万代町の地図を作ろうぜ！」と提案したのである。しかし飽きっぽかった和也はすぐに興味を失い、地図が完成することはなかった。後に、中学三年生になった正人が自由研究で街の歴史にまつわる地図を作製し、地域復興への貢献を評価され、市長賞を受賞した。自由研究の末尾には和也と拓郎への謝辞が記されていたが、そこにカズヤの名前はなかったはずだ。

「おいおい、人のものをとっちゃいけないんだぞ」

タカナリが乱暴に地図を奪い返し、「あれデンロー、ここ、なんで書いてねぇの？」と地図の右上の空白を指した。

「あ、ごめん。書き足すの、忘れてた」

「そこ、何かあるの？」正人が尋ねる。

「廃ビルだ。三階建てのぼろっちいやつ。鉄格子みたいなシャッターが閉まってた。もうすぐ取り壊しだって。ありゃ悪の根城だな」

「クッパ城みたいな感じ？」

「テレサがいそうな感じ」

「わかった。僕が書き足しておくよ」

「ありがとう、サトちゃん」

「今日はここに行こう」タカナリの人差し指が、地図の右下半分、万代町の南東エリアをぐるりとなぞった。「工場がたくさんあるところだ」

「いいね！　きっと道が入り組んでるよ」

「楽しそうだけど、危なそう……。怒られないかな」

「だいじょーぶだろ。どうにかなるって。この俺がついてる！」

和也は適当な言い訳をしてその場を立ち去ろうとしていたが、看過できなかった。

「どうにかなるわけがないだろ。自称ヒーローの問題児のくせに」

「あ？」タカナリの目つきが鋭くなった。「なんだよ、おまえさっきから態度悪いぞ。文句があるなら言えよ」

しまった、と思ったが後に退けない。「ゴールデンウィークに遊び回って、暇かよ。勉強してちょっとでも賢くなった方がいいんじゃねぇの」

「俺はじゅーぶん賢いぞ。テストだって九十点より低い点取ったことないし」

「そうやって自分以外を舐めて努力しないから落ちぶれるんだ」

「知ったような口利くなばーか」

知ったような口を利いてるんじゃない、知ってるんだ。と言いかけて、呑み込んだ。実在する鏡像から目を逸らす。大人しく離脱するはずだったのに、突っかかってしまった自分に嫌気がさした。まあいい。このまま喧嘩別れをしようと口を開いたところで、帰った先の未来のヴィジョンが脳裏をよぎる。見殺し。

「け、喧嘩、やめようよ」

拓郎がおろおろとふたりを交互に見遣った。「仲良くしよう」

「そうだよ」正人はまっすぐ和也を見つめている。「カズヤくん、なんで怒ってるの？　嫌なことがあったの？　なんか、昨日から変だよ。何考えてるかわからない」

「あ俺わかった！　カズヤおまえ、かーちゃんかとーちゃんに怒られたんだろ？」

タカナリの小さな掌が、和也の背を容赦なく打った。

「わかるわかる。俺も怒られるの嫌いだし。怒られたときはしっかりしよう、って思うんだけど、すぐに忘れちゃうんだよな。うんうん。また怒られるかも、って怖かったんだろ？　だからイライラしてたんだよな？　お化け屋敷で怒る怖がりと同じじゃん」

「いや違うけど」

「俺にはわかるぜ。心配すんなって。いいから任せとけ。よし、行こう」

タカナリに腕を引かれ、「なあんだ、カズヤくんも不安だったんだ」「何かあったらダッシュで逃げようね」とふたりに背を押され、和也は公園を出た。

彼らと行動を共にするのは気が進まないが、そのうち『赤の他人タイムスリップ』を解決するヒントが得られるかもしれない、と自分を納得させる。流れに身を任せて、話も合わせておこう。決して、未来から目を背けたわけではなく。

工場の密集地帯は万代町の南東にあり、西公園から遠い。四人は自然と二組に分かれ、前ふたり、後ろふたりで住宅街を進んだ。

拓郎が隣の和也に尋ねた。

「カズヤくんは、不審者の噂って知ってる？」

「知らない」

「俺も知らない！」タカナリが首だけ振り返る。

「昨日、変な人がうろうろしてたんだって。でも誰もしっかり姿を見てないんだって。お母さんがご近所さんから聞いてきたの」

「へー、見えないのに見えるってこと？」

「もしかしたら幽霊かも」拓郎が囁き声で言い、前を歩くタカナリと正人が「ひえー！」と面白がった。

「そんなわけないだろ」和也は呆れてから、『赤の他人タイムスリップ』が実在するなら幽霊もありうるな、と思った。「まさかそんな」

しかし、古い記憶をたどってみるが、不審者の噂が流行った憶えはなかった。幽霊屋敷だの心霊スポットだの七不思議だの、信憑性の低いオカルトなら巷に溢れていたのに。

「おばけを退治できたら、かっこいいよね。もし鉢合わせたら、タックルとか、どうかな」

「ばっか、デンローおまえ、おばけにタックルは効かねぇだろ」

「ええ、効かないの？　でっ、でも、掃除機で吸い込んだりできるから、きっとタックルも」

「僕もそのゲーム持ってる」正人が目を輝かせる。「今度一緒にやろうよ」

「やる！」タカナリが片手を挙げた。拓郎も片手を挙げて、

「タックルは効くよ。絶対、効く。たぶん」

「じゃあ幽霊に会ったらタックルしろよ」タカナリは後ろ歩きになった。「絶対しろよ。嘘つくなよ」

「ええ、でも……」

「自分で言ったくせに」

「だって、タックルは絶対に効くけど、おばけは怖いし……」

「誰もおまえのために頑張ってくれないぞ。自分の信じることは自分で証明しないと。って、いいこと言ったな、俺」

「自分で言うな」突っ込みを入れた和也は、遠回りなセルフ突っ込みになっていることに気がついた。ややこしい上に、どうしてもタカナリに反応してしまう自分が恨めしい。

拓郎はまだ悩んでいる。「もしかしたら、タックルは痛いかも。全身でぶつかって、相手を吹っ飛ばすんだって、お父さんが言ってたから」

「したことあんのか？」

「ない、けど」

「じゃーわかんねーだろ」

「わかるよ。絶対、痛いって」

ハンバーグのように厚い掌を握ったり開いたりして、拓郎はどんどん俯いていく。

彼の体軀（たいく）ならタックルは充分効きそうだが、和也は触らぬ神に祟（たた）りなしを貫いた。

「てか、幽霊にはお経だろ。テレビでやってた。タックルのお祓（はら）いはぜってぇ無理！」

「そうかなぁ。そうなのかなぁ。サトちゃんはどう思う？」

「そういうときは、逃げるが勝ち！　万代町の地図が完成したら、逃走ルートの確保に使えるよね」

「それこそゲームじゃん」

「マップを把握するものが、追いかけっこを制すって、ゲームのキャラが言ってたよ。で、さっきの不審者の話だけど、僕も知ってる。昨日、姉ちゃんがごはんのときに話してた」

「マジ？　お姉ちゃんが不審者に会ったたってこと？」

「ううん、友達から聞いた噂だって。僕がもっと話して、って言ったら、遊びを大袈裟にするな、って怒られちゃった。パパとママは信じてなかったから」

「お姉さんの友達が不審者を見かけたわけじゃないんだね」

正人が頷いた。「だから大人は深刻じゃないんだ」

チッチッチ、とタカナリは舌を打つ。「これだから大人は困る。俺たちが遊んでるだけだって思いこんでる」

「遊んでるだけだろ。宿題もせずに」

「カズヤ、それ、チクチク言葉だぜ。完全に俺に刺さった。ぐはっ、血が！」

うわーいたそー、チクチク言葉いけないんだー、と正人と拓郎に言われ、和也は白けた生返事をした。十二歳の三人組。傍から見る分にはかわいげがあるが、輪のなかに入るときついものがあった。

「じゃあ遊んでないときは何してるんだ？」

「訊くまでもないな。世界平和を守ってるに決まってんだろ」

「そんなことしてるの？」

「デンローは俺をなんだと思ってるんだ。ヒーローだぞ。世界平和くらい守って当然だ」

「どうやって？」

「おいおい、ヒーローは秘密が多い孤独な存在なんだ。どうやって、は野暮だな」

「アメコミ意識してキザってんじゃねぇよ、迷惑大魔神が」

「うっ！　チクチク言葉！」

タカナリが撃たれたような演技をしたところで、目的地の周辺に着いた。

工場地帯は道路や歩道が広く、四人が横に並んで歩いても余裕があった。区画のひとつひとつは高い塀で囲まれ、その内部を見ることはできない。しかし突き出した煙突から白い煙がもくもくと上がり、機械音や人の声も聞こえるので、休日でも稼働していることがわかる。

角材が山状に積まれているガレージの前で、四人は立ち止まった。空はいつの間にか曇っていたが、タカナリの表情は明るい。

「さーて、どっから攻める？」

工場は碁盤の目状に並んでいるが、ところどころに抜け道や小道があるようだ。拓郎がポケットから地図を取り出したところで、わん、と鳴き声がひとつ。

四人は顔を上げ、路地からひょこりと顔を覗かせた柴犬に気づく。

「マイゴ！」タカナリが真っ先に駆け寄った。

「こんなところにも来るんだ」正人も嬉しそうに続く。彼が動物好きであることを、和也は思い出した。姉がアレルギーで飼えないことも。

「機械ばかりで大きな音がしてるのに、怖くないんだね」拓郎が歩きながら言った。

「工場の人たちにかわいがってもらってるんじゃないか」和也が応える。

「そうなの？」

「知らないけど、そういうもんだろ」

タカナリと正人に撫でまわされていたマイゴはぶんぶんと尻尾を振って、あうあうと口を開けて、空気を嚙むような奇妙な鳴き方をした。

「何か言ってる」拓郎が言った。

「何か伝えようとしてる」正人が同意する。

「ＳＯＳか！」タカナリが叫んだ。

「お腹すいた、とか」和也が呟いた。

マイゴはふいと踵を返した。

「ＳＯＳだ！」タカナリがついていく。

「マイゴのSOSなら」正人も歩き出し、拓郎が地図を片手に「待ってよお」と鈍足で追いかける。和也も三人の後を追った。

マイゴは小走りで直線の路地に入り、塀に挟まれた道を進んでいく。道案内を得意にしているだけあって、足取りに迷いはない。

「道メモっといて！」

先頭のタカナリから指示が飛んだ。走りながらボールペンを取り出した拓郎に、和也は「無視しろよ」と助言した。「従わなくてもいいって。あいつ王様じゃないんだし、どっちかっつーと暴君だし」

「ぼーくん？」

「乱暴者ってこと」

「確かに」正人が振り返って軽快に笑い、拓郎から地図とボールペンを受け取って、歩きながら道を記載していく。要領の良さは相変わらずだ。

四人が行きついた先は、雑草に占領された空き地だった。マイゴは売地の看板の傍(そば)におすわりして彼らを迎える。

腰の高さほどの雑草が生い茂る空き地の中央に、見知った人物が立っていた。

「渡来さんだ」正人がきょとんとする。

「渡来さん」拓郎は背筋を伸ばした。

「なんであいつがこんなところに」タカナリにとって、彼女は天敵である。

地面に視線を落としていた凜が、四人に気づいた。

「馬鹿三人、と、敷石」

「てめ、俺の友達を馬鹿呼ばわりすんな」

「事実じゃん」

「こんなところで何してるんだ。勝手に入ったら怒られるぞ」

「気になるなら来てみれば？　あんまりお勧めしないけど」

「行ってやるよ！」

タカナリが威張り散らしながら分け入っていく。その後ろに正人が続き、拓郎も逡巡してから続いた。マイゴが隣に並んで見上げてきたので、「わかった行くよ」と和也も長い茎を掻き分けて、一人と一匹で殿を務めた。

凜が立っている周辺の雑草は踏み倒されており、彼女の視線が注がれる先には、黒い塊が落ちている。

それは、数羽のカラスの死骸が積み重なったものだった。

気づいた拓郎が、小さな悲鳴を上げてタカナリの後ろに隠れた。和也もさすがに息を呑む。

「なんだこれ」タカナリは顔を歪めた。

「ううグロい。死んでるの？」正人は青褪めている。

凜が応えた。「死んでる。血が出てるし、事故にしては不自然」

カラスは、背中や腹が大きく凹み、そのすべてが翼の根元を折られていた。下敷きになった葉には赤黒い染みができている。

「かわいそう。他の動物にやられたのかな」

正人の見解に、凜は首を振った。

「このカラスの凹み方、硬いもので殴ってるじゃん。人だよ。誰かがカラスを殺したんだ」

拓郎が再び小さな悲鳴を上げたが、さらりと告げた凜の表情に、大きな変化はない。和也は、殺した、と口のなかで繰り返した。「なんでそんなことを」

「わたしにはわかんないけど、鳴き声がうるさかったとか、ゴミを漁ってたからとか？」

「わかった！」タカナリが手を叩いた。「おまえがやったんだろ、渡来」

「は？」

「こういうのは、第一発見者が犯人って決まってんだよ」

「誰が好き好んでカラスを撲殺して積むの？　こんな酷なこと、わたしは絶対にしない。ふざけてるつもりなら神経を疑うし、本気なら憐れだよ」

「いーや、おかしなところがある」

「どこが？　言ってみて」

「おっと、ボロは出さないぜ」

「証拠を見せてみて、って言ってんの」

「このミスに気づいてないのはおまえだけだ。なあ、みんなもおかしいと思うよな。サトちゃん、どう思う？」

「えっ僕？」突然話を振られ、正人は目を泳がせた。「えー……、姉ちゃんが好きな海外ドラマにこんなシーンがあって、実際に見ると、すごく嫌だね」

「それから？」

「それから？　えっと、……そうだ、ここは雑草のせいで外から見えないから、ここにカラスの死骸があることは、犯人しか知らないかも」

「うわっ確かに！」と言ってから、タカナリはこほんと咳をした。「確かに、そう、俺もそう思ったんだよ。ほら、渡来が犯人だ！　最悪だぞ、このカラス殺し！」

「仮にわたしが犯人ならあんたらを呼び込んだりしないけど、そこんとこどうなの、飯塚」

「あ、そうだね。ごめん」

「なっ、サトちゃんを言いくるめたって俺は負けないぜ」

拓郎がタカナリの服の裾を掴んで、弱々しく声をあげた。「タカちゃん、あんまり、無茶しないほうがいいよ」

「うるせぇ渡来が犯人に決まってる。だいたいなんでこんなところにいるんだ」

「わたしは、たまたま出歩いてたら、マイゴと鉢合わせて、案内された」

「んなわけないだろ。都合が良すぎる」

「事実は小説より奇なりって知らないの？」

「キナリ？」

「馬鹿の相手は疲れるね、マイゴ」

マイゴは嬉しそうにわふと吠えた。暢気（のんき）な表情があまりに場違いだったので、五人の表情もつられて緩む。肩の力が抜けた拍子に和也は閃（ひらめ）いた。

「マイゴが案内したなら、マイゴが犯人の可能性は」

「んなわけねーだろ」「マイゴはそんなことしないよ！」「マ、マイゴじゃない！」

「違うと思う」

　弁護された当のマイゴは、わふん、と応える。どこか勝ち誇ったような態度だ。

「ちょっと待てよ」タカナリはしたり顔になった。「マイゴと会ったってことは、渡来は迷子だったんだな？」

「いまそれ関係ある？」

「委員長も迷うときは迷うんですねぇ」

「隙あらば弱点を見つけたいんだね。悪党じゃん」

「ほんっと、ヒーローなのかヴィランなのか。軸がブレブレなんだよ。ちょっと黙っててくれ」疎（うと）んだ和也は、カラスの死骸の山を顎で示した。「で、どーすんだ、これ」

「見つけたからにはどうにかしなくちゃ」

「え、まさか渡来、埋めんの？　汚くね？」

「だ、だめだよタカちゃん。そんなこと言ったら祟られちゃうよ」

　拓郎がまた、タカナリの裾をぐいと引いた。

「おじいちゃんが言ってた。命を粗末にする人は、他人も自分も粗末にするから、いつか祟られるんだ」

「通報するのがいいんじゃないかな」

ない。

「だね」
正人の提案に凜が同意したが、田舎の小学生は誰ひとりとして携帯電話を持ってい

「近くに交番があったかな」正人が訊く。「渡来さん、このあたりに詳しい？」

「全然。駅前まで行く？」

「いや、公衆電話で通報すればいい」

「そっか」「カズヤくん、賢い！」

タカナリが割り込んだ。「おいおい待て待て、公衆電話はテレフォンカードかお金がないと使えないんだぜ。カズヤは知らないだろうけど」

和也はいらっとして返した。「知らないのはおまえだろ。緊急用のボタンを押したら誰でもかけられるっての」

「マジ？　金がなくても？」

「マジ」

「よし誰かここ見張ってろ！」軽快に身をひるがえし、タカナリは来た道を戻っていった。

「僕も行く！」正人が後を追う。拓郎も泣きそうな声で「待ってぇ」と追従した。マ

イゴがその場でぐるぐる回り、三人の後を追って雑草に突っ込んでいく。

残された凜と和也は、騒がしい声が遠のいてから長い息を吐いた。

「敷石は、ほんとに敷石のことが嫌いなんだね」

「あれが成長していまの俺になるんだぞ。失敗だろ、全体的に」

「それって、自己否定ってやつ？　そっか、否定しないと成長できないから」

凜はしゃがんで膝を抱え、顔を歪めながらも、カラスの死骸の山をまじまじと観察した。

「すごいな。俺には無理だ」電柱にぶつかって死んだツバメやスズメ、轢かれたネコの死骸を見たことはあったが、ここまで残虐性を感じさせるものは初めてだ。「渡来はスプラッタ映画とかで慣れてるのか」

「スプラッタ？　何？」

「グロい映画」

「苦手」

「カラスの死骸はいけるんだ？」

「……大丈夫、って思っておけば、大丈夫」

「根性論じゃん」

「敷石は、警察に通報したことってある？」

「いや、ない」

答えてから、はたと気づく。

「記憶と食い違ってるな」

警察に通報するなんて一大イベントを、忘れるわけがない。実際、空き地から飛び出していった十二歳の自分は、惨さを忘れるくらいテンションが上がっていた。

「カラスの死体を見つけたことは？」

「ない」

「なら、これ自体が敷石の過去と違う点だね」

これ、と凜が目配せした先、黒と赤の混ざったカラスの死骸の山が禍々しさを増したように思えて、和也は一歩下がる。

実際の過去にはなかったもの。本来は存在しないもの。

「俺と同じ、異物だ」

「異物か」凜が立ち上がる。「そういうの、他にもある？」

「どうかな」

昨日の出来事と自身の過去を改めて比較するが、ピンとくるものはない。

「現状は、俺とカラスくらいだな。あと不審者情報は知らなかったけど」

「不審者情報？」

「幽霊みたいなやつ」和也は一通り説明した。「根も葉もない噂って感じ。渡来はこういうの無頓着だろ」

「まあ、うん、知らなかったけど」と煮え切らない返答をしてから、凜は顎に手を当てて思案する。「不審者も異物かも？」

「どうだろう。俺が忘れてるだけかも。七不思議とか陰謀説とか、子どもは好きだろ？　流行って騒いで、ブームが過ぎたら飽きて忘れる」

「馬鹿にしてる？」

じろりと睨まれ、和也は訂正する。「まさか」

「そういえば、敷石と馬鹿三人は、なんでこんなところに？」

「遊びの一環。そっちは？」

「さっき言った通り。おばあちゃんと朝ごはんを食べて、家を出たらマイゴがいて、敷石の場所を訊いたらここに」

「俺はカラスの死体じゃないぞ」

凜が笑った。「辛気臭いオーラは出てるけどね」

涼やかな風が吹いた。雑草が波立ち、さわさわと音を立てた。ふたりは緑色の湖に半身を沈めているようだった。近くの工場の煙突から出る白煙が斜めに昇っていく。雲の流れは速い。雨の気配が近づいている。

「本質を見失うな、ってパパが言ってた」

凜のポニーテールが、風に押されて揺れている。暗い空の果てを見つめる彼女の、聡明(そうめい)な瞳が、きらりと光る。

「過去がいまにつながって、未来につながるように、全ては地続きなんだ。敷石が『赤の他人タイムスリップ』をしたこと、カラスの死骸があること、不審者情報、全部、同じ原因につながっているのかも」

「不審者も？」

「あくまで可能性ね」肩をすくめて薄く笑った彼女は、すぐ真剣な表情に戻る。「あと、あれから考えたんだけど、わたしが敷石を知らなくて、三人が敷石を知ってた理由。もしかして、最初は飯塚も田島も、あんたのことを認識しなかったんじゃないかな」

「認識しなかったって、俺のことを知らなかったってことか？」

「うん。思い出した、みたいな感じだったんでしょ？　それほんとは思い出したんじやなくて、友達だって思い込まされたんじゃない？　子どもの敷石に紹介された途端、一緒にかくれんぼしてたカズヤくんだ、って、存在が刷り込まれたんだよ」

　言い得て妙だった。

　タカナリがカズヤを紹介したり話題にしたりすることで、聞き手にカズヤの存在が認識される。

「渡来は刷り込みがなかったから、俺を知らなかったってこと？」

「確証はないけどね」

　凜は一呼吸置いた。

「不審者情報の話を聞いて思ったけど、刷り込みは異物全般に適応できないっぽいね。田島と飯塚は子どもの敷石より早く不審者情報を知っていて、わたしは敷石に言われなくてもカラスを見つけた」

「俺だけ刷り込みが適応される、特例ってことか。奇妙な話だな」

「そう？　自分の存在を自分が認めることに、おかしさなんてないと思うけど」

　和也は押し黙ってしまった。躊躇(ためら)いがあった。自分を否定しているくせに、そこまで簡単に存在を自認できるものだろうか。いまの自分はタカナリではなく、カズヤなのに。

「……そういえば、渡来のおかげで朝飯が食えたよ。ありがとう」

「どーいたしまして。あとでちゃんと返してね。古生物図鑑を買うのに必要なんだから」

「古生物？」

「唯がはまってるの。おかげでわたしもちょっと詳しくなった」

「カズヤー、渡来ー！」

大声に振り返ると、タカナリと正人と拓郎がこちらに戻ってくるところだった。並走するマイゴも楽しそうだ。

「俺が通報した！」

ピースを掲げて宣言され、和也は「そっかー」と手を振ってあしらった。

凜が声を潜める。

「敷石の記憶に、通報した記憶がねじ込まれたりしてない？」

「してない」

「なら、未来が変わったのかもしれない。『木の幹』タイムスリップみたいに、敷石の戻る未来は別物かも」

「助かる」

「いいの？　知らない世界に突然放り出されることになるんだよ」

「好都合だ」

「未来を変えたいの？」

「……そうだな」

電車が近づいてくる音。眩いヘッドライト。動けない自分。

「未来が変わって事故がなくなるなら、それに越したことはないだろ」

「なあなあ、警察って、最初に事件か事故か訊いてくるんだな！」雑草を掻き分けてやってきたタカナリが話し始めるが、和也は用事を思い出した体でその場を離脱した。警察が来たら軽い聴取を受けて、存在しない保護者の連絡先を尋ねられるだろう。凛の言う刷り込みを試す機会かもしれないが、いまは事をややこしくしたくない。

足早に空き地を去る和也の後を、マイゴがついてきた。

雲の色は濃さを増し、風は吹くごとに湿気を帯びていく。和也が工場地帯を抜けたころ、頬に水滴が当たった。とうとう降り出したようだ。

ふと思う。

もし、この『赤の他人タイムスリップ』でタカナリの在り方を変えることができたら、女性を見殺しにする未来も変わるのだろうか。

凜の家の近くのコンビニにたどり着いた。おにぎりふたつと野菜ジュースをイートインで平らげ、麦茶のペットボトル片手に外へ出た。

庇の下でマイゴが伏せて待っていた。傍にしゃがめば、マイゴは和也を見上げて耳を後ろに向ける。

雨は静かにアスファルトを濡らし、側溝の穴へ続く小川を作っている。

「さて、どうする。起こらなかったはずの事件が起こってるから、カラス虐殺の犯人を見つける？　異物の除去？　そしたら未来に帰れる？」

現代――和也がいたはずの未来へ帰る方法を探すべきだが、和也は未だ気乗りはしなかった。

「未来に帰る前に、試すべきことがあるかもな。あの生意気なガキの尻をひっぱたくとかさ。マイゴはどう思う？」

わふ

「おまえに訊いても仕方ないか」

マイゴの頭をポンポンと撫で、ペットボトルのキャップを開けようとして、ひとまずネックに付いているおまけを外す。おまけが欲しかったのではなく、安価で量の多いものを選んだら付いてきたのだ。飲料メーカーと玩具会社のコラボらしい。小さなビニールの包装には、古代生物フィギュアを集めよう、とポップな書体の文字が印字されている。

中身を取り出して、和也は笑った。解説文は付属していないが、アノマロカリスだと一目でわかる。

幼い頃、ガチャガチャでたまたま手に入れた古生物のフィギュアがアノマロカリスだった。一緒に入っていた紙切れの豆知識「アノマロカリスは、カンブリア紀に生息していた最大級の生物で、食物連鎖の頂点でした。名前の意味は〝奇妙なエビ〟です。」を、自分の知識のようにひけらかしていたが、凛に「バージェス動物群だよね」と補足され、知ったかぶりをしてやり過ごして以来、口に出すことがなくなった。自分の知識がハリボテだと知られるのが怖かったのだ。

かつては最強だったが、絶滅した生き物、アノマロカリス。無に帰したい記憶のひとつにここで再会するなんて、何の因果だろう。包装と一緒にパーカーのポケットに仕舞った。今度こそキャップを開けて、麦茶を一口飲む。よく冷えていた。

「未来を変えられるなら、変えたいよ……」

マイゴが体を起こした。じっと前を見つめている。和也もつられて正面を見た。コンビニの向かいの歩道を、みすぼらしい男が雨に濡れながら歩いていた。ボロボロの服にぼさぼさの髪、まるで亡霊だ。すれ違った通行人がぎょっとして距離を取ると、男が立ち止まった。

「見てんじゃねぇよ。文句あんのか。あ?」

理不尽な要望を押し通そうとするクレーマー並の剣幕だった。通行人は傘を上下させて謝り、その場から足早に立ち去る。

「あ、昨日の、」公園の男だ。

男は道端に唾を吐き捨て、覚束ない足取りで路地に吸い込まれていった。止まっていた人の流れが動き出して、街はすぐ元通りになる。

「案外、あいつがカラスを殺してたりして」

もしそうなら最悪だ、と和也は思った。帰る場所がないのは何か事情があるとして、通行人に当たり散らして、唾を吐き、カラスも殺していたとなったら。根本的な嫌悪感が湧き上がる。

「ああいう人間にはなりたくねぇな」

「どういう人間?」

顔を上げると、透明な傘を差した凛が立っていた。傘の柄は木製で、ヒマワリのストラップがぶら下がっている。

「敷石、見つけた。マイゴも」

再会しやすい場所にいた、とは言えず、和也は「おう」と応えた。

凛は傘を差したましゃがみ、塾のかばんと折り畳み傘を腿に載せて、両手でマイゴの頬を撫でた。優しい手つきだ。マイゴは目を細めて気持ちよさそうにしている。

「懐いてるな」

「まあね」

昔、子犬を助けたことがあるんだ、と彼女は言った。「柴犬だった気がするんだよね。あの子犬がマイゴだったらいいな、って思ってる」

「奇遇だな、俺も」そんなことがあった、と言いかけた和也の眼前に、折り畳み傘が差し出された。

「貸してあげる。無いと困るでしょ」

「悪いな」

カバーには、輪切りのレモンのイラストが鏤められていた。

「それお気に入りだから、ちゃんと返してね」

「警察はどうだった？」

「んー、発見したときのことを訊かれて、名前と学校を訊かれて、それくらい。探りを入れてみたんだけど、警察は不審者情報を知らなかったし、信じてくれなかった」

「なら、やっぱりただのオカルト話か」

「どうかな。オカルトっぽいからこそ、大人の間で情報が出回ってないだけかもしれないよ。そっちはどう？　他の異物は見つかった？」

「まったく」

そう、と彼女は立ち上がり、

「わたし、これから西公園に行こうと思ってるんだけど」

「西公園？　なんで？」

「スズメの死骸が発見されたんだって。遊びに来てたちびっこが見つけて、親が通報したって話。さっきのカラスと似てるでしょ」

「俺も行く」

折り畳み傘を広げると、大きなレモンの輪切りが咲いた。

マイゴは庇の下から出るのを嫌がったので、そこで別れることになった。

　西公園には、野次馬どころか人ひとりいなかった。雨が絶え間なく地面を打ち、砂地に吸い込まれず残った雨水が、浅い水溜まりを無数に作っている。ふたりは入口で立ち止まった。

「スズメの死骸はどこに？」

「滑り台の下」

「……ああ」

　和也は今朝見かけたものを思い出した。滑り台の下に落ちている何か。あれはスズメの死骸だったのだ。

「どう？　これも異物？」

「異物だ」親から聞いた憶えはないし、学校で話題になったこともない。「きな臭い」

「きなこ？」凜が鼻をスンスン言わせた。「そんなにおい、する？」

「譬えだよ。怪しいってこと。おまえ、賢いように見えてちょっと抜けてるな」

　和也が先に公園に立ち入ると、「そんなことないし」と彼女もついてきた。「塾で中学の数学習ってるし、みんなより先取りしてるし、応用だって解けるんだから」

「へえ」幼いところもあるんだ、と思ったが、微笑ましいなという眼差しを向けられるのは、彼女のプライドが許さないだろう。和也は背を向けて顔を隠した。「例えば、どんなこと習ってるの？」

「プラスとマイナスの計算」

「ほんとだ、中学でやるところだ」

「そうだよ。わたし、なんでもできる優等生なお姉ちゃんだからね。全然抜けてないし」

「そうかすごいなー」

滑り台の下を覗き込むと、ロゼット型の雑草の葉に赤黒い染みが残っているが、水に溶けて消えるのも時間の問題だろう。少なくとも、ここに生き物の死骸があったことは間違いないようだ。

「他にも、理科も、社会も、国語も、英会話も、ちょっと聞いてる？」

「はいはい。すごいすごい」和也は滑り台の周辺を観察しながら片手を振った。

「絶対聞いてないじゃん。わたし、他人に勘違いされるのがすごく嫌なんだけど」

「勘違いしてねーよ。渡来は杓子定規（しゃくしじょうぎ）だなって思うくらいで」

「しゃく、何？」

「なんでもできる、とか、優等生、とか、自分にくだらない縛りを課してるなあって」

「はあ？　くだらなくないし、わたしの頑張りを笑わないで」

「笑ってない」

「笑ってる。絶対笑ってる」

「笑ってない。ほら」真顔を作って凜を向いた。「勉強ばかりしてたら、この先苦しいぞ。これ先人の知恵」

「敷石にはかんけーないじゃん。わたしはわたしのなりたいわたしになるために努力を惜しまないだけ。他人に文句を言われる筋合いはない」

「はー、キラキラしてるね。意識高い」

「褒めてないでしょそれ」

彼女は不服そうに顎を引き、傘の柄を叩いて水気を切った。

「そんなことより、自分のことを考えなよ。タイムスリップの原因とかさ。敷石は、どうして自分がタイムスリップしたと思うの？」

「偶然？」

「んなわけないでしょ。過去を変えて未来を変えるため、とかじゃないの？『木の幹』みたいにさ。ターニングポイントになりそうな出来事とか、心当たりとか、なかったことにしたいアクシデントはある？」

「うーん」

「これだけはやり直したい！　って強く思うことは？」

「これだけは、っていうか、全体的にやり直したいけど」

和也の脳裏に真っ先に思い浮かんだのは、暴君タカナリだ。

小学校時代の傲慢な自分に始まり、中学時代のテスト、進路選択、高校生活、一度目の大学入試、浪人時代の日々、二度目の大学入試――やり直したいことはごまんとあったし、タイムスリップ直前の事故もやり直しの理由たりうる。

「もしかしたら、いろんなことのターニングポイントが小学六年生のゴールデンウィークなのかもしれないいな」

「じゃあ、敷石の知らない事件が起こってる理由は見当つく？　本当なら『赤の他人タイムスリップ』の謎を解くだけでいいのに、存在しなかったはずの『鳥の死骸事件』が起こってるから複雑になってる。やっぱり、無関係とは思えないよ」

「だな。さっき渡来が言ってたみたいに、『赤の他人タイムスリップ』『鳥の死骸事件』『不審者情報』はつながってるのかもしれない。仮に全部が異物だとしたら、それぞれが独立して存在するのはあまりに不自然だ」

「でも、その確証はないよね。まだ予想段階」凛は顎に手を当て思考に耽った。どこその名探偵のような格好だ。映画から影響を受けているのかもしれない。

和也は雨空を仰いだ。手持ち無沙汰に傘を回す。

「あー、じゃあ、あれだ。その不審者が『鳥の死骸事件』を起こしてるんじゃないか？」

あてずっぽうな意見に凜の表情は一瞬華やいだが、すぐに首を振った。

「あまりにケーソツすぎ。それだと『赤の他人タイムスリップ』が絡んでないし、少ない証拠で決めつけるのは良くないって、ママが言ってた。判断材料は多いほうがいいって」

「学者の鑑みたいな親だ」

「そーだよ。ママもパパも優秀なんだから」

「伝わるよ。教育者って感じ」短気な大学教授に怒鳴られたことを思い出し、和也は腕をさすった。「いいよな、恵まれてて」

一瞬、凜が黙った。

「わたし、」

驚いたような、横槍を入れられたような、ともすれば裏切られたような、複雑な声音だった。

「わたし、恵まれてなんかない。全然、そんなことない」

「恵まれてるほうだよ。いろいろ大変だとは思うけど、過去や未来を変えたい、全部をやり直したいって俺の気持ちは理解できないだろ。自信があって努力もできて、理想がある。心が恵まれてるんだ」

「……心が、」

「渡来が俺と同じように『赤の他人タイムスリップ』をしても、きっと、俺みたいに卑屈にはならない。素直に現代に帰る方法を探すはずだ。だからさ、俺が困ってても、気にせずこの状況を楽しめるんだろ？」

「……そんなふうに、考えてたんだ」

「あ、怒ってるわけじゃないからな。恵まれた十二歳が、自分に嫌気がさした二十二歳の悩みを理解できなくて当然だ」

「ふうん……」

凜は腕時計を見た。「ごめん、わたし、そろそろ塾だ。敷石はこれからどうするの？」

「秘密基地に行ってみようかな。他にも異物があるかもしれないし、判断材料は多いほうがいいんだろ？」

「基地？」

「裏山に作ってたんだよ。子どものロマンってやつ」

「へえ」

彼女は目線を合わさず、「今日は泊まるところ、自分で探してね」と公園を出ていった。

和也はペットボトルの麦茶を飲み切ってゴミ箱に捨てると、レモンの輪切りをくるりと回して水気を切り、小学校へ向かう。

歩いていると、懐かしい校舎が見えてきた。くすんだ白色の校舎は、和也が卒業してから耐震工事で改修されたため、現代では見ることができない。

秘密基地への最短ルートは、学校に侵入し、校舎の裏手のフェンスを乗り越えて裏山の斜面をよじ登るルートだ。山を駆け回り、木に登り、おにごっこやドッジボールでも無敗を誇っていた頃の和也なら、塀やフェンスをよじ登ることくらい朝飯前だった。

カズヤの身体で猿の真似（まね）ができるかどうかはわからない。加えて雨降り、足元は十中八九ぬかるんでいる。だが、裏山の入口から行く場合は藪（やぶ）を掻き分け道なき道を突き進まなければならない。無事に秘密基地までたどり着ける自信がなかった。背格好は大人だ。

校門へ向かうと、こうもり傘を差した先客がうろうろしていた。背格好は大人だ。見憶えがある。

「杉内(すぎうち)先生」

若い男が振り返った。瓶底眼鏡、湿気で躍る癖毛、記憶通りの外見だった。

杉内先生は、五年生からの持ちあがりで、和也のクラス、六年三組の副担任を務めていた。教師二年目でミスが多く、授業もぐだぐだになりがちだったが、温厚で大きい声を出さなかったため、彼を好きな児童は多かった。

和也は杉内先生が嫌いだった。へらへらして頼りなげに思えたのだ。自分の意見をはっきり述べないで失敗を繰り返すやつは、いまでも苦手なタイプである。それが同族嫌悪であるとわかっているから、なお辛い。

「こんにちは。えっと、君は」杉内先生は眉を下げて笑みを浮かべ、和也が誰かを思い出そうとしている。

「俺、カズヤです」

「ああ、そうでしたか。ごめんね、僕、まだ担当している学年の子を全員憶えてなくて。何組のカズヤくん？」

凜と同じ反応。つまり、カズヤという人物を知らない。タカナリの紹介がカズヤの存在を刷り込ませる、という凜の仮説は、いまのところ正しいようだ。

和也にとっては、初の大人の知り合いだ。正体を告げるかどうか迷い、結局「先生はどうしたんですか」と尋ね返した。

「先生は忘れ物です」

「入らないんですか？」

「校門の鍵を、忘れてしまって」

「取りに帰れば？」

「あの、学校内に忘れてしまって。教頭先生に借りた予備で、それを取りに来たんだけど、誰もいないみたいで」

「鍵を取りに来たけど、鍵がないと取りに行けないってこと？」

「そうです。カズヤくんは？」

「俺は」校内に侵入して秘密基地に行くつもりです、とは言えない。「俺も、忘れ物」

「僕と同じですね。何を忘れたんですか？」

「ノ、ノート」

「休み明けでは遅いんですか？」

「……宿題の、ノートなんで」

「なるほど。それは困ったね。……あれ、宿題って、プリントで出てなかったかな」

「あれぇー、カズヤじゃん！」

大声に顔を向ければ、不透明な赤色の傘を差したタカナリが駆け寄ってくるところだった。和也は無言で顔をしかめた。

「こんにちは、敷石くん」

杉内先生ににこやかに話しかけられた瞬間、タカナリは不満げになった。

「何してんだカズヤ。こっち」

強引に手を引かれ、和也は杉内先生を置き去りにして校門から離れた。

角を曲がったところでタカナリは立ち止まり、和也の腕を離して、「あぶねー」と汗をぬぐう真似をする。「なんで杉内先生がいるんだよ。学校休みなのに。もう反省文書きたくねぇよ」

「あったなそんなこと」

休みの日、学校に忍び込んで池の鯉を鷲掴みにしていたら、翌日に校内放送で呼び出されて校長にしこたま怒られ、反省文を書かされたことがあった。

「杉内先生にバレるわけにはいかない。これは学校への極秘侵入任務だ。俺のミッシヨン・インポッシブルが始まるぜ」

「いや裏山の入口から行けよ」

「それもそうか。よし！」タカナリは長靴で元気よく駆けていく。「カズヤも早く！」

和也は重い足取りでついていく。案内人がいてラッキー、と思いたいところだったが、それに勝る不快感と疲労感がすでにどっと押し寄せていた。タカナリの一挙手一投足が癇に障り、見て見ぬふりができない。些細なことで衝突するのが目に見えている。

ふたりは裏山の舗装された道に入り、脇に逸れ、藪を突っ切って進んだ。運動神経抜群のタカナリは慣れた様子で草を掻き分け足で踏み倒し、枝を腕でしならせて除(よ)け、道を作っていく。

最初は我慢していたが、和也は舌を打った。「おい、それやめろ」

「え？」傘を畳み、杖(つえ)代わりにしていたタカナリが振り返る。「何か言った？」

「枝が戻ったとき、こっちにかかるんだよ」

「これ？」タカナリが摑んだ枝から手を離すと、しなっていた枝が元に戻り、雫(しずく)が飛び散った。

「だからやめろって。気配りくらいできねーのか」

「気配り」

「周りを見て行動するとか、配慮するとか」

「なんだそれ。めんどくせぇな。かーちゃんみたいなこと言うなよ」

「おまえの将来を思って言ってるんだって」

「とーちゃんみたいなことも言うじゃん。だりー！」タカナリは仰々しく叫び、ずんずん先行する。和也も悪態を吐きながら続くが、枝の跳ね返りが強くなったため、パーカーの前側がびしょびしょになった。

「いい加減にしろ」

「大人ぶりやがって。ガキのくせにさぁ。俺のことは俺が決める。俺の世界の中心は俺だ」

「じゃあ俺が決めてもいいだろ」

モゴモゴと文句を言うが、下手に言い返しても埒が明かないので、和也は傘で雫を黙々とガードする。自分は人の忠告なんて聞き入れない、反省もしない、我が道を行く我儘少年だ。こんなやつだからこの先、と愚痴りかけ、ふと、空き地から離れるときの閃きを思い出した。

もし『赤の他人タイムスリップ』が『木の幹』と同質のタイムスリップだった場

合、タカナリの性格や思考回路を少しでも変えることができたら、和也の未来も変わるのではないか。

やがて、斜面の途中にある、草が踏み倒された平場に到着した。秘密基地の設置場所である。

秘密基地は、二本の太い幹の間に段ボールを何重にも敷き、幹や枝に縄を渡し、その縄に拾ってきたブルーシートを引っ掛けて作られた、和也、正人、拓郎のたまり場だ。不法投棄されていたカラーボックスや小物入れを三人で運び込み、レイアウトにこだわり、いらなくなったおもちゃや小遣いで買ったお菓子を持ち寄っていたが、中学生になってから自然と行かなくなり、そのまま放置してしまった。十年後も残っているのか、朽ちて跡形もないのか、行政が撤去したのか。その顛末(てんまつ)を和也は知らない。

ふたりは傘を畳み、靴を脱いでなかに入った。

サトちゃんとデンローが来るかも、とブルーシートを洗濯バサミで留め、段ボールの床に胡坐(あぐら)をかいたタカナリは、ボディバッグを逆さにした。ラッションペンやマーカーペンが落ちてきてコロコロと転がっていくので、和也は慌てて回収する。

「何するんだ？」

「武器の強化」

色褪せたカラーボックスの裏から取り出されたのは、木刀だ。

「それ、修学旅行で買ったやつ？」

「そう。かっけーだろ」

「お小遣いを初日の縁日で使い果たして、お土産もお菓子も班別行動の買い食いもできないで、ただ叱られただけのおもちゃ？」

「ひってぇ！　これは俺の武器なの。世界一強い武器」

タカナリは赤色のラッションペンで木刀の柄を彩色していく。自分の手先の不器用さをよく知っているので、和也は膝を抱え、薄目でその作業を眺めた。

模様にバリエーションを加えながら、タカナリが顔を上げずに訊いた。「で、カズヤは何すんの？」

「別に、何も」

「え？　でもここに来る予定だったんだろ？」

「雨宿りしたくて」

「傘があるのに？　変なやつ。腹減ったな」

カラーボックスから取り出されたコンソメ味のポテチを、投げ渡された。

「これはつまり、開けろってことだな？」

「俺いま手が塞がってんだよ」

「…………」

パーティー開けをして、ふたりでパリパリ食べる。

一通り観察してみたが、秘密基地に異物はなさそうだ。

今日、寝る場所はここでいいかもしれない。裏山には野生動物が出ると聞いたことがあるが、さすがにクマはいないはずだ。段ボールの上に野生動物が入ってきた痕跡は見られないし、ブルーシートをしっかり閉め切ってしまえば、案外快適に過ごせる。問題は風呂だが、一日くらいなら……。

「タイムスリップって信じる？」だしぬけにタカナリが言った。

和也はぎょっとした。「え？」

ポテチの油が付いた手で木刀を握り、黄色のペンのキャップを口で開けてペンの尻に被(かぶ)せ、タカナリが顔を上げる。「信じる？　どう？」

「なんで突然、タイムスリップ？」

「渡来に訊かれた」

「だよな」

でなければ、自分の口からSFじみた台詞が出るわけがない。

「信じるよ」現在進行形で。

「タイムスリップって、過去に戻っていろいろやり直すんだろ？」

「ああ、まあ、たぶん。そっちは」面と向かって名前を呼ぶには、まだ抵抗があった。「タイムスリップ信じるの？」

「信じる」

存外はっきり断言するものだと思ったら、タカナリの口角が上がった。

「ほんとにあったらおもしろいだろ。俺は恐竜を見に行きたい。ティラノサウルス。あとなんだっけ、のろいりす、みたいな」

「のろいリス？」

「カロ？ リス？ なんだっけ」

「アノマロカリス？」

「それ。奇妙なエビ、アノマロカリス。カンブリア紀のショクモツレンサの頂点だったんだぜ」

「専門家を気取るのはやめとけよ。あとで恥ずかしい目に遭うから」

「いやいや、俺、めちゃくちゃ詳しいから。アノマロカリスが奇妙なエビだって、みんな知らなかったから」

「みんなって、正人と拓郎と親だろ。大袈裟なんだよ」

「みんなはみんなだろ」

　肌寒い。和也はのっそりと立ち上がり、洗濯バサミを外してブルーシートを下ろした。隙間風が治まる代わりに薄暗さが増し、雨音がさらに低くなった。

「でも、過去や未来にいくだけならまだしも、未来を変えるってのは、やな話だよな」

　彩色しながら、タカナリが言った。

「過去を変えたら未来が変わるなんて、都合が良すぎる」

「そうか？」

「そうだ。渡来が言ってた。タイムスリップには種類があるって。『木の幹』と『登山』と『巻き戻し』、だっけ。蝶の羽ばたきが竜巻を起こす、みたいな意味のわかんねー譬えしてた。サトちゃんはむずかしー話が好きだから楽しそうに聞いてたけどさ、俺は断然『登山』派だね。むしろ渡来の『木の幹』はおかしいと思う」

「おかしい？」

「未来が変わるわけがない。だろ？」

タカナリは黄色のペンを仕舞い、黒色を取り出して、同じように歯でキャップを挟んで開けた。

「未来は絶対だ。どうなるかわからないんじゃない、もう決まってる。小さなことが未来を変える？　馬鹿言え。ちょっとのことで変えられるほど、俺も俺の未来も弱くねーよ。蝶の羽ばたきなんて片手で掻き消してやる。あ、ポテチ最後もーらい」

和也は黙った。二十二歳の自分を思い出した。

敷石和也は大学生活に目的を見いだせず、就職活動を苦行だと思っている。自分に魅力はなく、無能で、無様で、承認欲求だけはある。そのくせ繊細で臆病だ。些細なことで揺らぎ、傷つき、流されてしまう。こんな自分になってしまった原因は過去にあるはずだ。中学時代の虚勢、高校時代の鬱屈、大学生活の怠惰、すべてが積み重なって、敷石和也を形作っているのだから。

「期待なんかするなよ」

タカナリが顔を上げた。「何？」

「自分に期待なんて、するな」

「なんで？」

「するだけ損だ。おまえが思ってるほど、未来は輝かしいものじゃない」

タカナリは呆けた顔をしていたが、「ううん」と思考を巡らせた。口元をうねらせる。

「そうか、カズヤは未来が怖いんだな。お先真っ暗だと思ってる」

「確定で真っ暗なんだよ」

「大丈夫。おまえの分も俺が輝くから」

「そういうことじゃなくて」

「てか、俺がしてるのは期待っつーか、信頼？　俺は俺を信じてるから」

「決め顔されてもかっこよくねえんだよ。会話も地味に嚙み合ってねーし。過去が変われば未来が変わるのは自然の摂理だろ。道を曲がれば行き着く先が変わるのと同じだ」

「なんで？　目的地を決めとけば、ナビが案内してくれるじゃん。困ったら人に訊けばいいし、迷ったらマイゴを頼る！」

「全員が目的地にたどり着けるわけじゃない。現実と向き合いもしないで、クソ高いプライドと根拠のない自信にしがみついて、保身ばかりで碌に努力もしないで身の丈に合ってない理想を抱くから間違えるんだ。おまえはずっと過去の栄光に見えるまがいものを引きずってるだけなんだよ」

「なんだよ、ヒートアップしちゃって、どうした？」

自分がいまどんな顔をしているのか、和也にはわからない。他人に見せたくなくて奥底に沈めてきた澱みが、タカナリを前にすると途端に溢れてしまう。

幼少期からヒーローに憧れていた。パンチで敵をやっつける、ロボに乗って敵を倒す、マントで空を飛んで、笑顔で人を助ける、そんなヒーローになりたい、という夢はいつの間にか、俺はヒーローだ、という宣言に変わっていた。授業中、世界の問題は全部ヒーローが解決するんだ、と主張して何度も先生を困らせた。二十二歳にもなれば馬鹿馬鹿しさが勝る。何でも解決できる超人なんて、いるわけがない。

「おまえは、ヒーローが実在すると思ってるのか？」

「話変わったな」タカナリはそつなく頷いた。「思ってるとかじゃない。ヒーローは実在する。ここに！」

「じゃあ将来、おまえはマントをつけて空を飛んでるんだな？」

「いやいや現実を見ろって。そんなことできるわけないだろ。カズヤはあれだな、夢見がちってやつなんだな」

和也は呆れてものが言えなかった。どっちが、とだけ零した。

わかってないなぁカズヤは、とタカナリはペンのキャップを閉めて木刀を置いた。

「いいか、この俺が教えてやる。ヒーローにはいろんな形がある。共通してるのは、人助けをすること。誰かを守ることだ。そして奇跡を起こすんだよ。大きなものから小さなものまで。これを守ってる限り、俺はこれからもずっとヒーローなんだ」

「他に、いい仕事があるだろ。そっちにしろよ。警察官とか」

「警察は、違う」

「ヒーローのほうが違う」

「そうか？　かっこいいだろ」

「かっこよさで決めるのはよくない」

「かっこいいほうがかっこいい」

「幼児の言い訳か。十二歳にもなって恥ずかしくないのかよ」

「うるせぇ」タカナリは背を向けて木刀の彩色に戻った。「この話めんどくせぇ。もう終わり」

和也も話す気が失せて、そっぽを向いた。

大粒の雨がブルーシートの屋根を叩いている。ふたりきりの秘密基地は嫌に静かだ。

頑固で人の注意を聞き入れず、屈することを悪だと決めつけ、自分こそ最強だと思い込んで、唯我独尊を貫こうとしている。貫けると思っていた。敷石和也の天下は、小学生の間だけだった。万代小学校という狭小な社会でいちばんになっても、所詮は井の中の蛙だ。

タカナリが鼻歌を歌い出した。ヒットソングだが、音が外れている。それが膜を隔てたように濁る。

凜が好む『木の幹』では、些細な出来事が未来に多大な影響を及ぼす。タカナリが好む『登山』の場合、未来を変える手段はない。『赤の他人タイムスリップ』が未来を変えられるか否かは、わからない。しかしこのままでは、少なくとも、和也の未来は変わらない。そんな気がした。タカナリが『登山』を肯定し続ける限り、彼の価値観はこれからも揺るがず、ヒーローを自称し続けるだろう。ともすれば、決定的な一打で価値観がひっくり返ることもあるかもしれないが、その決定打は余程の一大事だ。命の危機に晒される、とか、自分の無力さに絶望するとか。

和也は浅く、息を吸った。

一度くらい、痛い目を見たほうが、いいんじゃないか。

例えば、大きな挫折や恐怖を経験させて、己の脆弱さを知らしめて現実を突き付けて、根拠のない自信を捨てさせれば、彼はヒーローをやめるかもしれない。

　そうだ。カズヤは本来なら存在しない人間だ。和也はカズヤを憶えていない。もし和也が未来に帰ることで、カズヤという存在が消え失せるとしたら、タカナリを手酷い目に遭わせても、ちょっとばかりのお灸を据えても、カズヤはいなかったことになり、記憶の整合性は保たれ、しかしタカナリは変わる――。

　頭の奥がズキズキと痛み出した。以前に感じた、穴を空けられているような痛みだ。ボボボボボと連続する雨音が鼻歌のメロディーをかき消し、気持ちの悪い反響音に三半規管がうねる。地面が揺れている。ぐわんぐわんと左右に振られている感覚。自分が自分でなくなるような、身体から意識が追い出されるような。

「カズヤ？」

　我に返った。顔を上げると、タカナリが眉をひそめている。

「どーした？」

「いや、」肩で呼吸をする。鼓動が速い。「なんでも、ない」冷や汗が吹き出した。

「うわ、顔面まっしろじゃん。息止め大会の練習でもしてたの？」

「なんだそれ」

「どれだけ息を止めてられるか、って大会。今度開催しようぜ。トーナメント方式で」

「……馬鹿だろ」

「絶対楽しいから」

「楽しいわけがない」

「カズヤって変なやつだよな」

「おまえに言われたくない」

ガサガサガサ、と草木の擦れる音に、ふたりは基地の入口を見た。

音は外から聞こえた。ガサガサ、ガサガサと、秘密基地に近づいてくる。

和也は息を呑んだ。風や雨が立てる音ではない。外に動物がいる。

「侵略者か」

タカナリがぺろりと唇を舐めて立ち上がり、腰を落として木刀の柄を両手で握りしめた。構えはアニメや漫画の真似だ。表情には期待が浮かんでいる。「よし！　来い！」

「馬鹿！」和也は小声で鋭く叫んだ。「呼び込むな！」

ガサガサと音が続き、それが足音に変わって、ブルーシートの正面で止まった。

「敷石くん、それからえっと、敷石くんのお友達くん」

シート越しの声に、タカナリは肩を落として木刀を下げた。和也は安堵する。

「開けるよ」

ブルーシートを捲ったのは、傘を差した杉内先生だった。

「ふたりとも、こんなところで何してるんですか」

「見りゃわかるだろ」タカナリは顎を引く。「秘密基地だよ。せんせーは入ってくるな。てか、なんでここがわかったんだ」

「こんな天気なのに山に入っていくから、心配して探しにきたんです」

肩に木の葉を付け、眼鏡に水滴をつけた杉内先生は、入口にしゃがんで秘密基地を覗き込んだ。

「すごいなぁ。手作り？」

感嘆しても立ち入らないのは、ふたりへの配慮だろう。

「誰にもバレない場所ですね。僕も昔はこうやって遊んだなぁ」

「せんせーも？」

「はい。でも僕が作ったものに比べて、この秘密基地はとてもしっかりしています。敷石くんは器用ですね」

「まーな。俺はすげぇから」

秘密基地を設計したのは拓郎で、組み立てたのは正人だ。いま胸を張っている当人は、組み立て最中に思い付きで設計を変更して邪魔していただけである。

「はっ！」機嫌よさげなタカナリが目を見開いた。「あぶねぇ、言いくるめられるところだった。ここは先生立ち入り厳禁でーす」

「でも、これから雨が強くなるみたいですよ」

「だから？」

「楽しいのはわかるけど、濡れたら風邪をひくかもしれないし、危ないから、今日は帰りましょうか」

「やだね」

「だめ。帰りなさい。君たちの身に何かあったら、みんな心配します。僕も悲しい」

「みんなって誰だよ。せんせーの悲しさは関係ないだろ」

タカナリはその場にどすんと座り、腕を組んだ。

「また明日も来たらいいだろ」和也は立ち上がった。穏便に済ませたかった。「先生の言うこと聞こう」

「やだ。俺はいま、えーいって感じで武器を作製中だから、無理。動けません。帰れません」

「えーい？　ああ、鋭意。おまえほんとめんどくせーな」

「そうか、弱ったなぁ」杉内先生は唸った。

ブルーシートの屋根を打つ雨音が、激しくなっている。

「……そうですね。敷石くん、」先生の口調は穏やかだ。「自分のことは、自分がいちばん大切にしないと」

「説教か。先生の言葉は俺には効かないぞ」

「僕の言葉じゃないよ。他人の言葉を借りてるだけ。でもとても大切なことだ。何が危ないのか自分で見極めて、自分を守ること」

「自分を守ってばかりは嫌だな。悪役と同じだ」

「実はね敷石くん。自分を守ることと、誰かを守ることは、違うように見えて同じなんだよ。自分を守ると、君を思う誰かを守ることになるんだ。物事は循環している。だから、まずは自分を大切にする。ちょっと難しいかな」

「難しくねーし」

「敷石くんならできる？」

「できるし」

「さすがだ」杉内先生の目尻が下がった。

タカナリは不服そうに立ち上がる。「わかったわかった。やればいいんだろ、やれば。守ってやるよ、自分も、他人も」

「楽しみにしてるね」杉内先生も立ち上がり、和也を見た。「えっと……」

「カズヤだろ」代わりに応えたのはタカナリだ。「副担任なのに忘れたの？」

「ああ、そうだった。ごめんね、カズヤくん」

三人で傘を差して斜面を下り、舗装された登山道に出た。校門の前で「まっすぐ帰るんだよ」と杉内先生は東へ去っていった。

辺りは靄がかかっていた。空からぼとぼとと落ちてくる大きな水滴が、木の葉まみれの傘を洗い流していく。遠くの雷鳴が空気を震わせ、道路には水が薄く張り、水面は波紋が立って絶え間なく揺れている。和也の運動靴はぐじゅぐじゅになっていた。

タカナリが呻いた。「くそー、いま考えたら、なんか丸め込まれた感がある」

「丸め込まれたんだよ」

「そうだよな？　よし、いまから走ったら間に合うからさ、杉内先生を尾行して突撃お宅訪問しようぜ。あっちが俺たちのテリトリーに入ってきたんだ。仕返しくらい許されるだろ」

「許されるわけないだろ」

「カズヤは知らないかもだけど、正当防衛っていう言葉があるんだぞ、ふふん」

降りしきる雨をものともせず、タカナリは開いた傘を振り回した。飛んできた雫が膝にかかり、和也は舌打ちをして距離を取る。「……先生が秘密基地に来るなんて、初めてだよな？」

「だなー。困ったなぁ。他の先生に密告されたらどうしよう。秘密基地移転計画でも立てるか。でもあの場所じゃないとなぁ」

杉内先生の秘密基地訪問は、和也の記憶にない。しかし、和也が杉内先生に話しかけなければ、彼はふたりに気づかず、ふたりを探しに来なかったはずだ。杉内先生が秘密基地を訪れたのは、和也が杉内先生と邂逅したから起こった出来事だ。

この出来事を、異物と捉えてよいのか、和也は考えあぐねる。

「今日はつまんねーな。もう帰ろ。カズヤも帰んの？」

「え、まあ、帰るっていうか、帰れないっていうか」

「怒られたんだっけ」

和也は顔を上げる。「え？」

「怒られたんだって、言ってただろ。帰りにくいの？」

今朝のことだ。和也の不機嫌の原因が存在しない親のせいだと、タカナリは勘違いをしている。

和也は雨風の凌げる秘密基地で一晩明かすつもりだが、雨に降られた身体は冷えていた。銭湯、いや、せめて服を乾かしたい。ここで甘えなければ、震える夜が待っている。

「帰りにくい。親と喧嘩したし、家に誰もいないし、鍵持ってないし、帰りたくない」

「わかるわかる。じゃあうち来る？」

「いいのか」

「いーだろ別に」

「シャワー借りてもいい？」

「おう」タカナリは無責任に承諾した。「ついでに泊まっていけよ。朝まで語ろうぜ」

「それは絶対に嫌だ」

玄関のドアを開けたタカナリの母親（つまり和也の母親）は一瞬眉をひそめたが、ずぶ濡れで帰ってきた息子とその友人を迎え入れた。

タカナリの「カズヤ泊めて」は、「親御さんも心配してると思うから、だめ」と断られたが、電話で報告すること、近場に迎えに来てもらうことを条件に、シャワーと晩ごはんの許可が下りた。和也は猫を被った母親にくすぐったさを覚えながら礼を述べ、タカナリは文句を垂れながらも従う。

タカナリが我先にと風呂へ向かった。母親は「いつもごめんねうちの子が」とフェイスタオルを取り出して和也に渡し、ココアを淹れる。和也はダイニングのイスに腰かけた。

「カズヤくん、タカナリと仲良くしてくれてありがとう」

「ああ、はい」

「あの子といると大変でしょ。一人っ子だからって甘やかしてたら我儘に育っちゃって。来年から中学生になるのに勉強も全然しないし。カズヤくんは塾に通ってたりするの？」

「いえ」

「そう。周りに通ってる子は？」

凜を思い出した。「います」

「そうよねぇ。タカナリは習い事も続かないから、塾も嫌がってね。カズヤくんは何か習い事してる？」

「いえ、特には」

「そう。これからも仲良くしてやってね」

愛想笑いでやりすごした。

リビングダイニングを見渡して思い出すのは、古い記憶。実家の食卓で宿題もせずテレビにふける自分と、それを注意する母親だ。「晩ごはんまだ？」としつこく尋ねるくせに、料理を手伝わず、皿も運ばず、父の帰宅を待つこともせずに食べ始め、嫌いな物があれば「なんで入れたんだよかーちゃんの人でなし」と罵って、しょっちゅう叱られていた。

ココアを飲み干し、和也は「電話、借ります」と席を立った。

「あ、電話はそこにあるから」と母親がリビングの奥を指してくれなければ、勝手知った実家を、他人の姿で我が物顔をして歩くところだった。怪しまれなかっただろうか、とドキドキしながら受話器を持ち上げ、電話を掛けるふりをして、親から了承を得たと嘘を吐いた。

和也が風呂に入っている間に洗濯機が回された。服が乾くまで、和也はタカナリの服を借りることになった。長袖のTシャツと半ズボンだ。

「持ってたなぁ、こんなの」

タオルで頭を拭きながら脱衣所から出ると、母親の声が廊下まで聞こえてきた。

「あの子、初めてうちに来たでしょ。同じクラスの子？」

「何言ってんの。何回も来てるじゃん。カズヤだよ」

「……あれ、ほんとだ。お母さん疲れてるのかな」

「ぼけてんじゃねーの」

「あんたはほんとに、口ばかり達者になって」母親の声にため息が混ざる。「今日は西公園に行ったりした？」

「うーん」

「行ったの？　行かなかったの？　どっち？」

「行った」

「いつ頃？」

「んー」

「タカナリ」

「朝」

「さっきスーパーで聞いたんだけど」母親は近所のスーパーでパートをしている。「あんたが空き地で見つけたみたいに、死んだ鳥があったんだって」

「え、西公園に？」タカナリの声が上ずる。「マジかよ。事件じゃん」

「こら、不謹慎でしょ。動物の仕業かもしれないけど、気を付けなさいね」

「うわー、明日サトちゃんとデンローに報告だな」

夕食を終え、エアコンの風で乾いた服に着替えて、和也は「親がそこまで迎えに来るから」と実家を出た。日はとうに暮れていたが、雨はまだ降っていた。靴は生乾きだった。

「また明日な！」

タカナリは玄関の庇の下で、手を振って見送ってくれた。レモンの傘を差した和也も投げやりに手を振って、角を曲がる。我が家の明かりが見えなくなった。ぽつぽつと並んだ街灯の下、学校に向かった。

家に入る前は、タカナリに居場所を奪われたように感じるかも、と思ったが、そんなことはなかった。他人行儀な母親に接されても、案外寂しくないものだ。

自意識がいつの間にか流され、移ろい、カズヤに馴染んでいる。適応能力が高いのか、諦めと受け入れが早いのか。間違いなく後者だった。

夜風が住宅街の一画を吹き抜ける。星は見えない。パーカーの前を閉めて、傘の柄を持ち替え、ポケットに片手を突っ込んだ。

タカナリを変えることで、未来を変えようとするのは、骨が折れそうだ。

ならばいっそ、カズヤとして生きる未来はどうだろう。

このタイムスリップは『巻き戻し』に近い、と凜は言っていた。和也を捨てることも可能かもしれない。戸籍とか家族とか衣食住とか、問題を挙げればきりがないが、カズヤという赤の他人で人生のやり直しをするのはおいしく感じた。不格好な絵に筆先で細かな修正を入れるより、新しいキャンバスを買って再スタートを切った方が、簡単で、自由で、気持ちも新たにできる。

誰ともすれ違わないように、細い裏道を移動する。時折、雨の間を縫って晩ごはんの香りが漂ってきた。

小学校にたどり着いた。校舎は暗闇のなかでひっそりとしていた。明かりもなしに秘密基地を目指すのは、さすがに危ない。目的地を西公園へ変更した。

西公園にあの男はいなかった。傘を閉じて土管に潜り込む。コンクリートは冷えているが、ホテルに泊まる金銭的余裕はないので、耐えるしかない。

和也は尻ポケットの二千円と小銭を確かめ、靴を脱いだ。パーカーを掛け布団代わりにして、仰向けに寝転ぶ。水溜まりに反射した電灯の明かりが土管の内部に映って、水面のように揺れている。やはり寒い。

「マイゴがいればな」

縮こまって目を閉じた。

雨音がこだまする土管のなかで、彼は微睡に落ちる。

3

終わりの見えない駅のホームに、和也は立っていた。この夢ばかりだ、と自身の掌に視線を落とすと、そこには子どもの丸々とした手ではなく、すらりとした薄く大きい手があった。

「え」

手の甲を見て、両手をくるくるさせる。間違いない。成人男性の手だ。

「戻れた！」

声を上げると、骨に響いたのは聞き慣れたダウナーな声音とは異なる、爽やかな青年のものだった。首に手を添え、頬、額、頭に触れる。どうも二十二歳の敷石和也ではない。格好は白シャツにカーキのチノパンに紺のジャケット、ワンポイントが洒落たブランドもののスニーカーと、和也にはなじみの薄い、垢抜けたファッションだ。都会の私大の文学部に所属して、スタバでフラペチーノのトールサイズを頼んで、可愛い恋人がいて、サークル活動に勤しんで、イベントスタッフのバイトをして、オートロックのワンルームマンションに住んでいる、成功した大学生と言われて和也が思い描くような格好。

どこからともなく吹いてきた新しい風が、前髪をさらさらと揺らした。洗い立てのシーツのような清涼感を覚える。

すとんと腑に落ちた。

これは、大学生になったカズヤだ。

嫌いな自分と縁を切って、カズヤとして人生を歩めば、素敵な大学生ライフが待っているに違いない。敷石和也のような地べたを這う限界生活ではなく、キラキラ輝く人生が。

きっとカズヤなら「自分をいちばん信じているのは、自分ですかね」なんてすかした台詞も似合う。カズヤなら、同窓会に参加して後悔することもない。

「敷石」

ホームから落ちた女性を見殺しにするようなことも、きっと。

「しーきーいーしー！」

和也は目を醒ました。寝ぼけ眼で顔を上げて、差しこむ光の眩しさに目を細める。

人影が土管のなかを覗き込んでいた。

「ここで寝るとか、馬鹿なの？」

「渡来」

「早く出てきなよ」

和也は起き上がり、土管から這い出て伸びをした。大きな欠伸をして目をこすると、掌は、丸く肉付きの良い子どものものだ。

公園の時計は九時前を差していた。地面に多くの水溜まりを残して雨は上がり、頭上には薄い青空が広がっていた。陽射し(ひざ)しには朝の気配が残っている。

「今日は一日、晴れるって」

凜はモノトーンのシンプルなショルダーバッグを提げていた。彼女の片手には和也が借りていた折り畳み傘がある。

「傘、ありがとう。助かった」

「どういたしまして。壊れてなくて何より」

「壊さねーよ」

和也は掛布団代わりにしていたパーカーをはたいて羽織った。肩をぐるぐる回して腰を反らし、凝りをほぐす。冷えたコンクリートの上で眠るのは、柔らかい子どもの身でも応えた。

「敷石邸に泊めてもらえばよかったのに」

「断られた。邸っつーか箱くらいの規模だけど」

「タカナリの刷り込みは利用しなかったんだ？　いとこって暗示をかけてもらったら、いけたかもよ。そのまま強引に居候宣言したらよかったのに」

「確かに、親も騙せてたもんな。いけばよかった。俺はカズヤです、よろしくお願いします、って」

冗談のつもりで言ったのに、乾いた笑いが貼りついた。俺はカズヤです、の一言がやけに重く、腹の底に沈んでいく。

カズヤとして、生きていけたら。

「……なあ、昨日みたいに、俺がふたりいるとややこしいだろ。俺のことはカズヤでいい」

「いいの？」

「分けたほうがわかりやすいし、同じ名前で呼ばれるのが嫌になってきた。他人のふり見て我がふり直せって言うけど、我がふり見たほうが効力が高いんだって、ここ数日で身をもって実感してる」

「そんなに嫌いなんだ？　難儀だなぁ。同じ人間なのに」

「もはや他人だよ。あいつはだめだ。ちょっとやそっとじゃ矯正できないし、変わりそうにない」

「敷石、頑固だもんね」

凜は、カズヤ、カズヤ、と繰り返した。

「呼び間違えたらごめん。それで、昨日はあれからどうしたの？」

和也は秘密基地での一件を話した。杉内先生が秘密基地に来た記憶はない、と説明すると、凜は例の探偵のようなポーズで唸った。

「それ、杉内先生が異物の可能性はない？　杉内先生って実在の人物？　ほんとにいた？」

爽やかな朝の公園に不釣り合いの悪寒を覚え、和也は眉根を寄せる。「やめろよ。いたよ。怖いこと言うなって」

「疑ってかからないと見落としそうじゃん。わたしには、異物かどうかの判別がつかないから」

「俺は杉内先生のことを憶えてる。あの人は実在の人物だ、と、思う。誰かに騙されてない限り」

「杉内先生に、杉内先生自身の存在を刷り込まれてない限り」

「俺が言ってるのは、杉内先生が秘密基地に来たことと、『鳥の死骸事件』を同等に扱っていいのか、ってことだ。前者は俺が関与してて、後者は独立してる。杉内先生が秘密基地に来たことは、異物イベントなのか？」

「本来は起こり得なかったはずの出来事なら、異物でしょ」

「俺のせいで異物が生まれたことになるぞ」

「あんたの行動が過去を変えたってことじゃないの？」

「にしては、影響のなさそうな改変だけど」

「バタフライ・エフェクトかもよ」

言いながら、凜は水筒を取り出した。蓋がコップになっている水筒だ。

「ところでしき、カズヤ、朝ごはんは？」

「忘れてた」普段は抜いてばかりだが、今日一日動くならエネルギーを摂取しておくべきだ。「コンビニで買ってくる」

結果、尻ポケットの合計金額は千と七百五十三円になった。

西公園のベンチはまだ湿っていたので、ジャングルジムに凭れながら立っておにぎりを食べる。凜は隣で、ほうじ茶をふうふう冷ましながら飲んでいる。

「わたしは今日は一日中、空いてるよ。杉内先生の来訪は異物か異物じゃないか、をテーマにするなら、杉内先生を調査する？」

「いや、昨日と同じでいい。異物にも種類があるかもしれないから、もう少しあちこち探りたい」

　しかし、秘密基地、実家、杉内先生は見た限り、和也の知る過去と同じだった。

「じゃあ、現状の異物は、『カズヤ』と『鳥の死骸事件』と『不審者情報』と『杉内先生』だね」

「最後は（仮）で」

「よし、気合い入れていこう。当ては？」

「ない」

　街を探索することになった。

　サイレンが響いたのは、凜が道端に寝転がっていた野良猫を撫でていたときだった。

「何の音？」

　茶色のトラネコの腹を撫でまわしながら、凜はきょろきょろと辺りを見回す。「消防車？」

「パトカーだろ。事故でもあったんじゃないか？」

和也はネコに触れていなかった。凛が「ネコだ！　かわいい」としゃがみこんでしまったため、傍に立って手持ち無沙汰にしていた。

「朝からパトカーとは物騒だね。ねーネコちゃん」

返事は大きな欠伸だった。

ネコは随分と人に慣れていた。サイレンに動じる素振りもなく、時折尾を振って、実に気持ちよさそうである。その余裕綽々な態度に「こいつはトラブルに巻き込まれたらすぐ死ぬタイプだな」と和也は言いかけたが、凛の手前、胸の内に留めておいた。

サイレンは道の先から聞こえる。遠ざかる様子はない。ふたりは顔を見合わせた。

「気になるね」

ネコから名残惜しそうに手を離し、凛は立ち上がった。

「行こう」

サイレンを頼りに移動すると、小学校に行きついた。半開きの校門の前に停まったパトカーの傍で、ジャージ姿の教頭先生がハンカチで額を拭きながら、制服警察官と話している。

　声をかけると、禿頭の教頭先生はふたりに気づき、掌を向けた。こちらに来るな、の意だった。ふたりは大人しく立ち止まった。

「何かあったんですか」

　凛が声を張ると、教頭先生は警察官と数言交わしてから、わざとらしい笑みでこちらに寄ってきた。「どうしたのかな、ふたりとも。遊びに行く途中？」

　彼が汗をかいていることから、慌ててここに来たのだろうと和也は推測した。教頭先生は校舎の施錠を管理している。校門を開けるために呼び出されたのだ。

「パトカーが停まってる。何かあったんですか」凛が再度尋ねる。

「何にもないよ。警察の人が見回りに来ただけで」

「何かあったんですよね？」

「だから何も、こら」教頭先生は、脇を抜けようとした凛の腕を掴んだ。「何もないったら」

「何かあったに決まってます。警察が来てる。大事ですよね。カズヤも、ぼーっと立ってないで、ほら」

「えーっと」凛の唐突な強引さに、和也は戸惑った。「強行突破は、よくないんじゃないかな。相手は教頭先生だし」

話し合いで切り抜けよう、と言外に伝えたつもりだが、凜は「はあ？」と呆れて教頭先生に視線を戻した。「何があったんですか？　もしかして変な人が目撃されたんですか？　不審者ですか？」

藻掻いているところに、制服警察官が寄ってきた。彼女は凜を見て、

「君、昨日の子だよね。空き地のカラスのことを通報してくれた。隣の子はお友達？」

「あ、昨日の」凜が会釈する。「学校で事件ですか？」

「えっと……」

警察官は教頭先生に目配せした。教頭先生は何か言いたげだったが、悩んだ挙句に場所を譲り、別の警察官に呼ばれて引き下がった。

「何か、あったんですか？」

凜の改まった質問に、警察官は神妙な面持ちで首肯する。

「昨日と同じことが起こったの。校庭に死骸が」

「鳥ですか？」

「ううん、今回はネズミ。しかもかなりの数が校庭に散らばってる。散歩してたおじ

いさんが通報して、先生に門を開けてもらったところだよ」

「ネズミ……」中学生の頃、下校途中に大きなドブネズミを見たことがあった。普段目にする機会は少ないが、下水道や側溝などに数多く潜んでいる小動物だ。「それも、あれですか、殴られたような？」

和也の質問に、警察官は頷いた。「酷いよね」

「昨日のカラスもネズミも、人間の仕業ですよね？」

「そうかもね」

警察官は真剣な表情を崩さないで、ふたりを交互に見遣る。

「誰かが襲われたわけじゃないけど、物騒なのは、わかる？」

「犯人の手がかりは？」凜が尋ねた。

警察官はにこりと笑んだ。

「ひとりで行動しないこと、暗くなったら出歩かないこと、できれば家にいること」

「どんな感じに散らばってたんですか？　西公園のスズメとも関係ありますか？」

「あとはわたしたち警察が頑張るから、任せてね」

ふたりは校門前から追い返された。

「これだから大人は」

小学校を背に歩きながら腕を組み、凜はふんと鼻を鳴らす。

「ちょっとのことで、わたしたちを安全圏に置いておこうとする。心配しなくていいとか、不安にならなくていいとか、勝手に物事から遠ざける。わたしが欲しいのは、そういう〝大丈夫〟じゃないのに」

「ま、十二歳だから」

「年齢であれこれ決められるのは嫌い。カズヤも、子どもは弱いと思ってるんでしょ」

「そんなことは」ないとは言い切れないので、尻すぼみになった。十二歳にできることなんてたかが知れている、とは思うが、凜の気持ちを逆撫でするほど浅はかではない。「でも意外だな。渡来もああいう強攻策を取ったりするんだ」

「だってああでもしないと隠されるじゃん。わたしは、わたしのことを子ども扱いしてくる人って嫌いなんだ。ひとりの人間として扱ってもらえてないような気分になる」

「大人だなぁ」

「で、ネズミの死骸が校庭に転がってたことは、カズヤの過去にあった？」

「あったら憶えてるはずだよ。インパクトがありすぎる」

「要調査だね。またあとで、小学校に行ってみよう」

暇つぶしがてら、ふたりは工場地帯にやってきた。

カラスが積まれていた空き地は、トラバリケードテープもなければ草刈りもされておらず、昨日と大差なかった。空き地の中心、草が踏み倒された場所まで立ち入ると、血痕は昨日の雨に流されてすでになく、死骸も片づけられている。「犯人は現場に戻るはず」と工場地帯に来る途中で凜は言ったが、それらしい形跡は見当たらない。

「あの警察官さん、あとは任せてね、って感じだったけど、わたしは不安だな。ほんとに捜査してるのかな」

「してるだろ。野生動物の虐待は法律違反だろうから」

「法律？　どんな？」

「わかんないけど、倫理的にも道徳的にも悪いことだし」

「倫理に反してたら逮捕できるの？」

「さあ」

お互い知識が浅かったので、それ以上会話が弾まなかった。空き地を後にする。

朝の爽やかさは昼間の心地良さに変わりつつあった。凛のデジタル腕時計は10：37を表示している。ふたりは小学校へ戻ることにした。

「校庭に殺したネズミをばらまくのは、最悪、ガキのいたずらってこともあり得るぞ」

和也の思いつきに、凛は眉をひそめた。「いたずらにしては残酷すぎない？」

「子どもは残酷だろ。純粋ゆえの残酷さってやつ」

「無知を純粋って一言で片づけるの、わたしは好きじゃない」

「好き嫌いがはっきりしてるな」

「よく言われる」

「いいことだ」

「皮肉？　正直に言いなよ、我が強いって」

「皮肉で言ったつもりは」なかったが、顧みれば図星かもしれず、和也は再び語尾をごにょごにょと濁した。

小学校に戻ると、警察も教頭先生も撤収していた。校門は閉められ、周辺はひっそりとしている。門の隙間から覗いてみると、校庭のあちこちに点々と黒い染みが見えた。門の近くにもひとつ、赤黒い模様があった。

「近くで見ないとわかんないよね。どうする？　侵入する？」背伸びした凜のポニーテールが揺れた。どことなく楽しそうだ。

「いいのか、優等生。内申点下がるぞ」

「今日は気合い入れてるから」

「そういう問題？」

和也は塀を見上げた。この塀は何度か越えたことがある。カズヤの身体でも、腕を伸ばせば縁(へり)が摑めそうだ。

「あんたなら行けるでしょ？　問題児なんだし、敷石なら侵入の前科くらいありそう」

「ねーよ」息を吐くように嘘を吐いた。ここにタカナリがいたら、軽々とよじ登り、ひょいとジャンプして着地を決めるに違いない。かつては壁があれば越え、木があれば天辺(てっぺん)を目指し、穴があればもぐりこんで、叱られていた。「俺とあいつを一緒にすんな」

「一緒じゃん」

「侵入したって、どうせ血が残ってるだけだろ。証拠は警察が持っていってる」

「じゃあ『鳥の』……」凜は名称を改めた。『動物虐待事件』は、警察に任せるの？

それでいいわけ？　異物の謎を解かないと、未来に帰れないかもしれないのに？」

「いっそ、カズヤとして生きていくのもありかもしれない」

「え」凜の口がへの字に曲がった。「それって、自分が自分じゃなくなってもいいってこと？」

「なんで渡来が驚いてるんだ」

「だって、他人と入れ替わる映画とか見たことあるけど、でも、みんな、元の体に戻ろうとしてたよ。自分以外の自分は、普通、嫌なんじゃないの？」

「全人類が、自分に執着してるわけじゃない」

「どういうこと？」

「渡来には、たぶん、まだ、わからない。これはなんていうか、青年期の苦悩なんだ」

凜は依然、釈然としない。「たかが十年長く生きてるだけで大人ぶられても」

「たかが十年、されど十年。十年で人は変わる。百八十度くらい反転する」

「敷石は反転しちゃったの？」

「もう戻れないところまで行ってんの」

「よくわかんないな……」

和也の視界の隅で、何かが動いた。

門の向こう、校舎の裏側から現れた人影が、こちらへ向かって駆けてくる。三人の子どもだ。

「どしたの？」凜が和也の視線の先をたどり、

「馬鹿三人組じゃん」

和也を睨んだ。

「やっぱり前科ありじゃん」

タカナリは校門前のふたりに気づき、「お！」と走りながら片手を挙げた。門の近くに到着すると、テンション高めに、

「やばいやばい！　やばいもの見つけちゃった！」

次に正人が到着した。彼は青白い顔で「やばい」と言う。拓郎は校庭の途中で体力が尽き、とぼとぼ歩いている。

「馬鹿三人組、また何かやらかしたんだ」

「ちげーよ」凜を睨み上げ、タカナリは垂れてきた汗を腕で拭った。「カラスとスズメだけじゃねぇな、あれ」

「……もしかして、犯人を見たの？」

三人がいつから敷地内に侵入していたのかは不明だが、仮に通報より前だった場合、犯行を目撃している可能性がある。和也も「ネズミを見たのか？」と訊いた。

「ネズミ？」

怪訝そうなタカナリの隣で、正人が呼吸を整えながら首を振る。「ネズミじゃないよ」

「でも警察がネズミって」凜が言う。

「警察もう来てんのか」タカナリがきょろきょろする。

会話が嚙み合っていない。和也は尋ねた。「校庭のネズミの死骸を見たんだろ？」

タカナリが「はあ？」と大きく口を開けた。「校庭？　何言ってんだ？　てかあれがネズミだったらバケモンだろ」

正人が言う。「タヌキだよ」

凜が繰り返す。「タヌキ？」

凜を無視して塀の上に登ったタカナリが、ひょいっと側溝の蓋の上に着地した。

「公衆電話はどこだ」と駆け出す。「俺が通報する！」

早く通報したいがために小学校側に下りてきたのだろう、と想像がつき、和也は彼の奔放さにため息を吐いた。校門が閉まっているときは、拓郎が塀越えをするのに時間がかかるため、舗装された登山道から出入りするのが暗黙のルールになっていたのだ。

ようやく校門前に到着した拓郎が、目を潤ませながら「上がってすぐに下りないでよぉ」とぐずった。

「タヌキってどういうこと？　ネズミじゃないの？　何があったの？」

凜の質問に、拓郎の背をさする正人が答えた。

「秘密基地のなかに動物がいて、びっくりしたんだけど、木の枝でつついたら動かなくて、たぶん死んでて」

「それがタヌキ？」

「うん。図鑑で見たのと似てた。体が凹んで血が出てたから、昨日のカラスみたいって話になって、タカちゃんが通報するって」

「僕、まだ息切れてたのに」拓郎は垂れてきた汗を拭う。

凜が校舎の奥を見遣った。「いつも校舎裏から秘密基地に行くの？」

「今日は裏山の入口から登ったよ」

「秘密基地から校庭は見える？」

「ううん。校舎に遮られてて。……先にそっちに行ってもいい？」

　正人と拓郎はどうにか塀を乗り越え、道路に着地した。

「ふたりは、なんでネズミだと思ったの？」

　凜と和也が答えると、正人と拓郎の顔がどんどん険しくなり、ふたりは振り返って校庭を見渡した。

「ほんとだ。気づかなかった。あれ、ネズミの血？」

「うえ」拓郎が正人の後ろに隠れる。「かわいそう。ネズミは何も悪くないのに。ゴールデンウィークに入ってから、こんなのばかりだね」

「ゴールデンウィーク？」凜が反応する。「昨日からじゃなくて？」

「そうだよ。ほら、タカちゃんの家の前に」

「そういえば」正人が眉を上げた。「チョウとかバッタとか」

「どういうこと？」

「一昨日の夕方、タカちゃんの家の前に虫がたくさん落ちてたんだって。バラバラだったり潰れた状態で」

　一昨日とは、ゴールデンウィークの初日、和也がかくれんぼの途中で目醒めた日である。

和也は尋ねる。「いたずらか？」

「僕はネコの仕業かなぁ、って。ここらへんにはネコが多いし、バッタを追いかけてるのを見たことがあるから。でも、もしかしたら、カラスやタヌキと関係あるかも」

「……こんなの、漫画のなかだけだと思ってた」

拓郎の言葉に、正人が頷く。

「ほんと、ドラマみたいだよね。ＦＢＩが言ってた。シリアルキラーは最初、小さな物や動物から始めるって」

「シリアルキラーって、連続殺人鬼の？」凜が反応する。

「うん。ドラマのシリアルキラーは、子どもの頃に機械を片端から分解してた。そのあと小魚やネズミや犬を痛めつけるようになって、どんどん歯止めが利かなくなって、最後は人だった」

「サトちゃんのお姉さん、外国の怖いドラマ好きだもんね」拓郎の声音は低い。「僕はもうサトちゃんのお姉さんが怖いよ」

「えっと、なんか姉ちゃんが、ごめん」

和也は思い当たった。犯罪心理学の講義だ。

「俺も聞いたことある。シリアルキラーは動物虐待から始まって、周囲の影響や自分の性格のせいで次第にエスカレートしていく、ってケース。諸説あるだろうけど」

拓郎の顔がくしゃりと歪んだ。「そんなのどこで聞くの?」

「えっと……テレビ」

「なんでそんな番組見るの? 僕ならすぐに別のチャンネルにするよ」

「俺も、ちゃんと聞いたわけじゃないけど、でも、専門家が言ってた」

希望の講義に抽選で外れ、流れた末に受講したのが、初老の教授がぼそぼそと喋る不人気な犯罪心理学だった。基本はサボってばかりだったが、テスト対策のために出席した講義でシリアルキラーの話を聞いたとき、「なるほどなぁ」と思ったのだ。つまりは予行演習じゃないか。残酷な犯罪者は自分と違う人間だと思っていたけれど、彼らもそうやって、段階的に練習するものなんだ。逆説的に言えば、その段階をクリアしていくことで、誰でもシリアルキラーになれてしまうのかも、なんて。

「え、じゃあ、いま、この街に、シリアルキラーがいる、ってこと?」拓郎がぼそりと言った。

「そうだね」ずっと探偵のポーズをとっていた凛が、顔を上げる。「これは連続殺害事件だ」

「殺害事件……」

和也は「まさか」と半笑いになった。あまりに早急な判断だ。しかし、正人と拓郎は真に受けたようだった。

「こっ、この話、やめよう」拓郎はばたばたと両手を振った。「何かの間違いだって。きっといたずらなんだ。きっとそうだよ！」

「不審者と関係してるかもよ」

「不審者って、あの、変な噂？　大人は信じてくれないやつ？」

「そう」

「なんで？」

「あっ」正人が瞠目した。「タカちゃんの家の前に虫の死骸があったのは、ゴールデンウィーク初日。不審者を見かけたって話が上がったのもゴールデンウィーク初日だ。時期が重なってる」

「『動物虐待事件』が『不審者情報』とつながってる可能性は大きいよ。確固たる証拠は、」凛は和也を一瞥（いちべつ）する。「上手く言えないけど、でも、絶対に関連性がある」

『動物虐待事件』と『不審者情報』の双方は異物であり、和也が『赤の他人タイムスリップ』をしたのもゴールデンウィーク初日であるため、三つの事象が同時に発生したことになる。

杉内先生の一件もあり、和也は全てを異物と括りたくなかったが、ここで話の腰を折るのも気が引けたため、凜の主張に同調しておいた。

「警察は？」拓郎が慌てて言う。「不審者も、シリアルキラーも、警察が逮捕してくれるはず」

「死んでるのが野生動物でも動いてくれるのかな」正人が誰ともなしに訊いた。

「暴力的だから、多少は捜査するんじゃない？」凜が肩をすくめる。「でも『不審者情報』は当てにしない。現に警察は信じてくれなかった」

「もう一回みんなで言いに行こうよ」

「無理だと思う。誰かを探してうろつく不審者は一度も目撃されてないんでしょ。まるで幽霊なんだから、想像上の産物って言われて終わり。トイレの花子さんとか人面犬と一緒の扱いなの。そういうオカルトっぽい話を大人は適当にあしらって済ますの。それより大事なことがあるから、って後回しにされるに決まってる。つまりわたしたちの訴えを微笑ましいなって顔して聞く大人はオカルト話より晩ごはんの献立の方が重要なわけ。わかる？」

畳みかけられ、拓郎は一切悪くないのに狼狽えた。「そ、そう、かも、しれないけど。じゃあ、どうするの？」

「わたしたちが解決する」

しばらく沈黙が流れた。

遠くでパトカーのサイレンが聞こえた。

正人が静かに頷いた。

「僕は、渡来さんに賛成する。だって、この緊急事態に気づいているのは僕らだけだ」

使命感が漂っている。秘密の共有がもたらした謎の結束力が、薄(うっす)らと凜と正人をつないでいる。子どものお遊びで首を突っ込んでもよいことなのか。不審者はともかく、『動物虐待事件』の犯人は野生動物を容赦なく殺せる人物だ。止めた方がいいんじゃないのかと思ったが、和也は口を噤んだ。異物がタイムスリップの原因なら、情報収集にしろ、事件解決にしろ、人手は多いほうが良い。

「みんな本気なの？」拓郎は弱々しい。「やめようよ。きっと危ないし、絶対に怖いよ」

「僕はほっとけない」

「わたしも。カズヤもそうだよね？」

「まあ、うん」

「やだよ。ほっとこうよ。そのうちどうにかなるって。不審者のことを警察に言おう。信じてもらえなくてもいいよ。家に帰ってじっとしていようよ」

「でも、僕らがみんなを救える。これってヒーローだろ」

「ヒーロー」

正人の一言で、拓郎の目の色が変わった。彼もまた、ヒーローに憧れるひとりだ。拳を握って、「わかった」と泣きそうな顔のまま同意した。「あとでタカちゃんも誘うね」

正人が仕方なさそうに笑った。「もちろん。タカちゃん、仲間外れにされると怒るもんね」

校門前で待っていると、タカナリが帰ってきた。やさぐれた顔つきだった。第一発見者として聴取を受けた後、騒がしさゆえに追い出されたんだろうな、と和也は推察する。

「タカちゃん、どうだった？」

「邪魔者呼ばわりされた。警察は俺のすごさをぜーんぜんわかってねぇよ」タカナリは口を尖らせた。「秘密基地は触るな、って言っておいたけど、無理だろうなぁ。荒らされるかもしれない」

「それはやだね」正人が眉尻を下げた。「大事な場所だもん」

　一方で拓郎は「ちょっとの間、行きづらいよ」と嘆いた。「タヌキの死体が転がってた床なんて、座れない」

「またスーパーから段ボールもらって改造しようぜ。で、そっちは何を話してたんだ？　なんで渡来がここにいる？」

「悪い？」

「悪い」

　事の成り行きを正人が説明すると、タカナリは満面の笑みで「賛成！　だけど、」と凜を睨んだ。「渡来も同じチームってこと？」

「仕方ないじゃん。たまたま居合わせたんだから、乗り掛かった舟ってことで」

「舟ぇ？　おまえと一緒とか、死んでもごめんだね。ま、俺はヒーローだから受け入れてやるけどな。温情に感謝しろ」

「はいはい感謝感謝どうもどうもありがたいありがたい」

「うっわ、なんだそのお礼。で、そのチームにはマイゴも当然入るよな？」

　正人と拓郎が頷いたので、多数決でこの場にいないマイゴも強制入隊となった。凜は「マイゴを危ない目に遭わせるのはなぁ」と渋っていたが、反論はしなかった。

「で、俺たちはこれからどうする？」

「まずは……」凛は腕時計を見た。

「まずは？」

「お昼ごはんでしょ」

タカナリの腹がぐうと鳴った。「確かに」

一時半に西公園に集合の約束を取り決め、現地解散となった。

タカナリ、正人、拓郎と別れたふたりは、昼ごはんをコンビニで買った。和也は低価格を狙い、おにぎりと野菜ジュースを選んだ。全財産が心もとない金額になったが、これ以上、凛に金の無心はできない。

西公園のベンチでもぐもぐとツナマヨを頬張っていると、凛が徐(おもむろ)に「あのさぁ」と言った。彼女はサンドイッチを頬張っていた。

「やっぱり、杉内先生が犯人じゃないかな」

「え」咀嚼を止めて和也は横を向く。「杉内先生が『動物虐待事件』を起こしてるってこと？」

「先生なら秘密基地の場所を知ってるし、敷石の家の住所も、調べたらわかりそう。

学校には児童の個人情報がたくさんあるから」

「でも」人畜無害の気弱な笑みを思い出し、和也は黙った。

杉内先生の帰路は、小学校の東側だった。あの空き地がある工場地帯の方角である。

「いや、だとしても、あの先生にそんな度胸ないだろ」

「人は見かけによらないよ。昨日、先生は本当に忘れ物を取りに来たのかな」

「下見に来たって言うのか？　ネズミを殺して校庭にばらまくために、わざわざ雨のなか、しかも昼間に？」

「カズヤは、杉内先生は怪しくないって言うの？　やけに肩を持つけど」

「庇（かば）ってるわけじゃない。渡来の発想が突飛すぎるだけだ」ツナマヨを嚙んで野菜ジュースで流し込む。「仮に、杉内先生が『動物虐待事件』の犯人だったとして、動機は何だ？　どうしてタカナリの家の前に虫の死骸を？」

「何かあると思うけど……やっぱり、杉内先生は異物なんだ。それでいて特殊なの。カズヤを未来に帰らせないように画策してるとか、過去を保つために抑止してるとか、時間警察みたいな、さ。『動物虐待事件』を起こすことで、過去の改変を妨害してる。で、不思議な力で認知されないようにしてるから、しっかり見えない不審者として目撃されてる。つまり、不審者=犯人=先生。だから秘密基地訪問っていうイベントが起こった」

「SFっぽいけど、過去の改変を妨害するなら、『動物虐待事件』自体が過去を改変しちゃまずいだろ?」

「何か深い事情があるんじゃない?」

「話を広げすぎてる。『赤の他人タイムスリップ』の原因もわかってないのに、謎に謎をかけてもややこしくなるだけだ。まず、不審者=犯人から不確定だし、先生=不審者、先生=犯人の理論もふわふわしてるし、俺が先生を憶えてるんだから、先生は異物じゃない」

「じゃあ誰が不審者で誰が犯人で何が原因なの? なんかこんがらがってきた」

凛は眉をひそめ、ハムサンドを口に含んだ。

「行き詰まったときは、初心に帰って、物事を整理するといいってママが言ってた」

「なるほど」

和也は晴れ渡った青空を見上げる。

いま、自分がやるべきことは、未来に戻ることだ。もはや億劫になっているが、初日に協力を仰いでしまい、凛も和也が未来へ戻ることを目標に行動してくれているので、和也は付き合う。

　未来へ戻るには、『赤の他人タイムスリップ』の原因究明が手っ取り早い。その足掛かりとしてふたりは異物を探している。和也の知る過去には存在しなかった物事を探るのである。

　現状、明確な異物は『カズヤ』と『動物虐待事件』だ。ここに凜は『不審者情報』と『杉内先生（の秘密基地訪問）』を付け足したが、そのふたつを異物と断定するには弱い、と和也は思っている。片やオカルトじみた噂で、片や結果論だ。

　このうち、『カズヤ』にはタカナリの刷り込みが効く。凜曰く、「自分の存在を自分が認めることに、おかしさなんてないと思う」。和也は、タカナリが刷り込みを意図的に行っているとは思えなかった。十二歳の自分は短絡的で猪突猛進で紛れもなく単純で、黒幕や策士から最も遠い場所にいるからだ。よって、タカナリが『赤の他人タイムスリップ』の謎を知っているとは思えない。

　目下の調査対象は、『動物虐待事件』である。タカナリの家の前に捨てられていた虫から始まり、工場地帯の空き地のカラス、西公園のスズメ、小学校のネズミ、秘密基地のタヌキ。

　そして、『動物虐待事件』の犯人と『不審者情報』の正体が同一人物ではないか、と凜は予想した。その正体は杉内先生かもしれない、と彼女は言うが、この予想はSFじみた虚構の上に成り立っている。杉内先生が昨日に学校と秘密基地を訪ねたことは事実だが、彼女の主張は論理性も証拠も不足しているため、和也は有力視していない。

「杉内先生犯人説は、ゼロじゃないけど、弱い。怪しい人なら他にもいる。ホームレスっぽい人とか」

「そんな人いた？」

「見かけた」

「異物の可能性はあるの？」

「ないとは言い切れない。俺がホームレスの存在を知らないまま、大人になっただけかもしれない。そもそもホームレスかどうかも怪しい。でも態度の悪そうなやつだったから」

「ホームレスの人ならやりかねない、って決めつけてるなら、すごく失礼だよ」

「そうですね道徳的に良くないです」

和也は野菜ジュースを飲み干した。そんなことはわかってるんだよ、と小言で付け足した。

あの男を疑ってしまうのは、その存在がどうしても引っ掛かるからだ。

たとえばあの男がパリッとしたスーツに身を包んでいたとしても、和也は変わらず疑っていただろう。しかしその根拠を上手く言語化できない。

「渡来は、どうしても杉内先生がシリアルキラーだって言うんだな」

「可能性としてね。絶対、はよくない、ってパパが言ってた」

「さすが研究者。保身が上手い」

「偏見やめてくれる？」

「俺だって大学生だったんだから、研究者にどんな人格が多いか知ってるよ」

「先生に恵まれなかったんだね」凜は大きな口を開けて、最後のレタストマトサンドを頬張った。

杉内先生がシリアルキラー。

どうにもしっくりこなかったが、穏やかな表情を浮かべている人物が殺人犯だったり黒幕だったりするのは、フィクションではよくあることだ。

「渡来、もしかしてまた映画に引っ張られてるんじゃないのか。これは現実だぞ」

「『赤の他人タイムスリップ』が実在する現実ね」

「…………」

和也は、返事をする代わりにストローを吸った。野菜ジュースの入っていた紙パックがベコンと凹んだ。

「お昼から杉内先生の足取りを探ろう。他に何もないし、それでいいよね？」

彼女の提案も素直に受け入れた。


約束の時刻五分前に正人が現れ、約束の時刻五分後にタカナリが現れた。十五分過ぎても拓郎は来なかった。携帯端末を持たない彼らに連絡手段はない。約束を守れないことも日常茶飯事だ。

「デンローのことだし、昼ごはんが長引いてるか、宿題をやるよう親に言われたんだろ。先にやってようぜ」

タカナリの一声で四人は作戦会議を開始した。凛が杉内先生の話をすると、正人はばつが悪そうな顔をした。

「杉内先生はそんなことをする人じゃないと思うけど」

「根拠は？」凛がずいと顔を寄せる。

「だって、学校の先生だよ。僕らにも良くしてくれるし、優しいし」

「いーや、ありえる」

タカナリが目を伏せ、意味もなく指を鳴らして目を開いた。芝居がかっていた。

「ああいう人ほど、悪の親玉だったりするだろ。ずっと隠し通して最後に裏切るラスボスだ。怪しいやつより怪しくないやつが怪しいんだ。だから、怪しいくせに捕まってないやつは逆にシロ！」

和也は懲りずに公園の男のことを話題に出そうとしたが、先手を打たれたので呑み込んだ。「おまえもフィクションに引っ張られる性質か」

「おまえも？　も、ってなんだよ」

正人が唸る。「カズヤくんも、杉内先生が怪しいって思うの？」

「秘密基地の場所を杉内先生が知ってるのは事実だから、容疑者候補だとは思うけど、物的証拠がない」

「おい、も、ってなんだよ！」

肩を力強く摑まれ、揺すられ、「やめろ」と和也はタカナリの手を払った。「おまえは大人しくヒーローに毒されてろ」

「どく？　よくわかんないけど嫌なこと言われてるのはわかるぞ」

「はいはい似た者同士で喧嘩しない」

凜がパンパンと手を叩いた。

「とっかかりがないんだから、まずは第一容疑者を当たってみるのが筋ってもんでしょ。行くよ」

「行くって、どこへ？」正人が尋ねる。

「杉内先生のところ」

「渡来さんは先生の家を知ってるの？」

「知らない」

「俺は知ってるぜ。小学校の東だ」

「具体的にどのあたり？」

「そこまでは」

沈黙が下りた。

「くっそー、やっぱり昨日つけとけばよかった」タカナリが頭を掻きむしった。

痺れを切らして、和也は切り出す。「連絡網は？」

「それだ」

親の携帯電話番号や家の固定電話番号が載っている連絡網、その先頭には、担任と副担任の連絡先が記されている。二十二歳の和也が生きる時代では、個人情報保護のためメールやホームページでのお知らせに変わりつつあるが、十年前にはよく見られた制度だ。

「じゃあ、わたしが家に帰って先生の携帯電話の番号を見てくる。使うのは公衆電話でいいよね？　テレフォンカードなら持ってるから」

話がまとまった。

しかし、杉内先生は電話に出なかった。かなり粘ったが、留守電サービスのアナウンスに切り替わってしまった。メッセージを残すわけにはいかないので、凜は受話器を置き、電話のイラストが描かれたテレフォンカードを手に取る。

「もう一回かけてみる？」

狭い電話ボックスのなかには、凜と和也が入っていた。「わたし以外に、もうひとり先生の音声を聞く人がいてほしい」という凜の保険に、タカナリは「渡来と一緒に入るとか、ぜってーやだ」と拒否し、正人も「僕もやめとく」と紳士的に身を引いた結果だ。

和也は肩をすくめた。

「あれだけコールしても出なかったんだ。いまは……運転中とか、昼寝してるとか」

「かけ直してくれる確率は低いよね」

「そうだな。公衆電話だし」

アクリルの壁がトントンと叩かれ、

「どうだった？」

外からタカナリが尋ねた。凜は首を振る。

ふたりは電話ボックスを出た。場所は西公園のすぐ傍だ。

「休日だから」正人が、もしかして、と続ける。「デートかも」

「えっ先生って恋人いるの？」上ずったのはタカナリだ。新しいおもちゃを見つけたときの顔をしている。「マジ？　マジで？」

「や、わかんないけど、いてもおかしくないと思うよ。大人だし」

「マジか！　自力で探そうぜ、先生の家！」

「無謀すぎ」凜が一蹴した。

どうしようね、と再び空気がまごついた、そのときだった。

「ああ、ここにいた！」

焦り声に振り返ると、正人の母親が立っていた。正人とよく似た顔立ちで、細身で、暖かそうなカーディガンに色褪せたチノパンと、おそらく部屋着だった。軽く息を切らしている。

「どうしたの、ママ」

「田島くんがさっき、家の近くで知らない人に声をかけられたんだって」

四人は顔を見合わせた。『不審者情報』だ。

「デンロー無事なの？」タカナリが尋ねる。正人の母親は頷いた。

「それ、どんな人ですか？」凜が尋ねる。

「男の人だったって。今朝も学校で変なことがあったばかりでしょう。危ないから迎えに来たの。ね、正人。ほら、みんなもおうちに帰りましょうね」

タカナリはあからさまに顔をしかめたが、さすがに友人の親に口答えはしなかった。代わりに、その場しのぎだとわかる生返事をする。

正人は三人を見遣ってから「じゃあ」と申し訳なさそうに笑い、すごすごと帰っていった。

「親孝行だな、正人」和也は正直に述べた。「親の心配を無下にしない、いい子だ」

「いーや、ああ見えてサトちゃんは悪知恵が働くからな、侮れねーぞ。てかこんなところまで探しに来る親って、過保護ってやつだろ」

「敷石さ、親に感謝とかしないでしょ」

「真面目な委員長にはわかんねーだろうけど、自由って大事だぜ。自主性っての？

ほら、自立とか、主体的とか？」

鼻高々な自分を横目に見た和也は、嫌悪感すら抱かなくなっていた。見限った方が早い。

「そうだ敷石」凜が言った。「田島の家の電話番号、憶えてる？」

「もちろん」

「じゃあ、かけてみよう」彼女はテレフォンカードを指で挟んで、にやりと口角を上げる。「目撃情報は、目撃者に聞くのがいちばん。一次情報を当たらないとね」

受話器を持ったのはタカナリだ。次いで凜が電話ボックスに押し入り、腕を引かれて和也も入った。おしくらまんじゅう状態だったが、小学六年生の小さな体躯だったので、どうにか収まる。傍から見れば怪しい集団だろうが、幸い人通りは少なかった。スズメの死骸が、西公園から人を遠ざけているようだ。

先程の凜への拒絶は何だったのか、タカナリはぎゅうぎゅう詰めでも文句ひとつ言わないで、「かけるぞ」と迷うことなくボタンを押した。携帯電話を持っていなかった頃は、友人の家の電話番号も自宅の電話番号も諳んじていた。和也はとうに忘れてしまったが、タカナリの頭は現役だ。

凜と和也は受話器に耳を寄せる。

二回のコールで、「はい」と女性が出た。タカナリが「あ、おばちゃん」と応える。

「デンローいますか？」

名乗らなかったが、声で誰かわかったのだろう、「ちょっと待ってね」と保留に切り替わった。

「タカちゃん」拓郎が出た。「どうしたの」

凜が狭い空間で体を捻り、腕を伸ばして受話器を奪った。

「不審者を見たんだって？」

タカナリが「あっ返せ！」と声を荒らげたのと、拓郎が「あ、え、誰？」と困惑したのは同時だった。

「ごめん、わたし。渡来。凜は気に留めない。不審者に声をかけられたんだよね？　さっき、飯塚の親から聞いた。どんな人だった？」

「返せよおい」

「喚くな喚くな」和也はどうにか腕を上げてタカナリを羽交い締めに拘束し、その口を塞いだ。タカナリは身をよじって「んー！」と唸ったが、拓郎が話し始めると大人しくなった。

「男の人だった」

「知ってる人？」

「わかんない」

「どこで声をかけられたの？」

「神社の、脇の」

拓郎の家から西公園に来るまでの近道だ。小径になっており、神社の敷地からはみ出して垂れ下がった枝が木々のトンネルを作っている。日中でも薄暗く、道も緩くカーブしているので、見通しが悪い。

「顔は見た？　背格好は？」凜は淀みない。「特徴は憶えてる？　どんなふうに声をかけられたの？」もはや尋問だ。

気圧されたのか、拓郎の声が小さくなった。「後ろから、声をかけられて」

「何て言われた？」

「お、憶えてない。びっくりしたから。でも、僕のこと、知ってるふうだった」

「名前、呼ばれたの？」

電話口でひゅっと音が鳴る。「そう、田島拓郎くん、って言われた。そうだ。だから、僕、怖くなって」

「顔は見えなかったんだよね？」

「う、うん」

「なんで見えなかったの？　暗かったから？」

「ううん、フードか布か、被ってた。でも、他のことも、よくわかんないんだ。あんまり、憶えてない」

凛と視線が合い、和也は考える。拓郎を知っている人物。人相を隠した可能性。

「顔見知りかもな」

「背丈は？」

「えっと……」

一瞬の隙をついて、タカナリが拘束から抜け出した。「杉内先生だった？」

凛が「あっだめ」と言う。「誘導尋問」

「杉内先生？」拓郎は間を置いてから、「背は、それくらい」

「やっぱり！」

「敷石は黙ってて。それで、声をかけられて、田島はどうしたの？」

「僕、びっくりして、それで動けなくなって、そしたらマイゴが来たんだ」

「マイゴ」

「そう」拓郎の声が強くなった。念を押すように、「マイゴ」と繰り返す。「かっこよかった。僕の前に飛び出して、吠えて、不審者を追っ払ってくれた。ヒーローだよ」

花が咲いたようにタカナリが笑った。「よくわかってんじゃねーか。あいつはすげー犬なんだよ。俺の一番弟子だ」

「……でも、できなかった」

急激に声が沈み、三人は受話器に耳を寄せる。「なんて？」

「タックル、できなかった」

凜が眉をひそめ、タカナリが薄い唇を一文字に結んだ。「そうか、できなかったか」

「うん。怖くて」

「そうだよな、怖かったよな。タックル、実践しようとしたんだな」

「うん。倒さなきゃ、って。なのに」

「デンローは頑張ったよ」

「うん」

「あとはヒーローの俺に任せとけ」

「うん」ぐず、と洟をすする音。続けて電話の向こうで、長電話を窘める声が聞こえる。「あ、ごめん。その、そろそろ切りなさいって」

当然だと和也は思う。被害に遭って怖い思いをした息子に、興味本位で根掘り葉掘り状況を訊いてくる同級生。親心としては遠ざけたいに決まっている。

「わかった。突然電話してごめんね」

凛は声音を和らげた。

「怖かったのに、話してくれてありがとう。落ち着くまでは家でゆっくりね」

「うん、みんなも気を付けて」

「あっ馬鹿まだ」

タカナリの抵抗も虚しく、電話が切られた。表示されたテレフォンカードの度数は10、百円分だった。

「なんで切ったんだよ、まだまだいろいろ聞けるだろ」

「潮時ってのがあるの。話の腰を折ってばかりの馬鹿にはわかんないだろうけど」

先に電話ボックスから出た凛は、やれやれ、と首を振ってオーバーアクションしてみせた。

「こういう聴取は段取りが大切なのに、敷石のせいでぐちゃぐちゃになっちゃった」

「なんだと？」

やいやい言うタカナリに続いて電話ボックスの外に出ると、和也は涼しさを覚えた。知らぬ間に熱気で汗ばんでいたので、Tシャツの胸元を摑んで扇ぐ。

「カズヤは話を聞いてどう思った？」

タカナリが遮った。「んなもん決まってるだろ、杉内先生が犯人だ。顔がわれてるから、ばれないために布を被ったんだよ」

「先生なら声で気づくだろ」

「カズヤは馬鹿だなぁ。あのデンローだぞ。テンパってそれどころじゃないっての」

凛と和也は黙った。

タカナリの頭を、がしり、と大きな手が摑んだ。

「うわっ！」タカナリが振り返り、背後に立っていた人物に頰をひきつらせる。「とーちゃん」

「こんなところにいたのか」

彼はガシガシと力強く息子の頭を撫で、凛と和也を見下ろした。

「さっき、田島さんのところから電話がかかってきてね。いろいろ物騒なことになってるみたいだから、何かあってからじゃ遅いし、せっかくのゴールデンウィークだけど、みんなもおうちに帰ろうか」

「えっマジ？　帰るの？　待って待って俺どうしても行きたいところが」

息子を強引に連れ帰る逞しい背中と、引きずられながら「あっ、じゃーな！」と手を振るタカナリに、和也は遠い目をする。

「嵐みたいだよね、敷石って」タカナリが見えなくなってから、凛が言った。「カズヤってさ、自分がカズヤってことにいよいよ抵抗がなくなってきた？」

「あんな自分を目の当たりにしてみろ。いっそ別人になった方が清々しい」

「じゃあ敷石は、本気の本気で、敷石和也の未来を捨てるんだね」

捨てる。反芻して隣を見ると、凛の茶色い瞳は、いつものように、まっすぐ前を向いていた。

小学六年生から二十二歳の同窓会まで続く轍。自分が辿ってきた道を思い返し、和也は俯く。

脳裏の映像記録は、どう足掻いても、駅のホームに帰結する。ふらついて傾ぎ、線路に消える女性。何もできなかった自分。その状況を俯瞰で思い描く。女性は線路の上に落ちた。停車のために減速しているとはいえ、電車に轢かれるのだ。確実に死ぬ。そして、彼女の生を諦めた自分はきっと一生後悔する。あの場で諦めを選んだことは、心の奥底に残っていた、「もしかしたら」「極限状態なら」「あるいは」という自分に対する期待を裏切ったことと同義だ。

未来に戻ったところで、先は目に見えている。悲惨な事故現場。パトカーと救急車。サイレン。どうして助けなかったんだ。俺しかいなかったのに。後悔に苛まれる日々。影の落ちた途方もない隘路。

口元がやるせなさを滲ませながら緩む。

「あんな未来、なくなった方がいい」

凜が和也を見た。「怖いの？」

和也は笑った。「怖いよ」

「戻りたくないの？」

「そうだな」

「自分が自分でなくなってもいいの？」

「構わない」

「それって、逃げるってこと？」

息を止めた。心の表面に走った擦過傷を、感じないように努めた。同窓会で笑顔を浮かべた正人と拓郎が躊躇いなく引き金を引いたように、凜も研ぎの甘いナイフを軽く振った。そこに人を傷つける意思はない。だのに心は刺され、裂ける。

彼女は心が恵まれている、俺のことがわからなくて当然だ、と自分を宥める。

「俺がカズヤの可能性にかけて、何が悪い」

「タカナリに可能性はないの？」

「ない」

心の淀みが晴れていく。そうだ。あれに可能性はない。ゼロだ。

「いいんだ。俺は元々、変わりたかった。『赤の他人タイムスリップ』は奇跡だろ。利用すべきだ」

「確かに正真正銘の奇跡だけど、でも……」

歯切れ悪く語尾を濁し、微笑を浮かべた凜の声は、細かった。「別に、無理に戻る必要は、ないんだよね。やり直しもありなのかな」

和也は彼女の横顔を見ながら、数秒間、言葉を探した。

「渡来のことだから、もっと、正論で返してくるかと思った」

「新しい自分になりたいって気持ちは、わからなくもないよ」

「意外だ」

「自分を百パーセント好きにはなれない。むしろ嫌いなところのほうが多い。それでも理想に追いつくためには、すっぱり切るのもありなのかも、って思っただけ。それができるならさ」

凜が笑った。それが強がりなのか、本当の笑顔なのか、和也には判断がつかなかった。もっと言えば、なぜ彼女がこのタイミングで笑ったのかすら、わからなかった。

ひとまず「そっか」と似たような笑みを返しておいた。大人っぽく振る舞ったと思えば子どものように笑う、器用なやつだと思う。

西公園周辺は静まり返っている。彼女の親は来ない。

人通りが多い駅前に向かいながら、親は忙しいんだな、と言った和也に、凜はまあねと返した。

「ママは唯に付きっ切りだし、おばあちゃんもやっぱり体調がすぐれないみたいだし、パパは海外だし、仕方ない」

けろりとした顔だ。彼女の家庭環境の話を聞くたび、和也は父親は帰ってきてやれよ、と思わないこともないが、渡来家には渡来家の事情や取り決めがある。仔細を知らない他人が、お節介を焼くことではない。

「親はきっと助かってるよ。タカナリと比べ物にならないくらい」

「そこは確信を持って同意できる」

雑居ビルや店の建ち並ぶ、二車線の幹線道路沿いを歩いているときだった。

凜が立ち止まった。

「あれ、杉内先生？」

　彼女が指した反対車線の歩道を見れば、確かに杉内先生である。格好はジーンズにカジュアルなジャケットで、大きめのリュックサックを背負っている。

　咄嗟に凜が和也の腕を引いて看板に隠れた。陰から様子を窺っていると、杉内先生は角を曲がっていった。

「どこに行くんだろう」

「追いかけるか？　白黒はっきりさせたいだろ？　俺はどうでもよくなってきたけど」

「あんたのことなのに。でも、もう間に合わないかも。尾行の鉄則は深追いしないこと、ってＣＩＡが言ってた」

「フィクションの受け売り？」

「そう。カズヤはどう思う？　不可解なこととか、あった？」

「いまの一瞬で？　そうだな。あのリュックサック、不釣り合いに大きくないか？　買い物帰りって感じでもなさそうだったし」

　言った後で「いや、ノートパソコンとか入ってるだけかもしれない」と補足したが、凜は嬉しそうだ。「なんだかんだノリノリじゃん」

　ふたりは少し先の交差点へ向かった。青信号だったので横断歩道を駆け足で渡り、杉内先生の後を追って角を曲がった。そこは左右を雑居ビルに挟まれた、陽の差さない路地だった。人ひとり分の幅しかない。

「抜け道っぽいね」

「初めて通る」

「わたしも」

西公園付近の路地は、かくれんぼやおにごっこで使うことがある。一方で、幹線道路沿いは危険が多いので遊ばないよう親に言いつけられていた。敷石和也は遊びに夢中になって道路に飛び出しかねない少年だったので、妥当だ。

路地を抜けた先には、左右を一軒家に挟まれた細い道が続いている。その道を抜けて、車一台分の幅の道に出ると、周囲には店と住宅が入り混じって並んでおり、カフェや美容室や古着屋の看板が目についた。診療所や託児所も見られる。しかし杉内先生の姿はない。

道なりに歩いていると、一車線の道路に出た。小学校から西公園へ向かう道だった。初日に裏山から西公園へ戻るため、タカナリの先導で通った道でもある。ここから南西に行くと、高級住宅街。凜の家があるエリアにたどり着く。

「本当に杉内先生が犯人だったら、尾行も危ないよな」和也はきょろきょろしている凛に告げた。「逆上されたら絶対勝てないだろ」

「勝つ」

「その細い腕で？」

「頭で。わたし、賢いから」

「……おまえ、いつか絶対、事件に巻き込まれる。予言しておいてやる」

「あっ」凛が曲がり角の先を指した。後ろ姿が見えた。リュックサックを背負った杉内先生だ。

「せんせー！」

凛の声に、杉内先生は肩を跳ね上げて振り返った。ふたりは駆け寄る。

わずかな猜疑心のせいで、否応なく先生が挙動不審に見えた。和也は念のために二メートルほど距離を取って立ち止まったが、凛は躊躇がない。ぐいぐい近づいていく。

「先生、こんなところで何してるんですか」

「そちらこそ」

先生は、ずれた眼鏡を直しながら応えた。笑みはない。硬い声だった。

「親御さんに連絡が行っているでしょう」

「連絡？」

「聞いてませんか。今朝、学校でちょっとした事件があったんです。それからついさっき、不審者も目撃されました。万代小学校の児童が怪しい人に声をかけられたんです。家にいるよう、学校から連絡が行っているはずですよ」

先生の眼差し(まなざ)は真剣だ。ふたりと視線を合わせ、落ち着いた口調を選んでいる。

「わたしの親、忙しいから。それより先生、そのかばんには何が入ってるんですか？」

直球な質問に、杉内先生は眉根を寄せ、「ううん？」と悩んだ。「このリュックサックには、大したものは入っていません」

「大したものじゃないなら何が入ってるんですか？　具体的に教えてください」

「ブランケットが、入っているだけです」

凜の喉がごくりと鳴った。「何のために？」

「いまは危ないから、ふたりとも家に帰りなさい」

「ブランケットは先生のものですか？　先生、これからどこに行くんですか？」

和也の視界に、茶色の影が入った。

「あ」

道の先から、マイゴがこちらへ向かって歩いてくる。

和也につられて杉内先生もマイゴを認めた。

「じゃあ、僕は行くからね。早く帰るんだよ」念を押し、マイゴを避けるように距離を取って、遠ざかっていく。

「逃げられた」凜が呟いた。

マイゴが和也たちのところにやってきた。尻尾をぶんぶん振って、キラキラした瞳でふたりを見上げる。何してるの、と問うているようだ。

「おまえ、お手柄だったんだってな」

和也が手を伸ばすと、マイゴの耳が左右に伏せられた。撫でられる気満々である。

「いいよなぁ犬は単純で」

「うわあ、大人のありきたりな愚痴じゃん」

「偏見だぞ」

杉内先生が見えなくなってから、凜は探偵のようなポーズをとった。

「冬でもないのに、ブランケットを持ってどこに行くんだろう。マイゴのことも変に避けてたし、田島に声をかけた不審者って、布を被ってて顔がわからなかったんだよね？　布ってブランケットのことかな。やっぱり杉内先生が犯人？」言った後で、彼女は渋い顔をした。「嫌だなぁ。知人が犯人って嫌じゃない？」

「まあ、うん。嫌かもな。で、どうする。後を追う？」

「ううん、深追いはやめておこう」

杉内先生と接触し、疑惑が深まったことで、逆に冷静さを取り戻したらしい。

「わたし、現場に行きたい」

「現場って？」

「秘密基地。案内してくれる？」

和也は首肯した。マイゴがわんと吠える。ついてくるようだ。


登山口から裏山に入り、細めの丸太で作られた階段を上って、途中から道を逸れ、草を掻き分けながら進む。地面はまだぬかるんでいた。何度か凜の盛大なため息が聞こえたが、彼女は文句ひとつ言わない。一方でマイゴは我が物顔である。身体に葉や泥をくっつけながらも遅れることなく、和也について歩いた。

秘密基地は、昨日となんら変わらないように見えた。しかしブルーシートをまくり上げてなかを見ると、死骸は撤去されているが、赤黒い痕跡がはっきりと残っている。和也は立ち入ることを躊躇った。

「酷い」段ボールの床に染み込んだ血の量を見て、凜が零す。「よくタヌキを撲殺できたよね」

「渡来ならできる？」

「しない。そっちは？」

「したくない」

「だよね。やさぐれてないとできないでしょ、こんなの」

和也は同意する。「もしくは道徳心のないやつか、人生に絶望しきってるやつ」

しばらく辺りの匂いを嗅いでいたマイゴが、ふたりの足元におすわりをした。つぶらな瞳で秘密基地のなかを眺めている。

「裏山には野生動物がいるって、塾の中学生が言ってた。自由研究で調べたんだって。イタチとかハクビシンとかシカとかタヌキとか、わりと人に慣れてるって言ってた。実際、街中でも害獣被害があるし、目撃もされてる。屋根を歩くテンとかね」

その中学生も調査中にタヌキと出くわしたって、と言いながら、凜は秘密基地の周囲を一周した。

「さっき通ってきたルートって、登山道じゃないでしょ？」

「タカナリが開拓した道だ。親にも言ってない」

「なら、この場所を知ってる人物はますます限られてくる。敷石、飯塚、田島の三人組と、杉内先生。それからわたしと、マイゴとあんた」

柴犬と一緒にカウントされて、和也は苦笑した。「たぶんそれくらいだ。偶然たどり着いた人はいるかもしれないけど」

「普通ここまで来ようと思わないよね」

「杉内先生、案外侮れないかもな」

秘密基地のなかを覗き込む、凛のポニーテールが垂れる。彼女が立ち入ろうとしなかったのは、この場所の所有者である三人への配慮なのか、秘密基地内の淀んだ空気への嫌悪ゆえか、和也にはわからない。

「どうしてここだったんだろうな。タヌキの死体を隠すには、目立ちすぎると思わないか？」

「目立つ？」

「なかを見れば、日常的に誰かが来てるってすぐわかるはずだ。お菓子とかあるし。タヌキを隠すことが目的なら、そこらへんの窪地(くぼち)に落とすほうがよっぽどいい。俺ならそうする。いや、しないけど」

「あえてここにタヌキを残したってこと？　なら、犯人は、タヌキの死体を馬鹿三人組に発見させたかった、とか？　もしくは犯行をなすりつけたかった」

「『不審者情報』も田島の身に起こったんだから、関連付けて考えてもいいんじゃないかな」

それに、と凜は唇をひと舐めした。

「死骸が全部、敷石の周辺に集まってるよ」

虫はタカナリの家の前。カラスは三人が地図を作るために訪れた工場地帯の空き地。スズメはたまり場の西公園。ネズミは学校。極めつけはここ、秘密基地だ。

「偶然にしてはできすぎだよね？」言いながら、自分で不安になったようだ。凜は目を泳がせた。「工場地帯は、周辺とは言えないかもだけど」

「キーはタカナリ、ってことか？」

「いや、でも、ううん、偶然に偶然が重なってる、ってことも……」

「全部が偶然なら、もはや奇跡だけどな」

「違う。偶然を都合よく解釈すれば奇跡になるんだ。本物の奇跡は、そう簡単には起こらない」

「けど、偶然じゃないなら、タカナリたちと生活圏が被ってて、この場所を知っている人物は限られる」

和也は意見を改めた。

「渡来の言う通り、杉内先生が怪しいかもしれない。杉内先生自体は異物じゃないけど、杉内先生の一部は異物かも」

「証拠は？」

「ない。俺は、杉内先生のことが好きじゃなかった。担任にはよく叱られたけど、杉内先生はああいう……臆病な雰囲気の人だから、やりたい放題だった俺とは絡みもなくて、本当はどんな人なのか知らない。ただ、」

一呼吸置く。

「あの人、秘密基地を見て言ったんだ。誰にもバレない場所ですね、って。単なる感想かもしれないけど」

「……少なくとも杉内先生は、秘密基地が、人目につかない場所だって認識したんだ」

「そういうことになる」上顎を舐めると、ざらりとしていた。口内が乾燥している。

凜も現実味を感じたのだろう、変に力が入っているのか、目元が歪んでいる。

双方が黙った途端、秘密基地に溜まった淀みがじわりじわりと這い出てきて、ふたりの足元にまとわりついて時間を滞らせ、空気を重くさせる。子どもだけで集まってワイワイ騒ぎながらあてずっぽうに推理するより、現場で理詰めで推理するほうが、生々しかった。

一帯は無風だった。葉が擦れることもなければ、木漏れ日が地面を滑ることもなく、薄暗い。

やにわにマイゴが腰を上げ、秘密基地のなかを覗いて軽やかに吠えた。

和也は気がついた。「木刀がない」

「木刀？　修学旅行で買って怒られてたやつ？」

「そう」

奥に立てかけてあったはずのみょうちきりんな木刀が消えている。盗まれた、とは考えにくかった。あんなダサいもの盗んだところで、が和也の正直な意見だ。あれでタヌキを殴打したのだろうか？　いや、凶器に使うには心もとない。経験者ならまだしも、初心者が木刀で野生動物を殴り殺せるものだろうか。

「そういえば、さっき敷石が行きたいところがあるって言ってたよね。回収したんじゃない？」

「あー、そうかも」

木刀を持ち帰った彼の動機は不明だが、和也はこれ以上考えても不毛と判断した。凜も木刀のことをさほど気に留めなかった。

「やっぱり杉内先生を探るしかないね。さっきはちょっと怖気(おじけ)づいちゃったけど、ここまできたら、ボロが出るまで追い詰めるのが早い！」

「案外、力業だよな」

「効率的と言ってくれる？」

いつの間にか、凜の腕時計は17：40を示していた。山のなかは陽が暮れるのも早い。調査を切り上げ、和也の先導で獣道を戻ることになった。

斜面を下っていると、凜が後ろから尋ねてきた。「今日は泊まるところあるの？」

「ない。野宿」

「公園で？」

「たぶん」

「お風呂は？」

「一日くらい、我慢する」

「歩き回ったのに？　うちに泊まっていきなよ。ママは病院に泊まると思うけど、もし帰ってきても、わたしの部屋に隠れたらいい」

「ばれたときが怖いな」

カズヤは存在しないはずの人間だ。タカナリの刷り込みが咄嗟に利用できない状況で、ご家族は、とか、家の電話番号は、とか詰問されると困る。「大事に発展したら」

「安心して。うちは家族でもプライバシーをちゃんと守るの。ママはわたしの部屋を覗かない。大丈夫。大丈夫のおまじない」

「時々言ってるけど、それもフィクション？　おまじないって」

「これはオリジナル。人間は〝大丈夫〟が欲しい生き物だからさ、定期的に言うようにしてる。大丈夫は力を持ってるから」

「真面目なのか夢見がちなのかわかんねぇな」和也は伸びた枝を折って摑み、手折ろうとして立ち止まった。「大丈夫、って言っておけば万事解決って？」

「そうだよ。大丈夫じゃないときも大丈夫になれる。おまじないだからね」

「魔法が使えて羨ましいよ」

「はは」凜は軽やかに笑ってから、言った。

「ただの気休めだよ」

ぽきり、と枝が折れた。和也は振り返ることができなかった。

彼女の言い方はなんてことないようだったが、深い傷をさらに抉るような自傷じみた声音をしていた。

「おまじないなんて無意味だ。わたしなら、そんな〝大丈夫〟いらない。わたしは、自分のための〝大丈夫〟が欲しい。安心のための〝大丈夫〟より、確信としての〝大丈夫〟が」

背後に佇む彼女がどんな顔をしているのか、和也には想像がつかなかった。不安定だと思った。彼女の足元は頑丈な土台でなく、細い針の先。すまし顔で構えているように見えて、必死にバランスをとりながら、背筋を伸ばして取り繕っているだけ。奇妙な空気が停滞して消えない。

わふ

マイゴが鳴いた。尻尾をブンブン振って、和也を見上げていた。

鈍色の空気が揺れ、掠れ、溶けていく。

「どうしたの？」

凜に尋ねられ、和也は唾を呑み込んだ。枝を捨てて歩き出す。

「大丈夫のおまじないにも、種類があるんだ？」

「え？　あ、ああ、うん」凜の声音は和らいでいる。「そうだね。わたしが欲しい〝大丈夫〟は、簡単には手に入らない。何て言えばいいのかな」

「自分発、自分行の〝大丈夫〟？」

「いいね、それ」声が明るくなった。「そうそう。そういうのが欲しいよね。ブーメランみたいな〝大丈夫〟」

「取り損ねたら顔面に当たりそう」

「ちゃんと取れたら、強い武器になるよ。いまの自分でいいんだ、って思える。どんなに情けなくてもさ、自分を許せるようになる。そんなの、本当はよくないいんだけど」

「なんで？　いいことだろ」

「否定しなくちゃ成長できない。でしょ？」

マイゴが首だけ振り返り、わん、と吠えた。

「あ、悪いけど、マイゴはうちに泊まれないからね。ちゃんと自分のおうちに帰るんだよ」

和也は枝を掴んで除けて道を作り、段差を滑り下りて、振り返った。朗らかに笑う凜がいた。胸を撫で下ろす。

「渡来、ちなみに晩ごはんは？」

「余り物ならあるけど、それでどう？」

「助かる」

登山口を出て、服についた草や葉を払った。

いつの間にか陽が傾き、世界は暖かなオレンジに染まっていた。空の彼方には雲が連なっている。マイゴはふたりに背を向け、狭い路地に入っていった。揺れる尻尾に「また明日」と挨拶をして、住宅街へ向かう。

行きついた凜の家は、夕陽に照らされて、相変わらず静かだった。

「お風呂、先に入って」

和也は湯船を堪能した。初日と同じ寝間着を着て風呂から上がってくると、

「鍋、見といてくれる？　次はわたしが入ってくるから」

キッチンを任された。

鍋のなかには、野菜や肉がぐつぐつと煮えていた。炊飯器は空だ。カウンターの上には、小分けにパック詰めされた冷やごはんと、マグカップと、インスタントのポタージュスープの粉がふたり分並んでいた。他人のキッチンを弄るのは気が引けたが、全部を凜にやってもらうのも申し訳がない。冷やごはんを電子レンジに入れ、セットしてスタートボタンを押した。ポットがあったので、水を足してスイッチを押してお

く。凛が上がってくる頃には沸いているだろう。
一息ついて伸びをする。ふと、カウンターの端に置かれた『気づいたことノート』が目に留まった。手に取って適当にめくる。ちゃんとメモを取るところ、几帳面な性格が出てるなあ、とクスクス笑っていた和也は、いちばん新しいページで手を止めた。

嫌いな自分をやめる方法
①嫌いなところを書きだす。
②理想を作る。
③嫌いなところを変えていく。
④習慣にする。
どうしようもないときは、大丈夫のおまじないを使う。
なりたい自分
・人に心配をかけない。
・唯に優しくできる。
・かっこよくて、真面目。

・なんでもできる。
否定しないと、成長できない。

「助けて」はかっこ悪いから言わない。

「うわ」

そうじゃないだろ、と思った。「助けて」を言いたくない気持ちは充分に理解できたが、なんとなく、気味が悪かった。そんな、「助けて」を捨てるなんて、苦しい生き方を選ばなくても。

「…………」

電子レンジが止まった。和也はノートを閉じて、カウンターの端に置いた。心が恵まれてる、と言われたときの彼女の表情を思い出そうとしたが、無理だった。

風呂から上がってきた凛は、「なんだ」と拍子抜けした。「カズヤ、料理できたんだ」

「……俺、二十二歳、大学生、一人暮らし」

「そっかぁ。大人だもんね。一昨日は敷石だと思って、悪いことしたな」

濡れた髪をタオルで拭き、鍋の中身を見て、凛はコンロの火を止めた。

「敷石って、家庭科の調理実習でハンバーグ焦がしたじゃん？　強火で焼いて、中は生、外は黒焦げ。スープも、野菜はぶつ切り、火を通す順番は適当。先生に散々注意されたのに撥ねのけて、まるでなってなかった」

「そうだったっけ」

「憶えてないの？　にんじんが硬くて班員から文句が出た。こんなの食えるわけないだろ、って」

言われても思い出せなかった。思い出す必要性を感じなかった。「とにかく最悪だな、そいつ」

「自分のことでしょ」

「だから貶しても許される」

「そうだね」

ポットが軽やかなメロディーを奏でた。お湯が沸いたようだ。スープの粉を溶かし、煮物を深皿によそって、ふたりは席に着いた。

「いただきます」

凜が両手を合わせるので、和也もつられて合わせた。

「弟さんの入院、長いんだ？」

凜が頷き、スープを飲んで、片手で舌を扇いだ。「長いって言うか、多いの。安定してるときは自宅療養で、定期的に検査入院して、って感じ。唯、検査が怖いみたいで」

「何歳だっけ」

「七歳」

「七歳は、そりゃ、怖いよ」

「一回危ないところまで病気が進行してたこともあるから、余計ね」

出汁(だし)の染み込んだ牛スジと白ごはんはベストマッチだった。コンビニのおにぎりで騙し騙しだった小さな身体は、カロリーを欲していたようだ。話しながら、食べ進める手が止まらない。和也の皿はあっという間に空になった。

食器をシンクへ運ぶ。凜が蛇口をひねって水を出し、煮物の器をすすいだ。

「わたしが流すから、カズヤが洗って。洗剤はそれ」

「わかった」

スポンジに洗剤を付けてくしゅくしゅ握れば、あっという間に泡が立つ。

一人暮らしのときは洗い物が増えるのが億劫で、料理らしい料理を避けてきた。夕カナリなら投げ出すか人任せにするだろうな、と和也は思う。

「考えてたんだけど」

　皿の泡を流しながら、凜がだしぬけに言った。

「もしかしたら、いままでわたしたちが立てた仮説、全部が間違ってる、なんて可能性もあるよね」

　可能性は無限大だから、と彼女が付け足すので、和也はうへえと口を曲げた。「そういう意味じゃないだろ、そのフレーズ」

「そうかな。いいじゃん、無限大。たとえば、時空がずれた場所にもうひとつの地球があって、そこにはもうひとりのわたしが生きている。そこからカズヤは来た、とかね」

「突拍子もない話だな」

「そういう映画があるから」

「平行世界とか、パラレルワールドってやつ？」和也は視線を手元の皿に下げる。洗剤の泡にまみれたそれらは、同じ大きさをしているが、プリントされた柄が違った。

「ありえないとは言い切れないからなぁ」

　汚れの付いた食器がなくなると、凜が「それ」と布巾を指した。「食器、仕舞っておかないと。証拠隠滅しなくちゃ」

「しっかりしてる」

「ばれたら怒られるの、わたしなんだから」

和也は食器を拭く作業に移行した。「話の続きだけど、渡来は、パラレルワールドを信じるんだ？」

「信じてるんじゃなくて、可能性の話。とにかく、平行世界のわたしは、ここにいるわたしとは、似ているようで違う。たとえばちょっとした癖とか、出会った人の数とか、もしかしたら、人生や運命も違う。カズヤだって、もしかしたら億万長者になってるかもしれないよ」

「大富豪で一生遊んで暮らせる感じ？」

「そうだね」凛の口角が上がった。「もしくは、大統領になってるかも。ハリウッドスターになってるかも」

「いいな、それ。家は豪邸で、プール付き。専属のシェフがいて、自家用ジェットがあって」

「毎日楽しく笑って過ごせる。一生健康体の生活でさ、飲むだけで元気になれる薬があって、病気だってすぐ治る。そしたら唯も」

会話が止まった。

しまった話を広げるんじゃなかった、と和也は後悔したが、口走った凜も凜で固まっていた。

水がシンクを打つ音だけが響いている。

「その世界のわたしは、ちゃんと、唯を励ましてあげられるんだ」

蛇口が閉まり、キッチンに静寂が戻ってきた。

「わたしは」

ぽたぽたと、彼女の指先から雫が垂れる。

「わたしは、何でもできる、かっこいい、唯の自慢のお姉ちゃんになりたい」

凜の纏う空気は、深い鈍色だ。

和也は彼女の横顔を窺い、言葉を探した。恵まれている、以外の言葉だ。

「渡来には、理想がある」

「うん」

「それに向かって努力してる」

「うん」

「それって、すごいことだよな」

「そうかな」

「なんていうか、賢いよ」

「賢い？」

彼女が零した笑みは、褒められたことによって滲み出た嬉しさの笑みではなく、指の隙間から落ちた宝物を諦めたときの笑みだった。

「こんなの賢さなんかじゃない。本当の賢さっていうのは、唯と喧嘩せずにケーキを分けたり、ママが大変なとき手伝ったり、パパに心配をかけなかったり、そういうこと。賢く在る、っていうのは、器用に生きるってこと。その点、わたしはだめだよ」

出口のない迷路には、入らないほうがいい。だから和也は入口に背を向ける。「そうか」とだけ返す。

凜は蛇口をひねった。流水が食器の泡を落としていく。泡は排水口の上でくるくると回転した。同じところを回るばかりで、なかなか流れない。

「唯はよく怒ってる。学校に行きたいのに、外を走り回りたいのに、できないことばかり。不調のせいで思い通りにいかないと、どうして自分が、って思うんだろうね。わたし、上手く励ましてあげられなくて、言い合いになって泣かしちゃう。入院中なんて特にそう」

「花束とか、持っていってあげたら」言いながら、間違っていることに気づいていた。彼女が欲しいのは助言ではない。同情でもないのに、俺は何を言っているのだろうと、和也は頰を引きつらせる。「七歳なら、おもちゃとか、ゲームとか、喜ぶんじゃないかな。そうだ、言ってただろ、古生物図鑑をあげるって。きっと喜ぶよ。アノマロカリス、とか、好きだったり、するんだろう、し……」

凜は緩く首を振った。ポニーテールが遅れて揺れる。

「優しさだけじゃ、だめなんだよ。明るいだけでもだめ。唯が欲しいのは、そういうんじゃないんだ。いい塩梅（あんばい）っての？　難しいよね。いまのわたしには、唯の欲しいものはあげられない。わたしは、なりたい自分には、なれない」

上手く応えられず、和也は無言で濡れた皿を受け取った。布巾はびしょ濡れになってしまった。

蛇口が閉められ、部屋が再び静かになる。

凜は濡れた手を拭かず、シンクに視線を落としている。和也は彼女から目を逸らし、布巾を絞って縁にかけた。自身のなかに生じている小さな困惑の正体が、和也が凜に対して抱いてきた印象と、彼女の本質の差異であることを理解した。

渡来凜は、和也が思っているよりも早熟だった。良い意味でも、悪い意味でも。彼女は、本来なら思春期を越えてから到達するはずの地点にたどり着いている。一種の悟りの領域。すなわち、理想と現実の乖離への理解だ。どう足掻いても期待を下回る結果。こんなはずじゃなかった、の積み重ね。もっとできるはずだ、目にもの見せてやる、と信じれば信じる程、裏切られたときが辛い。振り返ったときに見える、ぐちゃぐちゃな足跡が惨めだ。憐憫や同情が鋭利な刃物となって刺さる。些細な冗談のみならず、激励や助言だって、武器に姿を変えて迫ってくる。

だからこそ和也は、自分への信頼を捨てたのだった。

4

小学校では、自己主張ができて盛り上げ上手で足が速いやつこそ強者だった。万代小学校の六年三組では敷石和也がそうだった。意見は押せば通ったし、和也の茶化しでクラスの雰囲気が良くなることもあった。委員長とは相容（あいい）れず、学校に漫画やお菓子を持ってきては叱られていたが、休み時間はおにごっこやケイドロをして、一緒に遊び、学ぶ最高の仲間がいて、一瞬一瞬の密度が濃く、毎日毎日が充実していた。

中学校でも同様のムーヴをした。授業中に発した和也の一言でクラスに笑いが広がったとき、あれ、と思った。何かが違った。苦笑や嘲笑が混ざっていた。

勉強は一層難しくなり、クラスの主導権が成績優秀な生徒に流れていく。それでも、和也はまだ威張っていた。世界の中心は自分だと、心の内で主張して憚（はばか）らなかった。周囲との差を、「俺はまだ本気を出していないだけ」と看過した。誰かと自分を比べたわけでも、ライバルがいたわけでもないが、負けてはならないと思っていた。

「負けたくない」「まだ負けられない」「まだ」。

進学校に行けるのが当然だと思っていた。中学三年生の夏の三者面談で、教師が提案した進学先は、地域で言えば中位の高校だった。和也のなかでは下だった。結局、部活動で勉強時間がなかったことを言い訳に、提案された高校に進学した。ブレザーに身を包み、高校生活も半年が過ぎた頃、クラスの中心にいるのは、話し上手で盛り上げ上手な男女混合のグループだった。和也は枠の外からそれを眺めていた。正人も拓郎も別の高校に進学しており、お互いの生活が忙しくなったこともあって、交流はすぐに途切れた。俺はこんなところにいるはずの人間じゃないのに、と思いながら、喧しいクラスメートを邪険にしていた。

一歩に数センチの差があれば、百歩で数メートルの差になる。

どうして、と思う。まだ自分は「本気を出していないだけ」で「負けていない」から「大丈夫」。まだまだ「俺はこんなものじゃない」。まだ巻き返せる。まだ。

進路選択で背伸びをした。レベルの高い大学を目標に掲げ、退路を断った。自分はこんなものじゃない。昔はあんなに人気者で自信家で、もっとすごかったじゃないか。なんだってできたじゃないか。本気を出せば、きっと――。不合格だった。志望大学から弾き落とされ、幽鬼のような浪人生活を経ても結果は変わらなかった。滑り止めに進学し、大学生活が始まり、期待以下の環境に身を置いて初めて、己の実力の底を見誤っていたのだと気づいた。本気を出していないのではなく、本気を出してあれだけだったのだ。

なんて、浅い。

浅い人生だろう。

勘違いして、思い込んで、誤魔化してきた。闇雲に自分を信じて残ったものが、いまの敷石和也だ。一度ぼきりと折れてしまえばよかったのに、六年間かけて徐々に曲がって、弧状になって、元に戻らない癖がついた。

緩やかな挫折。

敷石和也は、緩やかに折れている。

そしてあの日。半端に期待して裏切られた同窓会。居酒屋を飛び出して向かった駅。ホームの待合室でぬくぬくと暖まっていたとき。落ちる女性。迫る車体。諦念。閃光（せんこう）。暗闇。

原因と結果を見て見ぬふりし続けた延長線上にあったものは、見殺し、だった。

振り返ると、緩やかに曲がった足跡が遠くから続いている。ぐらついた足取りで、迷い、流され、ふらふらと歩いてきた証（あかし）だ。こんなものに価値は無い。

「なら、助ければよかったじゃないか」

靄の向こうで誰かが言う。

いつの間にか、駅のホームに立っていた。辺りは霧がかかっていた。

「後悔するくらいなら、助ければよかったんだ」

無理だ。よしんば緊急停止ボタンが見つかったとしても、間に合わなかっただろう。

「ボタン？　どうして。もっと確実な方法がある。駆け出して、線路に飛び降りて、ホームの下に女の人を抱えて入ればよかった」

ホーム下の避難スペース。線路に落ちた人を見かけたとき、どうしたらいいのか、知識はある。でも。

「敷石和也なら、そうする。後からきっと怒られるし、感電するかもしれないけど、敷石和也なら迷わない」

どうして。あのとき、足がすくんで仕方がなかった。実行できるとは思えない。

「できるよ。だって敷石和也はヒーローじゃないか」

それは随分と昔の、恥ずかしい思い出のひとつだ。あの頃は何も見えていなかった。世界は家と小学校と近所だけ。狭かった。

自分が知覚できる範囲のことを、人は世界と呼ぶ。そこに生きている顔見知りのことを、みんなと呼ぶ。ヒーローは分け隔てない。ヒーローの言う〝世界〟は本質的な〝世界〟で、ヒーローの言う〝みんな〟も本質的なものだ。大層な傲慢だ。

「ヒーローにはいろんな形がある。共通してるのは、人助けをすること。誰かを守ることだ。そして奇跡を起こすんだよ。大きなものから小さなものまで」

靄の向こうで、小柄な人影が両手を広げた。鼻につく声だ。

「始まりを思い出せ！　ヒーローであり続ける、って、敷石和也は言った。未来は決定事項だ。俺は奇跡を起こすんだ！」

ヒーローは人を助ける。和也は助けを求めている。ヒーローは奇跡を起こす。和也は奇跡を待っている。人生観が百八十度変わるような、成長できるような、劇的な奇跡を待っている。そして実際、奇跡は起こった。和也はカズヤとして過去に飛び、悲惨な事故の刹那から逃げおおせ、こうして生きている。この奇跡を利用せずして、どうする。

人影と和也の間には、薄い足跡が残っている。人影から和也に向かっている、つまり和也が残してきた足跡だ。雨で流されてしまいそうなほどに頼りない。靴底でひとつ消した。あっけないほど簡単に消えた。

これからは、カズヤとして、新しい人生を歩んでいこう。今度は間違えない。覚束ない足取りは止めて、目標を定め、進むべき方を見誤らない。己と向き合い、実力を見定めて、真摯に生きる。

変わりたいと思い続けてきた。自分の影を振り切って、過去を捨て去って、新しい姿に生まれ変わって、そうすれば、万事が上手くゆくと思っていた。いまがその瞬間だ。自己の乖離？　アイデンティティの喪失？　構うものか。さらに次の足跡を消す。構う、ものか。

それって、逃げるってこと？

息が詰まる。歯がギリと音を立てる。眉根に力がこもる。目頭が熱い。うるさい。優等生の正論なんていらない。おまえだって、不器用な生き方してんじゃねぇよ。自分を否定して嫌いなところを羅列して、成長した気になってんじゃねぇよ。そんなんじゃねぇんだよ。否定や嫌悪は成長にならないんだ。俺だってわかってるんだ。わかりたくないだけで、俺は本当は、本当はもっと――。四方八方に針が炸裂するような頭痛が脳内に広がった。ぐちゃぐちゃで格好の悪い姿も、上手くいかなかった過去も、劣等感も、嫌悪感も、捨て去ってしまいたかった。

誰か。

誰でもいい。助けてくれ。

犬の鳴き声が聞こえた。

身体が弛緩する。意識が引き戻され、夢から覚醒する。

朝の光がレースカーテンをすり抜け、カズヤの顔を照らしていた。

頭の奥がズキズキと脈動している。この身体になってから、何度か覚えている頭痛だ。ぐわんぐわんと世界が揺れているような感覚に、ぼうっと天井を眺める。ソファの寝心地は、土管と比べ物にならないくらい良かった。

わん

のっそりと身体を起こすと、波が引くように痛みが消えていった。時計の針は午前六時前を差していた。伸びをして立ち上がり、カーテンを開ける。陽はまだ低い。朝の柔い空気が漂っている。庭にマイゴがいた。カズヤを見て尻尾を振った。もう一度吠える。

「近所迷惑だなぁ」

掃き出し窓を開けると、流れ込んできた冷気が素足を撫でた。

「おはよう、マイゴ」

しゃがんで頭を撫でる。マイゴは気持ちよさそうに目を細めた。

「犬は単純でいいなぁ」

わふ

「庭に勝手に入ってきたらだめだろ。保健所に連れていかれるぞ」

こつんと軽く叩くが、マイゴは額を掌に押し付けてきた。もっと撫でろ、と催促している。

「わかったよ」

ため息を吐き、マイゴの顔を両手で挟んで揉んだ。もふもふのもちもちのふわふわだった。

「おまえ、ほんと俺に懐いてるよなぁ。渡来にも懐いてるっぽいけど」

マイゴがくうんと鳴いた。カズヤの傍を離れて、庭から出ていく。

「なんだよ、ただ撫でられに来たのか」

大きな欠伸をして、カズヤは窓を閉め、ソファに寝転がった。

かすかに聞こえる凜の声に薄目を開けた。時計は八時を回っている。二度寝していたようだ。

「四時から塾。わかってる。え？　休まないよ。うん。人が多いところを通る。大丈夫。唯は？」

電話の相手は、病院にいる母親らしい。

「唯。おはよう。え、今日？　……わかった。ママと行く。うん。あ、ママ、何時頃？　待って、メモとるから。塾の前、お昼から？　わかった。大丈夫。嫌じゃないよ。喧嘩しない。大変なのは唯だもんね。わかってる。ん？　うぅん、無理してないよ、大丈夫」

じゃあね、と通話が終わり、凜が近づいてくる気配がした。やがて「あ、起きてる」と覗き込まれた。

「おはよう、カズヤ」

「はよ」

「朝だよ」

「見りゃわかるよ」

「ゴールデンウィーク最終日だ」

「そうだな」

目をこすり、カズヤは身を起こした。

凜はすでに着替えていた。白色のブラウスと七分丈のデニムだ。動きやすそうな格好である。ポニーテールもきつく結って、準備は万全だ。彼女はキッチンへ向かった。

「お昼にママが帰ってくるから、それまでに家を出てね。わたしは昼から用事だから」

「聞こえてた」

「さっきの電話？　聞き耳立ててたの？」

「聞こえたんだ。内容はわからなかったから、安心しろ」

カズヤも着替えながら、ガラス戸越しに庭を見た。レースカーテンが開いている。

マイゴの来訪は現実だったらしい。

「カズヤ、目玉焼きには醬油（しょうゆ）？　ソース？　マヨネーズ？」

「塩コショウ」

「突っ立ってないで、手伝ってくれる？」

朝ごはんを食べ終え、キッチン周辺の証拠隠滅を行い、ふたりはテーブルにつく。

時刻は九時半だった。

「さて」凜が乗り出した。「今日はどうしよう。杉内先生を探る？」

「ああ、そんな感じだったっけ」

「そんな感じって、他人事だなぁ。『赤の他人タイムスリップ』の原因、気にならないの？」

「正直、いまは、全然。でも、ここまで付き合ってもらって、易々と身を引いたりしないよ。渡来の言う通り、今日は杉内先生を探ろう。もう一回、公衆電話から電話をかけて質問してみるか」

「カズヤがそれでいいなら」

渡来がそれでいいなら、と心のなかで返した。彼女が満足するまで付き合おうと決める。

このまま新しい人生を歩みたい、とカズヤは本気で思い始めている。戸籍はない。両親もいない。敷石和也が過去に飛んだがゆえに生まれた、異物。それでも、だからこそ、カズヤなら、しがらみなく生きていけるはずだ。

ふたりは家を出た。

心地良い陽射しだが、上空では厚い雲が速いスピードで流れていた。

「昼から曇って、夜には降るって」

凜は念のためにと折り畳み傘をショルダーバッグに入れていた。

近所の公衆電話に向かい、ふたりは一緒に電話ボックスに入る。

「どうやって探るんだ？　鎌をかける？」

「杉内先生は、電話の相手がわたしたちってわかんないでしょ。なら単刀直入に行けばいい」

「大した勇気だなぁ。見ず知らずの人の質問に答えてくれるとは思えないけど」

「じゃあ、どうするの？」

「……警察を装うとか？」

「警察は非通知から電話をかけてきません。他に良案ある？」

カズヤは黙った。

「異論はないね？　じゃ、かけるよ」

凜は受話器を持ち上げ、カードを挿し込んだ。細い指先が０９０……とボタンをひとつひとつ押し込んでいく。先ほどまであっけらかんとしていたくせに、ボタンを押し終えた頃には、その小さな肩はぎゅっと強張っていた。俺がかけて適当に質問して、この一連の調査を終わらせればよかったな、とカズヤは思うが、後の祭りである。

コール音は四度目で途切れた。

警戒心を拭いきれていない低い声に、凛が緊張を走らせる。カズヤと顔を見合わせて一呼吸置いてから、彼女は声質を変えた。

「……はい、杉内です」

「訊きたいことがあります」

芯の通った声ではなく、腹を広げ喉仏の位置を下げるような、無理に作った低音だ。

「小学生への声かけと、『動物虐待事件』の犯人はあなたですか？」

「……えっと、失礼ですが、どなた様でしょうか」

受話器に右耳をつけながら、だろうな、とカズヤは思う。名乗らないで質問だけぶつけて、不審者はこちら側だ。

凛は応えない。「質問に答えてください」

「その、イタズラはよくないですよ。万代小の子かな？」

「質問に答えてください。犯人はあなたですか？」

「犯人って、昨日の不審者のこと？」

「小学生への声かけと、『動物虐待事件』の犯人はあなたですか？」凛は繰り返す。

口調は先ほどより強めだ。法廷で尋問する法律ドラマの弁護士さながらである。

電話口から、余裕のある苦笑が漏れている。「違いますが……、ええっと、困ったね。どうしたらいいかな。僕、誤解されてる？」

「弁明ができるなら、どうぞ」

「そっか。弱ったなぁ。君は、動物を酷い目に遭わせてる犯人が、僕だと思ってるのかな？」

「そうです。そして、小学生に声をかけた不審者もあなただと睨んでいます」

「そっかそっか。だけど、それは僕ではないんだ。どう説明したらいいかなぁ。ううん」

切らずに付き合ってくれる甘さに、カズヤは杉内先生が犯人である可能性は低いと思い直した。一方で、凜は煮え切らない返答にもどかしさを表し、息を吸い込む。

「では、小学校で目撃されたり、布を持ち歩いたり、」

「あっ」カズヤは途中で止めようとしたが、

「怪しい行動をしているのは、なぜですか。理由を説明してください」

杉内先生の口からブランケットについて聞いたのは、凜とカズヤである。これでは正体を明かしているようなものだ。

「……なるほど」優しい言い方だった。「敷石くんの声ではないですね。飯塚くん、田島くんでもない。では、探偵紛いのことをしているのは、渡来さんですか？」

　カズヤが電話を替わろうとした矢先、ガチャンと受話器がかけられた。凛は目を丸くしたまま通話を終えていた。カードの度数はちょうどゼロになっていた。カードを取り、電話ボックスから出て、呆けた顔で彼女は、「び、びっくりして切っちゃった」

「これは、さすがにばれたな」

「追い詰めたら吐くと思って、つい。軽率だった」

「子どもの思いつきが上手くいくはずないんだよ。これでわかっただろ。動物を殺すような犯人が、問い詰められて、困った、とか素直に言うか？　先生はシロだ」

「まだわかんないじゃん。犯人かもしれないじゃん。悪い人ほど嘘を吐いたり誤魔化したりが上手いよ。それに最後、わたしが電話を切る直前、ネコの鳴き声が聞こえたんだよね」

「ネコ？」

「道徳でペットがテーマの単元を読んだの。そこで、ペットを飼ってる人は自分のペットの話をした。杉内先生は昔ハムスターを飼ってたけど、いまは何も飼ってない、って言ってた。なんでネコの鳴き声が聞こえたの？」

「飼い始めたのかも」

「道徳の授業があったのは、先週」

カズヤは押し黙る。半減した疑いが、むくりと膨らんだ。我ながら単純だ。「渡来の予想では、次の犠牲はネコってこと？」

「虫、カラス」凛は細い指を折っていく。「スズメ、ネズミ、タヌキ。なんとなく、次がネコでもおかしくなさそう」

ネコは珍しくない。今朝も家を出たときに、塀の上を歩く野良を見かけたばかりだ。

凛がひとりで頷く。「よし！　犯行現場をおさえて現行犯逮捕しよう！」

「本気？」

「本気だよ」

「命が惜しくないんだ？」

「惜しいけど？」凛の返答は軽い。

「じゃあ危機感がない？」

「あるよ」

「あるように見えないんだよ」

「あります」

「なら拓郎みたいに自宅待機してたらいいのに」

「わたしはしっかり者で頼りになる人であるべきなの。はい」

手を叩かれ、この話題は強制終了となった。

「さて、杉内先生の家もわからないし、探ろうにもこっちの正体がばれたし、敷石たちは、今日はどうするつもりかな」

何事もなかったかのように話し始める凛に、カズヤは「そうだな」と相槌を打った。

拓郎は被害に遭っているので、無茶はさせられない。正人は親が慎重で、正人自身も文句を垂れつつ言いつけを守る子だ。タカナリなら親の制止を振り切って外出しているだろう。彼は自分が世界でいちばん強く、偉いと思っている。その過剰な自信がアクシデントを引き起こしかねないと、カズヤは思う。「あの子たちに期待するのはやめておこう」

凛は口を尖らせた。「そっか。せっかくなら、もうひとり欲しかったな」

「なんで？」

「三人寄れば文殊の知恵、って言うでしょ。三は重要な数字だって、塾の先生も言ってた。なんだっけ。平面をひとつに決めるとか。あ、マイゴは？　昨日の話だと、一応マイゴもチームらしいけど」

「この状況で犬を頭数に入れるのは不安だな。どこにいるかわからないし」

「じゃあ、わたしたちふたりの強行突破だね」

「雑かよ」

「だってもう正々堂々行くしかないじゃん。ばれちゃったんだから、結果オーライってことで」

「失態はちゃんと認めた方が良いぞ」

「うるさいな。代替案がないのに文句ばかり言うのやめてよ」

凜がむっとしたので、カズヤは微笑ましくなった。次いで自分が馬鹿馬鹿しく思えた。他者から指摘されると腹立たしく感じる彼女の気持ちが理解できて、さらに複雑な心境になる。

「あ」

凜がカズヤの後ろを見遣った。振り返ると、道路の向こうから、マイゴとタカナリがこちらに近づいてくるところだった。

「はよー！」と駆け寄るタカナリは半袖半ズボンで、相変わらず夏を先取りしている。

「敷石、よく出てこれたね。親に止められなかったの？」

「俺にかかれば二階は一階みたいなもんだ。そうっと窓を開けて、壁の窪みに足をかけて、」

「飛び降りたんだ……」

「慣れてるから問題ねぇよ。大人になったらもっと高いところから飛んでやる。それが俺だ。そんなことより、大ニュース」

タカナリは珍しく神妙だった。

「俺の家の前に、ネコの死骸があったんだ」

曰く、今朝のこと。母親が新聞を取りに外へ出た際に発見し、父親が通報して、家に制服警察官がやってきた。騒ぐのが目に見えていたタカナリは、とにかく部屋で待つように言われたが、状況をみんなに伝える使命を勝手に抱いて二階の自室の窓から脱出した。そして途中でマイゴと合流、ここに来た、というわけらしい。

「ネコって、野良？」

「うん。ちらっと見た感じ、首輪はしてなかった。血まみれでかわいそうだった」さすがに惨かったのか、不謹慎な言動を連発してきたやんちゃ坊主も、鼻の頭にしわを寄せる。「何度か見かけたことあるぜ。ここらへんのボス、茶色のトラネコ」

凛が手で口を押さえた。「わたしも昨日会った。あの子？」

「あいつ、警戒心薄そうだったからなぁ」カズヤは小声で言った。

「なんで俺の家の前なのかはわからない。でも、ゴールデンウィーク初日に虫がたくさん捨てられただろ？　だから、元々ネコのたまり場になってたのかも、ってかーちゃんが言ってた。それで、虫を食べてたネコが夜中に車に轢かれたのかもね、って。とーちゃんは、カラスと喧嘩したんじゃないか、って。俺は、カラスやタヌキと同じで、人間が殺したんじゃないかと思う」

どれも憶測だった。警察の詳しい話を聞けていないらしい。

カズヤは考える。タカナリの家の前にネコの死骸。電話越しに凛が聞いたネコの鳴き声。

「いや、だとしても、早すぎる」

死骸を家の前に放置したのは、早くて昨晩、遅くても早朝だ。杉内先生と通話したのは先刻のこと。時間にズレがある。先生が犯人と断言するには――。

くいっと服の裾を引かれ、我に返った。凛だった。

「これも、あったこと？」

明言を避けているが、敷石和也の知る過去に、家の前にネコの死骸が放置されていたことがあったかどうかを尋ねている。

　カズヤは首を振った。

「なんだ、あったこと、って」タカナリが、探る目つきでふたりを交互に見つめる。

「なんか俺に隠してんのか？」

「いや別に」

「怪しい。そういえば杉内先生はどうなんだ？　公衆電話の傍にいたってことは、電話かけるんだろ？」

「もうかけた」凜が応えた。「いろいろ訊いたんだけど、答えてくれなくて、こっちの正体がばれた」

「はあ？」タカナリの声が裏返る。「なんだ、下手こいたってことか？」

「違う、先生が鋭かったの。あと、ネコの」

「ネコ？」

「ネコの鳴き声が、した」

「…………」

　さすがに予想外だったのか、タカナリは閉口した。むむ、と唸ってから、「……実は」と重い口調で零し、顔を上げた。

「昨日の晩、かーちゃんに訊いてみたんだ。杉内先生の家を知ってるかって。家はさすがに知らなかった。でも、休みの日に駄菓子屋に入っていくところを何度か見たって」

「駄菓子屋、って」カズヤは記憶をたどる。万代町の駄菓子屋といえば、この街に古くからある、老婆がひとりで切り盛りしている店のことだろうか。

「俺のよく行くところだ」タカナリが言うので、カズヤは、そうだよく行ったな、とぼんやり思った。思った後で、行ったっけ？　とひとり首を傾げた。行ったような、でも、鮮明に思い出せない。

「杉内先生、あの駄菓子屋が行きつけなんだ？」凜も駄菓子屋のことは知っていた。

「変なの。大人なのにお菓子が好きなんて」

「いやいや、とーちゃんはピーナッツが好きだぞ。大人も駄菓子屋に行きたくなるし、お菓子が好きな人もいるはずだ」

「そうなんだ？　ママもパパもあまりお菓子を食べないから」

「かーちゃんはアイスが好きだな。ハーゲンダッツ」

「おいしいよね。抹茶味」

「俺はチョコのやつだな。カズヤは？」

「バニラ」話題が逸れたので、こほんと咳をして軌道修正する。「タカナリの親の証言通りなら、杉内先生は駄菓子屋にいるかもしれない」

「行ってみる？」

「行こうぜ！」

わん！　それまで大人しく三角の耳をひょこひょこさせていたマイゴが、賛同するように吠えた。

人通りの多い道路を行こう、と凜が言い、タカナリは遠回りを嫌がったが、「親の言いつけだから」とぴしゃりと言われて反論をやめた。凜の言い方に臆したわけではなく、そのあとに続いた「うちのママ、よその子でも容赦なく叱り飛ばすよ」に負けたのだった。

タカナリ曰く、駄菓子屋のことは、昨日のうちに拓郎と正人に電話で伝えたらしい。正人とは駄菓子屋で合流の約束を取り付けたようだが、果たして母親に手を引かれ、大人しく帰った彼が現れるのか、カズヤは甚だ疑問だった。

「あの駄菓子屋って、いつからあるの？」

広い歩道を歩きながら、凜がタカナリに訊いた。

「いつだったかな。とーちゃんが小学生の頃に開店したらしいけど、何年生のときって言ってたかなぁ。小四？　小五？」

「じゃ……四十年くらい前？」カズヤが概算すると、背中を叩かれた。「いたっ」

「バカズヤちげーよ、とーちゃんは今年四十一歳だから、えっと……」

「三十年前だね」

「ちぇ、委員長は暗算も得意か。これだから万能天才型はやだねぇー」

タカナリが語尾をくねらせると、隣を歩くマイゴが尻尾を振りながらわふと吠えた。会話の内容はよくわからないが、楽しそうなので相槌を打ったふうだった。

おまえが暗算できないのは、遊び惚けてるからだぞ、とカズヤは思ったが、何も言わずに前を向く。

「未来では、どうなってるのかな」

凛が呟いた。

「駄菓子屋のおばあちゃん、ご高齢だよね」

「ああ」カズヤはそれとなく応えようとして、視線を斜め上に向け、瞬いた。

あの駄菓子屋がどうなったのか、まるで思い出せない。

店はつぶれたのだっけ。いまから十年後だから、さすがに閉まったはずだ。おばあちゃんは亡くなったか、いや、まだ健在だったか。でも中学生になって母から訃報を聞いたような。そんなことあったか？　いまでも店を開いているのか？　十年後も、変わらずあの角で駄菓子屋を？　けど、閉店したはず。おかしいな、数日前は憶えていたはずなのに――。

沈黙を返答と受け取ったらしく、凜は「そっか」と寂し気に零した。「これからいろいろなくなっていくんだなぁ。わかってはいたけどさ、可能性は無限大、ってことは、結局どう転ぶかわからないってことだから、やっぱり怖いよね」

「まーた未来の話か！　懲りないなおまえら」

タカナリが腕を組んだ。

「未来未来って、先の話ばかりでくっだらねぇよ。なんだよ未来って。そんなのゼロじゃん。どうなるかわかんねーじゃん。ゼロより過去の方が強いに決まってんだろ」

わん！

合いの手が上手いのか下手なのか、今度はそうだ！　と言わんばかりにマイゴが吠える。

「何の話？　別に過去と未来で戦ってるわけじゃないでしょ」凜が呆れ、カズヤを一瞥した。「戦ってないよね？」

「ないよ」疲れの滲んだ口調で返す。「積み重ねたゴミが役立つわけがない」

「ゼロよりイチだ！」タカナリは高らかに拳を突き上げ、「ま、俺の将来はヒーローで確定済みだから弱いも強いもないけどな」

「それが言いたいだけじゃん」

「うるせえ。俺はすごい！　俺は強い！　俺は最強！　俺はヒーロー！　以上！」

拳で勢いよく胸を叩き、彼はむせた。どうでもいいな、とカズヤは思う。どうせ、こいつは他人だ。俺には新しい将来が待っているのだ。

駄菓子屋は、大通りから住宅街に入った道の先の曲がり角にある。木造住宅の一階、ガレージを改装したその店は、はたから見ればオンボロのあばら家だ。

ブロック塀からひょこりと顔を出し、離れたところから三人と一匹は店先を観察した。ゴールデンウィークということもあり、店はそれなりに繁盛していた。買い物を終え、駄菓子を抱えて走り去っていく年下の子どもたちが、角から覗く彼らを不思議そうに見ていく。

「不審者が出てるのに、みんな気にしてないのかな」凜は大人の目線だ。

「家は退屈だからな」タカナリは子どもの目線である。

「杉内先生は来ないね」カズヤが言い、ふたりは唸った。

「直接行こうぜ。行ったほうが早いって」タカナリがふたりの背中を叩き、足踏みした。

「堪え性がないなぁ。鉢合わせして逃げられたらどうすんの」

「んなこと言って、渡来ビビってんだろ」

「慎重って言葉を知らないわけ？　張り込みは粘り強さが肝心なんだから」

「電話失敗した人に言われてもなー」大きな声で嫌味たらしく言った彼の肩に、凛の手刀が落ちた。「いってぇ暴力反対」

「ばれたらどうするの」口に人差し指を当ててしぃーっと言った彼女の腹が、ぐうと鳴った。

「おまえだってばれたらどうするんだよ。朝飯食ってこいっての」

「食べてきたし！　てかお腹の音でばれるわけないでしょ」

「ん」カズヤは目を見開いた。道の向こうから歩いてくるのは、リュックサックを背負った杉内先生だ。

先生はラフな格好だった。癖毛は相変わらず。眼鏡も相変わらず。吸い込まれるように、駄菓子屋に入っていった。

「いまの見た？」

振り返るが、ふたりは小競り合いをしている。仕方なく足元を見下ろすと、つぶらな瞳と目が合った。マイゴは一部始終を見ていたようだ。

「真面目なのはおまえだけだよ」

わふ
マイゴが舌を出して尾を振り、駆け出した。

「あっ、おい」

駄菓子屋に吸い込まれていくので、カズヤは後を追った。それに気づいた凜とタカナリも、慌てて彼に続く。

「わあっ、わ、わっ！」

杉内先生の声が聞こえた。三人は顔を見合わせ、店内を覗き込んだ。

先生は、店の奥の壁に背をつけ、リュックサックを前で抱きしめ、つま先立ちで竦み上がっていた。彼の足元でマイゴがうろうろしている。

マイゴが前足を杉内先生の太腿に載せて立ち上がり、くんくんと匂いを嗅ぐと、先生が「ひいっ」と顔を歪めた。

「せんせー」タカナリがぽかんとその光景を眺め、「犬、苦手なんだ」

カズヤは店内を見回す。一歩入ってみれば、お菓子の甘い匂いがした。陳列棚は背が低く、未就学児でも手が届く高さに揃えられている。値札は手書きで、高くても三百円以内だ。こんな店だったかなぁ、と思う。

「あらまあ、どうしたの」

奥の引き戸がゆっくり開いて、しわくちゃ顔のおばあさんが姿を見せた。艶のない白髪のお団子、手縫いのエプロン、緩く曲がった腰。彼女がウッドチェアに腰かけて店番している姿が、カズヤの脳裏に蘇った。

マイゴが杉内先生のもとを離れ、おばあさんへ近寄り、尻尾を一層激しく振った。おばあさんは膝をついて、セメントの床の上でうろうろするマイゴの頭を撫でた。

「いらっしゃい、マイゴちゃん。おやつの時間ねぇ」

次いで、入口で突っ立っている三人に笑みを向ける。

「そっちのお客さんも、いらっしゃい」

そこで初めて、杉内先生は三人を認め、ぱっと頰を赤らめた。「あ、どうも」と他人行儀な会釈に、三人もつられて「どうも」と返す。

おばあさんの視線が、杉内先生に移る。

「なおちゃん、お昼、食べていきなさいね」

「あ、うん、そうする。ありがとう」

「なおちゃん」凜が反芻した。「杉内、直哉先生」

そうそう、とおばあさんが柔和な笑みを浮かべたまま、杉内先生を紹介する。

「なおちゃん。おばあちゃんの孫の」

「孫！」タカナリが大声をあげた。

マイゴは、おばあさんが座敷から持ってきたおやつを平らげ、カウンターの下から骨の形の玩具を取り出して、それを店の奥に持っていき、伏せて、両足で挟んで噛み始めた。

マイゴと充分な距離を保ちながら、杉内先生がリュックサックからブランケットを取り出す。

「これならどう？　昨日のより大きめだよ」

受け取ったおばあさんは、肌触りを皺だらけの手で確認してから、ウッドチェアに座ってブランケットを膝にかけた。足首まで隠れる大きさだった。「うんうん、これなら充分。わざわざごめんねぇ」

「いいんだよ。こっちの方が厚くて暖かいし」

「せんせー、ここの孫だったの？」

タカナリがマイゴの傍にしゃがみ、頭を撫でながら質すと、杉内先生は眼鏡のブリッジを指で押し上げて、曖昧に笑った。

凜が入口付近の壁に背を預け、腕を組んで、警戒の目で先生をじとりと睨んだ。

「隠してたんですか？」

「だって、ここは君たち小学生もよく来るお店でしょう？　先生の身内のお店だって知ったら、来づらくなる子もいるだろうから」

タカナリが「まあ」と同意した。現に来づらくなっているようだ。

「じゃあ、昨日ブランケットを持ってたのは、おばあさんのため？」カズヤが尋ねた。

「それもあるし、おばあちゃんひとりじゃ品出しで苦労することもあるから、僕が手伝ってるんだ」

「じゃあ、今朝、ネコと一緒にいました？」凜が尋ねた。

「うん。近所の野良の。ネコはまだ触れる」

「マイゴはだめなんだ？」タカナリは新しいおもちゃを見つけた顔をしている。「せんせーなのにぃ？」

「昔ねぇ、嚙まれたんだよ」おばあさんが代わりに応えた。「小さい頃だったから、たくさん泣いてねぇ。怖さが残ってるんでしょう。それ以来、ずっと、だめねぇ」懐かしんでいるらしく、表情が増して柔らかい。

「そう。小型犬でも怖いんだ。ちょっとはマシになったと思ってるんだけど……」

先生はさらにマイゴと距離を取り、一息吐いた。「ところで、」と怯えを消し去った表情で凜を向く。「今朝の電話、かけてきたのは渡来さんだね？」教師然とした訊き方だった。

凜は口を尖らせ、頷いた。若干拗ねている。

「なら、昨日の非通知も渡来さん？」

「はい」

「ああいうことは、遊び半分でしちゃいけないよ。万が一僕が犯人だったら、逆上されかねないだろう？特定されて襲われたらどうするつもりだったの」

「勝つ」

先生は目を丸くした。優等生の彼女らしからぬ発言に驚く気持ちは、カズヤにも理解できた。タカナリは「うへえ野蛮」と、自分のことを棚に上げた感想を漏らす。

「暴力での解決は、あまりよくないですよ。人を疑って、決めてかかるのもね」

「でも先生、怪しかったから」

「どこがそんなに怪しかったかな」

「秘密基地。あ」

凜はタカナリを見た。タカナリは「あ、教えたな！」とカズヤを睨む。「秘密基地の意味ねーじゃん」

「秘密基地って、裏山の？」

「そう。先生、秘密基地の場所を知ってるでしょ。だからあそこにタヌキを隠したんだと思って。三人に濡れ衣を着せるために」

「そっか。僕ね、ふたりを追いかけて山に入って、かなり探し回ったんですよ。たどり着けたのは偶然。もう一度行こうとしても行けません」

「先生の家がある方、南東の工場地帯の空き地に、カラスの死骸があったのは？」

「え、あんなところにも？」

「俺が発見したんだぜ」タカナリがさりげなく第一発見者をすり替えた。「ちなみに通報したのも俺」

「そうなんですか……」

「じゃあ、先生が学校に忘れ物を取りに行ったのは嘘偽りない事実で、」

凜の言葉に、杉内先生はこくりと頷いた。

「マイゴを避けたのは犬が苦手だからで、ブランケットはおばあさんのためで、」

なんでそんなことを気にするんだろう、という表情で頷いた。

「田島くんに声をかけた不審者と杉内先生の背丈が似てたのも、たまたま？」

「僕の身長は平均的ですからね」苦笑しながら頷いた。

「先生は時間警察でも異物でもない？」

困惑しつつも頷いた。「そうだと思います。その、異物とは」

「先生は実際に存在するってことですか？」

「うん？　うん、そうだね。存在する？」一度頷き、「哲学的だな。存在証明ってやつかな？　渡来さんは、難しいことを考えてるんですね。おばあちゃんと話が合うかも」

「つまり」凜が悲嘆を声に混ぜた。「仮定が間違ってたってことじゃん。いままでの合致は、偶然の産物だったたってことじゃん」

「なんだ、杉内先生が犯人じゃないのか」

昨日、杉内先生を犯人だと断定していたタカナリは、「おいおい、天才の委員長さんよぉ、しっかりしてくれよぉ」と続けた。ヒーローが聞いて呆れる悪役口調だった。

「君たち、そんなに僕を犯人にしたかったの」杉内先生はちょっと悲しそうである。

孫を容疑者にされていたおばあさんは、にこにこ顔で話を聞くばかりだったが、不意に「偶然、偶然ねぇ」と目を細めた。「そりゃあねぇ、本当の奇跡は、そう簡単に、起こらないからねぇ」

「そうなの？　じゃあいつ起こるの？　何時何分何秒？　地球が何回まわったとき？」

タカナリが茶化した。おばあさんは手をさすり、

「命がいちばん、輝くとき」

「なんだそれ。いつ？」

「いつかねぇ」

ええ、とタカナリは口を歪める。「自分で言っておいて」

「死ぬときじゃない？」投げやりに言ったのは凛だ。「生きてさえいれば、願いが叶うかもしれない。死しか残されていないから、情けで見つけてもらえる」

「誰に？」

「神様とか」

「神様が願い事を叶えてくれるってこと？」

「そう。神様なら奇跡を起こせそうじゃん」

そうねえ、と同意とも否定ともつかない合いの手を入れて、おばあさんはゆっくり頷いた。

「でもね、まずは、自分でね、頑張るの。自分の可能性を、信じること。役割を、こなすこと。そしたらね、神様が、助けてくれる」

「なるほど」

「難しいのに理解できたんだ、敷石？」凛が鼻で笑った。

「馬鹿にすんなよ。要約してやるぜ。つまりあれだ、死ぬときに神様が見つけてくれる。それで願いを叶えてくれる。でも生きてるうちに頑張らないとだめってことで、だから自分の可能性を信じて、そしたら奇跡が起こって、だから輝く……あれ？　そして輝くウルトラソウル？」

タカナリは片手で緩く天を突いた。杉内先生が笑った。凛は訝しげにしている。

「は？」

「とーちゃんが好きなんだよ。車でずっと流れてんの。つまり、奇跡を起こすヒーローはすごい。つまり俺はすごい！」

「結局ヒーロー論かよ」カズヤは呆れた。どれほど高尚な教訓だろうと、タカナリのいい加減な連想ゲームを経てしまえば、最終的には彼のヒロイズムに帰結する。いつ何時も、彼は、ヒーローは人を助けて奇跡を起こす、に引っ張られているのだ。「自己中だなぁ」

「いいだろ別に。あっ、もしかして、杉内せんせーが他人の言葉って言ってたのは、ばーちゃんの言葉？　物事はなんとかしてるってやつ。自分を守るとみんなを守る、みたいな」

「そうだよ。おばあちゃんは言葉の引き出しがたくさんあるんだ。悩み事があるときは、話を聞いてもらう、アドバイザーってやつだね」

「あどばいざー、なるほど」

「敷石、意味わかってんの？」

「当ったり前だろ。アドバイザーだ、アドバイザー。大事だよな」

やりとりを傍目に見ながら、カズヤは既視感を覚えた。

奇跡について、駄菓子屋で喋ったことがあるような気がする。

それは濃霧の先の輪郭を薄ぼんやりと捉えた程度の記憶で、そんなことがあったような気がするが、果たして本当にあったのか、捏造ではないのか、仮にあったとして、ここにいる全員がいたのか――。いや、マイゴの頭を撫でながら、おばあちゃんを見上げて、他愛のない会話をして、そのさなかの話題だったか——。しかしその光景はあまりに頼りなく、記憶なのか夢なのか判別がつかない。先ほどの駄菓子屋の件といい、敷石和也として過ごした二十二年間の記憶が掴みづらくなっている。

「にしても、サトちゃん、遅いな」

タカナリが入口を見遣った。

マイゴの耳がピクリと動いた。顔を上げ、にわかに起き上がった。杉内先生が一歩下がった。

マイゴは誰に言われなくても骨の形の玩具をカウンターの下に片付け、タカナリの掌に頭を押し付けて、尻尾を左右に振ってから、店を出ていった。

「行っちゃった」タカナリはぽかんとしている。「どこ行くかくらい言えよ」

「直、帰ってくるよ」おばあさんがにこやかに告げたので、タカナリはしゃがんだまま首だけ振り返った。

「ばーちゃんは、マイゴの飼い主？」

「いいや、昔、ちょっとだけ面倒を見てやってねぇ。そしたら、懐かれて」

「首輪をあげたのは、ばーちゃん？」

「そうだよ。予防接種も、連れていってあげてねぇ、大人しかった」

「じゃあ、飼い主はばーちゃんじゃん。なんだよ。あいつは俺の弟子なのに、勝手にさぁ」

「弟子。いいねえ、弟子」

「だろ。俺のヒーローの弟子」

「あらまあ、そうなの。あの子はねぇ、賢い子で、自分ができることを、ちゃんと、わかってる子でね」

「さすが俺の弟子だな。困ってる人を助ける、これすなわち、ヒーローの定めだからな」

「でも、いろいろ、用意してあげたのにねぇ。寝床がもう、あるんだろうね。あの子は外でずっと、暮らしてて」

「ここの家の犬じゃねーの？　飼ってるんだろ？」

「マイゴは地域の犬でしょ」凜が口を挟んだ。「ママに聞いたよ。誰が飼い主でもないし、強いて言うなら地域が飼い主みたいな」

「敷いて言うって何？」

「そこまでマイゴの師匠を名乗るなら、敷石が飼ってあげたらいいのに」

「うちは無理。そう言うおまえが飼えばいいじゃん」

「賃貸だから無理」

「チンタイ？　で、敷いて言うって何？」

凛は顎に手を当てて、数秒黙った後、顔を上げた。

「やっぱり、おかしい」

「おかしい？」タカナリが首を傾げる。「敷いて言う？」

「違う。『動物虐待事件』と『不審者情報』のこと。どうして犯人は敷石の家や西公園、学校に死骸を置いたの。田島に声をかけたの」

脱線していた話題が、ぐるりと回って戻ってきた。

「秘密基地を知ってる人は限られてるのに、犯人はどうやってあそこにたどり着いたの。どうして不審者は田島の名前を知ってたの。謎が増えた。犯人は、田島の知り合いなのかな」

「それとも、俺たちが知らないどこかの誰か、かもな」

凛がカズヤをぎろりと睨んだ。「身も蓋もないこと言わないで」

「でも冷静に考えてみろ。街に出没してる不審者、動物を虐待している犯人が俺たちの知人って確率は、低い」

子どもにとっての〝世界〟、つまり社会は近所と友達と学校で、それらが全てだと思ってしまうから、その世界で完結させせようとする。その世界のなかに犯人がいるはずだ、と凜やタカナリは信じて疑わなかった。

しかし、これは推理小説ではない。顔見知りが容疑者でもなければ、容疑者リスト代わりの登場人物紹介が冒頭にあるわけでもない。不審者が異物であることは違いないが、そもそも異物とは、カズヤ自身も認知していない存在なのだ。記憶にない物事だから異物と判断できるのであれば、事件の犯人が知人であるわけがない。不審者は子どもの世界の外側にいる、赤の他人かもしれない。

どちらにせよ、この事件を解決しなくても、カズヤはカズヤとして生きていけるのだ。

「一から考え直せばいい。もう一回、条件に当てはまる人を探すんだ。それでも見つからなかったら、潔く手を引こう」

凜は悶々（もんもん）としている。「ふりだしに戻るのがいちばん嫌い。せっかくの推理が台無し。最悪。秘密基地の場所を知ってる人物のなかに犯人がいるはずなのに、間違ってないはずなのに」

杉内先生は話についていけないようだったが、雰囲気に察するところがあったのだろう、「危ないことはやめましょうね」とやんわり注意した。

「ところで、渡来は帰らなくていいの？」

「あ」

店内の掛け時計は昼時を示していた。自身の腕時計でも再度確認し、凛は居住まいを正す。

「帰らないと。先生、疑ってごめんなさい」

「いいけど、ひとりで帰るんですか？」

「人通りの多い道を行きます」

「一緒に行こうか」カズヤは昼ごはんの買い出しついでのつもりだったが、途端にタカナリがにやつく。

「え、何？　カズヤって、もしかして？　渡来が？　好、き？」

ふたり分の盛大なため息が零された。ひとりは凛で、ひとりはカズヤだ。

「おいおい息ぴったりじゃん。ええ、何？　もう、そういう？　好きとかの次元じゃない？　付き合ってんの？」

「ついてこなくていいよ、カズヤ。どっかの馬鹿に面倒な勘違いされたら困るから」

「おいおい照れんなよー、好きって気持ちは隠さないほうがいいんだぜぇ？　強がっちゃって、みっともないぞ」

「強がりがみっともないって、どういうこと」凜の口調が尖る。

深い意味はなかったようで、タカナリは気圧されたじろいだ。「なんだよ。強がって無理するより、ちゃんと助けてって言えたほうが偉いだろ」

「何が言いたいわけ？」

「だから、ヒーローの活躍の場を奪うなってこと。ああもう説明がめんどくせー！」

「じゃあ、僕が一緒に途中まで行きます」

見かねた杉内先生が、隅に置いていたリュックサックのなかから、携帯電話と財布を取り出した。「何かあってからでは遅いからね」

「結構です。大丈夫です。そこまでなので」

「けど、危ないよ」

「大丈夫です。別に、強がってないです。ひとりで行けます。子どもじゃないんで」

疑っていた人物に情けをかけられたからか、自分の推測が外れた羞恥心を幼いながらに発散しているからか、そもそも心配されることが嫌いだからか。理由はカズヤにはわからなかったが、凜が不機嫌なのはわかった。意固地になってないで送ってもらいなよ、と言いかけた。

咆哮（ほうこう）が聞こえた。

怒りを感じさせる咆哮だった。連続する。唸りが混ざり、また威嚇の吠え。けたたましい犬の鳴き声だ。

駄菓子屋にいた五人のうち、ひとりは小さな悲鳴と共に身体を撥ね上げた。手が当たってずれた眼鏡も気に留めず、壁に背を付けて唾を呑む。

ひとりはチェアに座ったまま動じなかった。あらあ、と小さな口を動かしただけだ。

三人は顔を見合わせた。タカナリは眉をひそめているが、彼は突然の咆哮を怪訝に感じただけで、思慮深さとは程遠い、疑問に満ちた表情をしている。マイゴ？　と凜の目が言った。瞬間、カズヤの脳裏に蘇ったのは拓郎の証言だった。

僕、びっくりして、それで動けなくなって、そしたらマイゴが来たんだ。

僕の前に飛び出して、吠えて、不審者を追っ払ってくれた。

駆け足が近づいてきた。マイゴが先に店に飛び込んできた。次いで、息切れした正人が飛び込んできた。

「サトちゃん」タカナリが声をあげる。

正人は自身が駆けてきた方向を一瞥して、膝に手をついて呼吸を整えながら、震える右手の人差し指を横に向けた。絶え絶えに何かを言う。「い、いま、あ、……」一

「いま、変な、あの、ひと……ぼく、……」

杉内先生が我に返り、店の中央に坐するマイゴに気づいてつんのめりそうになりながら、それでも避けずに直進、正人の両肩をそっと抱いて、店の奥に引き入れた。おばあさんがゆっくりと立ち上がった。引き戸を骨ばった手で開け、亀のような動作で座敷に上がる。

呼吸を整え、おばあさんの持ってきてくれた温かい緑茶を流し込んだ正人は、開口一番に「不審者」と言った。

「声、かけられた」

彼に起こった出来事は、こうだ。

昨晩、駄菓子屋での待ち合わせを約束した彼は、朝になって、母親から言い渡された自宅待機と杉内先生犯人説の解明を天秤にかけた。

彼の母親は在宅勤務で、自室にいた。父親は小さな会社を経営しており、急な用事が入ったと事務所に向かったが、昼には帰ってくる予定だった。高校生の姉はバレー部の練習試合で隣県に出向いていて、いない。言いつけを破って叱られる恐怖心はあったが、やはり犯人解明に天秤が傾く。姿をくらますなら午前中が好機だ。彼は家を抜け出す算段を立て、実行に移した。そして駄菓子屋に向かっていた。

道中で、近道を通ることにした。建物の影が落ちた、薄暗い道だ。左右の建物の壁に突起物はなく、ぬるりとしていて、足元は暗渠になっており、長方形の側溝の蓋が一列に敷かれていた。昼間であること、天気が良いこと、近道の先をちょっと進めば駄菓子屋に行きつくことが、彼の油断を誘った。

途中で人の気配を感じて立ち止まり、振り返ると、頭からボロ布を被った人間が立っていた。

飯塚正人くん。

布越しの声は、しゃがれた男のものだった。くぐもっていたが、自分の名前を聞き違えるはずがなかった。正人は硬直した。頭が真っ白になった。次いで、『不審者情報』、声かけ、拓郎の証言、堰を切ったように情報が頭を埋め、脚が震えた。

不審者が一歩、距離を詰めた。その靴が地面を擦った音で、正人は身体の自由を取り戻した。逃げなくちゃ。無我夢中で近道を抜けたところで、マイゴとすれ違った。

正人は驚いて急ブレーキをかけた。

近道に飛び込んだマイゴが、不審者に向かって数回吠えた。いまにも飛びかかろうと重心を後ろに下げ、前身を低くし、耳をピンと立て、毛を逆立て、（マイゴの後ろにいた正人には見えなかったが、おそらく鼻にしわを寄せ、牙を剝きながら）威嚇した。

重低音の唸り、露わになった敵意に、不審者は後退した。大きく舌打ちをして悪態を吐き、立ち去った。

不審者がいなくなると、マイゴは攻撃的な姿勢を解除して、けろりとした表情で正人に寄った。周囲をぐるりと回り、行かないの？　と彼を見上げた。

幾分気の抜けた正人は、慌てて駄菓子屋に駆け込んできた、というわけだった。

杉内先生の対処は早かった。携帯電話で警察に連絡を取り、駆け付けた制服警察官に事情を説明した。一通りの事情を把握した警察が、正人から直接聴取する傍らで、先生は正人の親に連絡を取った。学校にも連絡を入れる。まだ不審者が付近にいるかもしれないから、と、凜とタカナリとカズヤを店に留めることも忘れない。

「いざとなったらちゃんと動けるんだなぁ」木製の古びた丸椅子に腰かけたタカナリが、しみじみと言った。「プリントの印刷ミス、やらかしまくってたくせに」

「やっぱり先生は大人だよね」凜は杉内先生をじっと見つめている。「わたしも早く大人になりたい」

カズヤは鼻で笑った。「碌なもんじゃないぞ」

「大人はいいじゃん。自分でいろいろ決められるし、自分を御するってやつ、できるし」

「できる大人とできない大人がいる」

「先生はできるほうだ」

「とにかく、杉内先生の疑いは晴れただろ。正人と不審者が遭遇したとき、先生はここにいたんだから。俺たちが証人だ」

「そうだね」

警察との話し合いは、なかなか終わらない。正人は小難しい顔で警察官と向かい合い、身振り手振りで説明している。軒先の騒ぎを他人事のような穏やかな顔で眺めていたおばあさんが、「ああ、そうだ」と待機中の三人に飴玉（あめだま）をくれた。カズヤの掌に置かれたのはピーチ味だった。

「マイゴちゃんも、よく頑張ったねぇ」

タカナリの足元で伏せるマイゴの前に、値の張りそうなお菓子が置かれた。犬用のクッキーだった。一瞬でなくなった。

タカナリはむいっと下唇を突き出し、不満げに足を組んで座っていた。柄の悪い姿勢で警察を睨みながら飴玉の袋を開けて、ぱくりと口に含み、コロカラと飴と歯のぶつかる音を鳴らす。「ちぇ、また俺の知らないところで事件が起こった。ヒーローの出番を奪うなっての」

「あんた、そこだけはほんとにぶれないよね」凜が右隣のタカナリを向いた。

「委員長さんにはどーせわかりませんよ。俺の信念ってやつも、俺のヒーロー論も」

「なんだそれ」カズヤは身を乗り出し、凜越しにタカナリを見る。「人に誇れるような信念なんてあったのか」

「馬鹿にしてんのか。あるに決まってんだろ」

「どんな信念？」

「すごい信念」

「へえ」カズヤはいっそ愉快だった。「すごそう」

「いいか、信念ってのは、曲げたり曲げられたりすると良くないもんなんだぞ。スプーンだって曲げたらだめだぞ。とーちゃんにすっげぇ叱られるからな」

「何の話？」

「いいか、俺はヒーローで、ヒーローの友達が不審者に声かけられてるんだぞ。負けたみたいな感じがするだろ。負けてないけど」

「怒ってんの？」凜が尋ねた。

「怒ってねーよ。ムカついてんだよ」

「同じじゃん」

「同じじゃねーよ」

「…………」

「なんだよ。言いたいことがあるなら言えって」

「怒ってんじゃん」

「怒ってねーよ！　うっとーしーなぁ！」

おまえはかーちゃんか、とタカナリが吐き捨てたとき、軒先の正人が店内に入ってきた。

「サトちゃん」タカナリが立つ。

「災難だったね」カズヤは座ったまま。

「犯人はどんな人だった？」凜は真顔だ。

正人は深く頷き、「知らない人」

「一回も見たことない人？」

「うん。杉内先生じゃなかった、と思う」

「歳（とし）は？」

「わかんない。顔が見えなかったから。男の人で、大人ってことしかわからない。正直、よく憶えてないんだ」

「なんで？」タカナリは不服そうだ。

「わかんないけど、お巡りさんはびっくりしたからじゃないか、って」

「びっくりしたら忘れるのか？」

「たぶん」

「変なの。ちゃんと憶えとけよ。逮捕につながったかもしれねーのに」

「うん……」普段は柔和な正人の顔つきが、悔しさで歪んだ。

凜が冷ややかな眼差しをタカナリに向ける。「被害がなくてよかった、くらい言えないの？　マイゴが来たからよかったものの」

わん
正人はしゃがみ、マイゴの頭を優しい手つきで撫でた。

「デンローの言う通り、とってもかっこよかったよ」

わふ
一方で、タカナリは不満げだ。「俺の弟子のくせに、俺より活躍しちゃってさ」

「犬と張り合いかよ。くだらねぇ」

「カズヤにはわからねーよ。これは俺の心の戦いなんだ」

「かっこよくねぇんだよ」

「ほんと」凜が呆れ気味に同意を示し、正人は苦笑する。「タカちゃん、負けず嫌いだもんね」

「当たり前だろ。——あっ、そうだ、これ、サトちゃんにはまだ話してないよな」

ネコの死骸の件が伝えられた。

最初は興味津々に、後半になるほど難しい顔つきで聞いていた正人の手が、止まる。

「次は、マイゴかもしれない」

重々しい声音だった。

「シリアルキラーは、もう、ネコを手にかけるところまで来ちゃったんだ。たくさん動物を殺す練習をした。次はマイゴ、その次が人間かも」

「そんな」凜がマイゴを見つめる。

タカナリも鼻白んだ。「怖い目に遭う人がいるかもしれないってことだな」

「うん」正人がショルダーバッグから紙を取り出す。「これ」

それは万代町の地図だった。彼らが手作りしているものだ。今回の保管当番は、正人だったらしい。

「僕、この地図が幽霊撃退の役に立てばいいと思ってた。けど、全然だめだった。いざ目の前にすると、怖くて何もできなかった。逃げるのがやっとだった」

「逃げただけで充分だろ」カズヤは本気で言ったが、慰めに受け取られた。

「悔しいよ。頭のなかでは何度もシミュレーションしたのに。逃走したふりをして、背後から奇襲を仕掛けてやるぞ、って。それが、こんな……」

タカナリは「かっこ悪いの嫌だよな」と正人に共感して、地図を受け取った。「あの近道、地図に書き足しておこうぜ。幽霊が出る危ない場所だって。俺たち以外の人が被害に遭わないためにさ。ヒーローは小さなところも取りこぼさないんだ」

そしてカズヤに地図を突き付けた。

「え、なんで俺？」

「保管当番おまえだろ？」

「あ、そう」言い返すと面倒なので、受け取って尻ポケットに入れる。「もしかして、近道を書くのも俺ってこと？」

「何言ってんだ当然だ」

「さいですか」

「文句あんのか」

「ないよ」

正人、と店先から顔を覗かせたのは、彼の母親だ。彼女は息子を見つけて安堵の息を吐き、般若(はんにゃ)のごとく怒り顔になった。

「うわ」正人とタカナリの声が揃う。

「まあそうなるだろ」

「そうなるよね」

怒り心頭ながら、正人の母親は人前であることを忘れなかった。即座に鉄板のような笑みを作り、「正人、こっちに来なさい」

正人は大人しく立ち上がる。「じゃあね」

「サトちゃん」タカナリが声を張った。「次、何かあったら、ちゃんとでかい声で助けてって言えよ。俺が行くから」

「うん。みんなも気を付けて」

正人は店を出ていった。

「さっきの、カズヤと渡来、おまえらにも言ってんだぞ！」

「そんなかっこ悪いことしません」即座に言い返した凜が、一息ついてマイゴを見つめる。

「マイゴが殺されちゃうの、絶対に、嫌だね」瞳の奥で意志が焚かれている。「犯人を見つけよう。わたしたちの手で」

「これからも謎を追うの？」

「もちろん。見過ごせない」

渡来は正人や拓郎と同じ立場だ、とカズヤは言いかけた。凛がこの場にいるのは、カズヤが彼女を頼ったからであり、彼女の使命ではない。強がりも衒いもいらないし、責任を負う必要もないし、正義感を燃やさなくていい。『赤の他人タイムスリップ』『不審者情報』『動物虐待事件』は俺の問題で、俺はカズヤであることに納得しているから、無理に解決する必要はなくて、このままでいいんだ。やっと嫌いな自分とおさらばできるんだ。大丈夫、大丈夫だから。

言いかけて、妙な不安に煽られて、頭のなかで窘めの言葉の推敲を重ねて、遂に音にならなかった。

自分が何を言ったところで、彼女は彼女の意思で動くだろう。カズヤは彼女のような人を知っていた。どんな壁に阻まれても、どれだけ転んでも、生き方を変えられない。過剰な自信で無理を通す。進む道や性質は真反対だが、その曲げられない在り方は、かつての敷石和也と似ている。

違う点があるとすれば、彼女はいつか痛い目に遭って、挫折して、それでも立ち直って、気高く成長していくのだろう。強い自我を保ったまま、人格者になっていくのだろう。

カズヤは舌の先で飴玉を転がした。ピーチ味はやたらと甘かった。

警察が引き揚げ、先生が三人のもとへやってきた。

「保護者に迎えに来てもらおう」

先生の提案に、三人は首を振った。タカナリは叱られることを想定して、凜は責任感から、カズヤは親などいないためだ。先生は渋ったが、三人が譲らなかったため、大通りまでの送迎で妥協した。

マイゴとおばあさんに別れを告げ、三人は駄菓子屋を出た。

「ひとりで行動しないようにね。遠回りでもいいから、気を付けて帰るんだよ。何かあったら、まずは大声で助けを呼ぶこと。次に逃げること。立ち向かっちゃだめだ。まずは逃げるんだ。立ち向かっちゃだめだよ、渡来さん。それから敷石くんも」

道中に何度も同じことを言い聞かされ、コンビニの前で先生と別れた。先生はその足で学校へ向かうようだった。これから職員会議らしい。

空に雲が増えていた。陽射しが遮られ、アスファルトに落ちた影の輪郭が薄くなっていた。風も吹き始めている。天気は下り坂だ。

「わたし、帰るね」

「俺も帰る。腹減った」

「敷石は、ばれずに帰れるの？　二階から飛び降りたんじゃなかった？」

「登る」

凜は名状しがたい表情を浮かべてから、「せいぜい頑張って」と手を振った。「じゃ」

「じゃ。で、カズヤはどうすんの？」

「俺も帰ろうかな」帰るところなどないが、ふたりきりは勘弁してほしかった。「じゃ」と上げた腕を、タカナリが摑んだ。

「渡来のこと、どう思う？」

「うん？」

「あいつ、助けて、って言うの、絶対、下手だと思うだろ？」

「あ？　ああ、うん、だろうな」腕を振りほどこうとしたが、びくともしない。

「ああいうやつって無理ばっかりするじゃん。やなやつに変わりはないけど、でも、こんなの我慢して当たり前です、って顔で耐えるじゃん。なんか、すげぇ、やだ。俺の前でそういうことされるの、俺、やだ」

「我儘星人か」

「やなもんはやだ。おまえだってやだよな?」

「押しつけがましい」

凛の悪口が飛び出していた口から、彼女を心配する言葉が吐かれている。やだ、という曖昧な感想を繰り返し、タカナリは掌をくるくる返す。柔軟か軽薄か。物は言いようだ、とカズヤは思った。

「そういう生き方を選んでいるのは渡来だ。外野が無暗に首を突っ込むべきじゃない」

「やだ」

「やだじゃなくて」

「やだ。ヒーローとしてほっとけない」

「おまえのヒーローは自称なんだよ。ずっと空回りしてんだよ。わかるだろ」

「自称上等!」

苛立ちに任せ、カズヤは「ううん!」と呻いた。「もうどっちでもいいけどさあ」

なぜ、聞き分けのない子が生まれるのか、カズヤは（かつての自分の）身をもって理解している。大人は子どもを守るもの、は、大人の世界の常識でしかない。守られる側の子どもは、大人の優しさをいらないお世話だと宣ってみせる。囲まれたら囲まれるほど反発して、子どもだけで解決しようとする。

タカナリの言動は、身のほどを弁えていない、ただの子どもの傲慢だ。口先で宣言して満足して、周囲を顧みず己の定めたルールを勝手に持ち出し当てはめて、求められていないのに手を握って、救った気になっている。

カズヤは力任せに腕を振りほどいた。

「ヒーローだとか理想の自分だとかに固執したまま大きくなると、いいことないぞ」

「でも俺がやなのはやだから、やっぱり助けてやらないと」

「無理だ」

「できる」

「無理だよ。いざってときに動けないんだ、おまえは」そうして十年後、人を見殺しにする。

「いーや俺ならできる。ほんとはデンローもサトちゃんもかっこよく助けられたんだぜ。マイゴは俺の弟子なのに、俺が本当のヒーローなのに、なんで俺は先生に守られてるんだ？」

「それはおまえがガキだからだよ」

「わかったように言うな。何のための木刀なんだよ。俺は、何のために。くそ、悔しい。そうだ、俺は悔しいんだ」

タカナリの運動靴がアスファルトを叩いた。片足だけの地団太だ。茶色の大きな瞳は、闘志に燃えている。

「次、不審者が現れたら、俺が退治してやる。それで全員助けてやる。この俺が！」

あ、とカズヤは口を開けた。

タカナリの頭を、大きな掌が摑んだ。

「こんなところにいたのか、タカナリ」

振り返ったタカナリの頰が引きつった。「とーちゃん、なんでここに」

タカナリの背後には彼の父が立っていた。昨日と同じ光景だ。

「さっき、担任の先生から家に電話があったんだ」

杉内先生から校長か教頭経由で連絡がいったようだ。五年生から持ちあがりの担任は、鉄砲玉のような問題児の扱いを心得ている。

「まったく、いつの間に抜け出したんだ。帰るぞ」

父親はタカナリを羽交い締めにして、カズヤに向かって笑んだ。

「君も、危ないことに巻き込まれる前に帰りなさい。きっと親御さんが心配してるからね」

「くそっ、離せ！　くそ。カズヤ！　なんかあったら呼べよ！　俺を呼べ！」

ズルズルと引きずられながら、タカナリは父親に連行されていった。

カズヤはコンビニに入った。冷蔵コーナーの前で悩んだ挙句、からあげ弁当を選んだ。売れ残りの弁当を譲ってもらえないだろうか、と一瞬画策したが、すぐに思い直し、素直に購入して、店内のイートインスペースで昼食にした。

残金は五百円玉と二十二円。いよいよ心もとない。これからカズヤとして生きていくためには、やはり刷り込みを利用するしかないだろう。タカナリが、カズヤを「俺のいとこでいまは一緒に住んでる」とか「親戚の家の子を引き取った」みたいに親に紹介しなおせば、実家に転がり込めるかもしれない。試してみる価値はある。失敗したところで、カズヤが失うものはない。『赤の他人タイムスリップ』も『不審者情報』も『動物虐待事件』も、和也に戻ることをやめたいま、過ぎたことだ。

最後のからあげをぱくりと頬張り、割りばしと一緒にゴミ箱に入れた。

そういえば、とパーカーのポケットに入れっぱなしだったアノマロカリスを取り出した。今度はすっきりした心持でそれを眺めることができた。指先で弄りながら店を出る。

男とすれ違った。

立ち止まって振り返ると、自動ドア越しに店の奥の弁当コーナーへ向かう男の背中が見えた。いつか見た、草臥(くたび)れた風体の、カズヤを公園から追い出した男だ。

男はレジの前に手ぶらで向かい、店員と言い争いを始めた。「ただで寄越せ」「ケチだ」「人の心がない」「クソ野郎が」と怒号が漏れ聞こえた。

カズヤは軒先でその様子を眺めていた。どことなく、他人事ではないように思われた。

「馬鹿にしやがって！　ぶっ殺すぞ！」

罵声を唾と共に吐き出した男が、コンビニから出てきた。艶の失われたぼさぼさの前髪の間からぎょろりと覗いた目が、すれ違いざまにカズヤの手元を見た。次いでカズヤの顔を舐め回すように眺めてから、アスファルトに痰(たん)を吐き捨て、遠ざかっていった。

店内を覗くと、店員が大きなため息を吐いている。

例の男。怪しさ満点だが、タカナリ曰く「怪しいくせに捕まってないやつは逆にシロ！」。仮にあの男が事件の元凶だとしても、いまのカズヤに追及する気はない。唯一気掛かりなことは、彼の正体くらいだろう。異物か否かすら不明なあの男が『不審者情報』や『動物虐待事件』に関わりのある人物だったとして、彼は何者なのか。

カズヤはポケットにアノマロカリスを入れ、伸びをした。

「ま、どうでもいいか」

嫌いなものとは関わらないに限る。

行く当てもなくふらふらしていると、いつの間にか西公園に来ていた。

土管から茶色い物体が覗いていた。マイゴだった。頭だけ出して、伏せていた。寝ているように見えた。

「何してるんだ、こんなところで」

近寄ってしゃがむと、マイゴはぴくりと耳を動かし、顔を上げた。土管のなかで尻尾が揺れる。

「おまえ、駄菓子屋のばあちゃんの世話になってたんだな。知らなかったよ」

くう、とマイゴが柔らかく鳴いた。カズヤが顎の下を撫でると、気持ちよさそうだ。

「なあマイゴ、俺、新しい人生を歩んでいこうと思う」

くう

「あの頃はさ、ひとりぼっちのおまえが放っておけなかったから、弟子にしたけど、おまえみたいな根無し草でもどうにかやれるんだから、俺も……」

カズヤは撫でる手を止めた。

違う。マイゴを弟子にしたのは、あの頃、なぜかマイゴがあとをついてきたからだ。マイゴは最初から自分に懐いていた。

「あの頃？」

あの頃はあの頃だ。小学六年生、人生のピーク。たった二十二年でピークを決めていいのか。いいんだ。あの頃以上に敷石和也が輝く瞬間は、きっとこの先やってこない。お先真っ暗だ。そんな人生は捨てて、『赤の他人タイムスリップ』という名の奇跡に身を委ねることに、たったいま、決めたじゃないか。待て、あの頃っていつだ。

それはだから。

ずきり、と、脳幹に電流のような痛みが走った。眼球の裏に雷が落ちたようだった。視界が歪み、ぐにゃりぐにゃりと、上下左右から力をかけられた粘土のように、平衡感覚が失われていく。自分が座っているのか、立っているのか、寝転がっているのか。重力の方向も空も地面も混濁してわからなくなった。身体のいちばん奥が別のパーツに作り替えられていく。それは芯だとか心だとか記憶だとか自覚だとか、個人を個人たらしめているようなものだった。誰にも気づかれないように螺子（ねじ）を外して、バランスを保ちながら部品を入れ替えるのは苦労する。ああ、いままでの頭痛は、変わっていくための痛みだったんだなぁ、と漠然と思った。変化は痛みを伴うものだ。でも、これくらいの頭痛なら耐えられる。行動を起こすより待っていた方が楽だ。こだわりなんて邪魔なもの、あっても生き詰まるだけだ。不必要なものは捨ててしまえ。無理なら捻じ曲げろ。どんな手を使っても人生を書き換えられるなら、それもひとつの奇跡じゃないか。

「いたっ！」

カズヤは反射的に手を引っ込めた。

見ると、手の甲に歯形がついていた。皮膚の凹みから押し出された血がぷつりと膨らんで雫になり、滑り落ちていく。マイゴに噛まれたらしい。

マイゴはそろりと舌を出して、噛んだ右手を舐めた。

カズヤは左手でマイゴの頭を撫でた。立ち上がり、公園の端に設置された水道で傷口を洗い流した。まだ頭がぼんやりとしていた。思考がまとまらない。

西風が強くなっていた。いつの間にか曇天になっていた。

しばらくして、水を止める。血は止まりかけていた。

マイゴが足元に座って、くうんと見上げてきた。顔色を窺うようだった。ごめんね、と言われた気がして、カズヤは「いいよ」と返した。感情の抜け落ちた返答だった。

「大丈夫」

大丈夫。大丈夫のおまじない。

まだ痛みが残っている。頭にも、右手にも。

自分が分解されて、どんどんすり替わっていくなら、最後の最後に取り換えられるパーツはどこだろう。それこそ、自分を構成するいちばん大切なものなんじゃないか。そこがすり替わったとき、初めて、自分は別の誰かになれるんじゃないか。

どうせ碌なもんじゃない。早く取り換えてほしい。

「あ、やっぱり」

聞き慣れた声に顔を向けると、公園の入口に、片手に塾のかばん、片手にヒマワリのストラップが付いた傘を提げた凛が立っていた。そばに母親らしき女性が付き添っている。

凛は母親に断りを入れ、こちらに駆け寄ってくる。

「ここにいるかも、と思って、寄り道しちゃった」

公園の入口で待つ母親は、随分やつれているように見えた。目線が合い、カズヤは会釈した。

「何してたの？」

尋ねた凛に、マイゴがわんと一鳴きした。カズヤは「何も」と苦笑する。

「これからどうするの？」凛はしゃがみ、マイゴの頭を撫でた。「未来に戻る努力は？」

「俺はもう、いいよ。カズヤとして新しくやり直すことにした。渡来はこれから用事？」

「お見舞い。ちょっと憂鬱。どうせまた喧嘩になるんだ。どうしようかなぁ」

カズヤは思い出した。「助けて、って言ってくれたら、助けに行くらしい」

凛は心底驚いていたが、しばらくして瞬いた。「らしい？」

「タカナリが言ってた。渡来は、あいつに助けられても嫌だろうけど」

カズヤの予想に反して、凛は存外静かだった。マイゴを撫でる手を止めて、その表情を一切動かさず、続けた。

「ほんとに？　来てくれる？　助けてくれる？」

　次はカズヤが驚く番だった。

「……行く、行くんじゃねーの」

「そっか……受け取っとく」

「撥ねのけるかと思った。そんなのいらない、って」

「施しが嫌なわけじゃないから」

　カズヤから視線を外して、凛は微笑んだ。彼女の声の裏側から、切実さが滲んでいた。

「ほんとは、わたしは真面目でもしっかり者でもない。理想を目指して頑張ってるだけ。自分でもわかってるんだ。でも、だめなところを許容するのって、難しいよね。最終的にわたしを救うのはわたしなのに」

　わふ、とマイゴが相槌を打った。

「案外優しいところあるんだね、敷石って。ありがとうって、言っておいて」

「……うん」

「あと、大丈夫だからって」

「……わかった」

母親が腕時計を見て、そわそわし始めた。

立ち上がった凛が、カズヤの手の甲に気づく。「どうしたのそれ。怪我？」

「あ、ああ、うん」

「ちょっと待ってて」塾のかばんから、チェック柄の絆創膏を取り出した。「これ、どうぞ」

「どうも」

黄色を基調としたパステルカラーの絆創膏だった。受け取って貼り、ゴミをパーカーのポケットに入れる。

「じゃあ、わたし、行くね」

マイゴとカズヤは、凛の背中を見送った。小さな背中だった。形の見えない何かに潰されそうに見えた。

優しさを評価されたのはタカナリで、カズヤではない。絆創膏を撫でながら物思いに耽っていると、おーい、と威勢の良い声が飛んできた。

西公園の入口に、次はタカナリが立っていた。彼は片手をぶんぶん振りながら、駆け寄ってくる。「聞いて！　俺、脱獄してきた！」

子さいさい、お茶の子ほいほいよ」

「一度あることは二度ある、だ。今日はまだ二回目。俺にかかれば脱獄なんてお茶の子さいさい、お茶の子ほいほいよ」


胸を張って宣う彼の傍で、マイゴが嬉しそうに吠えた。

「サトちゃんが、マイゴのこと心配してただろ。俺も気になって」タカナリは膝をつき、マイゴを抱きしめた。「ふふ、もちもち」

「もちもち、じゃねーよ。かわいくねーんだよ」

「もちもちだろ」

「もちもちだけど」

一度家に帰って頭を冷やし、親に叱られて反省したかと思ったが、彼の闘志は消えていないらしい。

マイゴに顔をうずめながら、タカナリはヒーロー然とした口調で言った。

「デンローは怖い思いをしたし、サトちゃんは家族がすごく心配してる。渡来も予定があるし……俺は、元々あいつは当てにしてないけど！　とにかく、もう、みんな動けない。チームは一日で解散。ほーこーせーの違い」

「バンドか」

「でも！　俺は諦めないぜ」タカナリは立ち上がって拳を握った。「絶対に犯人を捕まえる。俺の手で。ヒーローの俺が捕まえないといけない」

「出た自称。社会のヒーローって知ってるか？　警察って言うんだけど」

「違う。俺が捕まえないといけないんだ。もう一回、現場を見に行こう。俺とおまえとマイゴで、犯人を見つけるぞ！　あ、もちろん俺の家の前以外の現場な」

わん、と活気ある合いの手が入った。

異物であるカズヤを世間に認知させ、存在を偽るには、タカナリが必要だ。信頼を得ておかなければ。カズヤは渋々頷いた。「わかった。ついていく」

「そう来なくちゃ」

「あと伝言。渡来から、ありがとう、大丈夫って」

「大丈夫？」

「うん」

タカナリは不満げに「そう」と言った。ぐっと顎を引いて、

「なんっか、気に喰わねぇなぁ」

結果として、動物の死骸が見つかった場所と、拓郎と正人が声をかけられた場所に

は、何もなかった。秘密基地には夥しい血の跡こそあれど、誰かが立ち入ったような痕跡もない。仮に遺留物があったところで、素人の子どもふたりが、警察の取りこぼした証拠を見つけられるわけがなかった。

　歩きながらタカナリから聞いた限り、警察は『動物虐待事件』と『不審者情報』を別件扱いしているらしい。かーちゃんがそこの交番で聞いてきたんだって、と彼が言うので、そういえば母親はそういうところの遠慮がなかったなぁとカズヤは思った。

　警察は、小学生への声かけ事件、つまり『不審者情報』を重要視しているようだが、パトロールを強化する程度らしい。今後捜査を行うかもしれないが、何分、昨日今日の出来事だ。目撃者もいないうえに被害者の提供した情報もあやふやなため、犯人を即逮捕とはいかない。

　町内をぐるりと回って西公園に帰ってきた頃には、雲はますます厚さを増し、あたりは薄暗くなっていた。吹きすさぶ風に雨のにおいを覚え、カズヤはパーカーのポケットに手を突っ込んだ。アノマロカリスが指先に当たる。

「しゅーかく、なし」

　タカナリが土管の上に寝転がった。コンクリートの冷たさをものともしない。

マイゴが公園のなかをぐるぐると歩き回り、ジャングルジムに迷い込んで、ひとり遊びをしている。

「やっぱり、子どもが犯人を捕まえるなんて無理だ」

見上げて言うと、タカナリは「けどさ、悔しいだろ」と苦々しく言った。「俺のプライドが許さねー。ぼこぼこにしてやる」

「やめろ。暴力沙汰はよくない」

「ヒーローって、悪者をパンチでやっつけるじゃん？　あれって暴力じゃん？」

「子どものころはそれでいいんだよ、器用じゃないから」

「器用？」

「ガキは意思表示が上手くできないだろ。大人になったら、暴力が正解じゃないってわかる。話し合いで解決できる人が本当のヒーローだ。本当のヒーローは表舞台に立たないし、恩着せがましくない」

「ふうん。おもしろくねぇの」

タカナリは寝転がったまま後頭部に手を敷き、脚を組んだ。膝小僧が見える。

「なんかこう、俺がかっこよく活躍できるじょーきょーにならねぇかなぁ」

「犯人の目星もついてないんだから、家で大人しくしてろ」

『赤の他人タイムスリップ』ではタイムパラドックスが解消されていて、この世界のタカナリがどうなろうと、カズヤに影響は出ないかもしれない。だが、仮に影響が出る場合、それだけは避けたかった。せっかく摑んだ新しい人生だ。「あとは大人に任せよう」

「そういうわけにはいかない」

足が一丁前に組み直された。

「犯人は俺たちを恨んでるんだ。黙ってじっとしてたら負けと同じ。だろ？」

「恨んでる？」

「俺たちに罪をかぶせようとした」

「ああ、秘密基地のこと」

「そうだ。大事な場所をあんなことにして、ふざけやがって」

カズヤはタカナリを見上げた。「怖くないのか？」

「怖い？　なんで？」

「自分たちしか知らない場所が荒らされて、そこに野生動物の死体があったら、普通は怖くてたまらないだろ」

「怖くないねぇ！　ぜーんぜん怖くない！」近所迷惑な声量だった。

お化け屋敷や心霊映像をものともしない性格なので、虐待死した野生動物もその同類だと捉えている節がある。心臓に毛が生えているのか、危機感が抱けないくらい鈍感なのか。後者だな、とカズヤは思う。「馬鹿っていいな。愚直で」

「ぐちょく？　褒めてんのか？　──あ」

「どうした？」尋ねたカズヤの頬に、水滴が当たる。「降ってきた」

「くそ、これからだってのに」

「いや行き詰まってただろ」

「天は俺たちの味方をしてくれない。平等だから」タカナリは土管から天狗のように飛び降りた。「傘、どっかに落ちてねぇかなぁ」

「あるわけねぇだろ」よしんばあったとしても、骨の折れた傘だ。

マイゴがトコトコと寄ってきて、土管の傍でお座りをした。その視線の先を見遣ったカズヤは、こちらに駆け寄ってくる女性に気が付いた。どこかで見たことのある女性だ。

「あなたたち、万代小学校の子だよね」

彼女の顔色は真っ青だった。ボブの髪は乱れ、息も絶え絶えだった。

「そうだけど、」タカナリが応える。「おばちゃん、誰？」

カズヤは思い出した。凜の母親だ。

「うちの子を見てない？　渡来凜。あなたたちと同じくらいの歳で、塾のかばんを持ってて、背が高い、ポニーテールの女の子なんだけど」

タカナリとカズヤは同時に首を振る。

「渡来に何かあったんですか」

女性の顔が、苦痛に耐えるように歪む。

「帰ってこないの」

病院で唯と大喧嘩した凜は、泣きそうな顔で塾に向かった。着替えと暇つぶし用の絵本を病院に届けた母親は、拗ねた息子を宥め、しばらく担当医と話した後で凜を迎えに行った。しかし塾に到着すると、講師が「ついさっき帰りましたよ」。入れ違いになったようだった。元より、病室を出ていくとき、「ひとりで帰れるから、唯のところにいてあげて」と凜は言っていた。授業の終了時刻になっても母親が来なかったため、さっさと帰路に着いたらしかった。母親は講師に礼を告げて引き返し、家までの幹線道路を歩いて帰った。人通りの多い道を通るように言いつけてあったから、どこかで娘に追いつくだろうと思った。しかし追いつくことなく家に到着した。家の鍵はかかっていた。凜の靴はなく、明かりは点いていなかった。

どこかに寄っているのかもしれない。先ほどの友人と再会し、立ち話をしているのかもしれない。あの子のことだから、心配をかける前に帰ってくるだろう。子どもの前では弱いところを見せまいと、常に気を張っていた。アメリカで製薬研究に勤しむ夫へメールを返信し、ソファに座って、いつの間にかまどろんでいた。はたと目を覚ませば、ちょうど一時間が経過していた。凜は帰っていなかった。どこかへ行く際は告げてくれる娘が、予定時刻を大幅に過ぎても帰宅しない。ここ数日の物騒な事件を思い出し、娘がいるかもしれない西公園を訪れた、というわけだった。

「あの子、いつも笑顔で強がるから。ちゃんと人を頼りなさいって言ってるのに」

凜の母親はぼそりと付け足した。

「どう？　凜のこと、見てないかな」

「さっき会ったきりです」

「ああ、君はあのときの。帰りに公園の前を通ったところも見てない？」

「俺ら、さっきまで街中を歩いてたから、わかんない」次はタカナリが答えた。

母親の表情がさらに曇った。

「探してくる」とタカナリが駆け出そうとして、引き留められる。

「ありがとう。大丈夫だから、君たちはおうちに帰りなさい」

「でも」

「雨も降ってきたし、手伝ってもらって風邪を引かれたら、あの子が気に病むから、ね」

「けど……」

凜の母親は、それでも冷静だった。世間体を気にしているふうもなく、大袈裟に騒ぎ立てる気もないようだ。しかし焦燥感は見受けられた。空気の重さを感じたのか、マイゴがくうんと鳴いた。

頬にぽつぽつと当たる雨粒が冷たい。カズヤはパーカーの袖に手をひっこめる。

「俺、帰り道に駄菓子屋の前を通るから、覗いてみます」

帰る家などないから、どうとでも言えた。

タカナリが怪訝な顔をする。「おまえの家、あっちだっけ?」

「そうだよ。俺たち、午前中は渡来と一緒に駄菓子屋にいたんです。そのときはマイゴもいて、」

茶色い耳がピコリと動く。

「渡来は、マイゴを心配してた。だから、いまも、駄菓子屋に寄ってるかも」願望混じりの予想だ。

「そう。あの子、優しい子だから、そうかも」母親の視線が、茶色の柴犬を向く。くりくりとした目がぱっちりと見開かれ、どうしたの？　何の話？　一大事？　といまにも聞こえてきそうだった。

「じゃあ帰りがけに凜を見かけたら、家に帰るよう、声をかけてもらえる？」

カズヤは深く頷き、公園を立ち去った。マイゴがついてきた。タカナリもついて来ようとしたが、凜の母親に強く言われ、大人しく帰路に着いたようだった。

胸がざわめく。

コンビニに入った。なけなしの残金でビニール傘を購入し、マイゴを連れて駄菓子屋を訪ねる。店内を覗くと、おばあさんが店じまいを始めたところだった。

凜を見たか、の問いに、おばあさんは「お昼に、一緒にいたのが最後だねぇ」と答えた。

駄菓子屋を後にして、あてもなく住宅街を歩いてみる。どこかでばったり、鉢合わせるかもしれない。

うろうろと小学校の周辺を探索した後、南へ向かっている途中で、凜の母親を見かけた。彼女は大きな青色の傘を差して、人ひとりいない一車線の道路の脇を走っていた。娘の名前を呼ぶ彼女に見つからないよう、角に隠れてやり過ごし、カズヤはいよいよ凛の不在を重く受け止める。

いつの間にか陽が暮れていた。西の端から薄暗さが増して、夕焼けが失われたまま夜に移り変わっていく。

「マイゴは、渡来の居場所わかる？」

傍らに視線を落として尋ねてみるが、返事はハッハッハッと荒い呼吸で芳しくない。においの付いたものがあればいいのか、と絆創膏を鼻先にかざしてみたが、ぷいと横を向かれた。

「そうだよな。血の臭いしかしないよな」

家出の可能性を考えたが、西公園で会ったとき、そんな素振りはなかった。荷物も傘と塾のかばんのみだった。仮に家出だとしても、用意周到な凛が軽装で実行するわけがない。弟とは喧嘩ばかりで嫌になる、とは言っていたが、責任感の強い彼女が逃亡を選ぶだろうか。

逃げるはずがない。カズヤは少なくともそう思った。

「渡来なら大丈夫」

口のなかで繰り返す。大丈夫。大丈夫のおまじない。人を見殺しにした情けない自分と、おまじないを使って困難を乗り越える彼女は、違う。

雨粒は次第に大きさを増している。傘にぶつかる音が耳に障るようになってきた。微かな記憶が蘇る。初老の教授が、講義で投影していたスライド。シリアルキラーの犯行は徐々に残虐になっていく。動物から人へ、殺害対象が変わっていく。サンドアートのようにざらついた記憶だ。これは敷石和也の記憶で、カズヤの記憶ではない。はっきりと思い出せなくなっている。

彼女が、犯人に捕まっていたら。

思っただけで怖気がした。同窓会を必死に思い出す。その記憶も随分と褪せている。もし同窓会に凜が来ていたとして、イレギュラーばかりの過去の世界で凜が生き残る保証になるのか。

凜が皿を洗いながら仮説を述べていた。ここは分岐した平行世界かもしれない。少しの違い。運命の差。この世界では、凜が事件に巻き込まれて死ぬことが必然だとしたら。

雨が冷たい。

アスファルトのわずかな膨らみに沿って、雨水が側溝の口へ流れていく。運動靴のつま先が湿っている。傘の柄を握り直す。手の甲に貼られた絆創膏。

あたりはどんどん夜に近づいていく。

草を掻き分け、パーカーを濡らしながら山の斜面を登り、たどり着いた秘密基地にも人はいなかった。登山道から道路に出ると、ぽつぽつと街灯が点き始めていた。腹がぐうと鳴った。

凜が帰っていることを願い、住宅街へ向かった。渡来宅に明かりは点いていなかった。母親はまだ探し回っているようだ。そろそろ警察に届けを出しているかもしれない。数歩下がって、踵を返す。西公園へ向かった。公園内の電灯が離れて二本、侘しく立っていた。光を受けた雨の線が見える。誰もいない。マイゴがカズヤの足元で、地面のにおいを嗅ぐ。

数時間前、駄菓子屋で凜の横顔に言いかけたこと。渡来は正人や拓郎と同じ立場だから、俺のこととか、事件のこととか、危ないと思ったら投げ出していいんだって。

「言えばよかった」

真っすぐ先を見据える彼女の輪郭が、ぶれない瞳が、浮かんでは消える。

たとえ過去が変わらないとしても、敷石和也の生きていた未来で凜が無事でも、この四日間をともに過ごした凜が無事でなければ、意味がないように思われた。

マイゴがくうんと鳴く。

いよいよ夜だった。どうしようもなかったが、居ても立ってもいられず、カズヤは西公園を出た。凜と母親が向かった、病院があるだろう方向へ進む。

車一台分が通れる幅の通路の途中で、黙ってついてきたマイゴが、立ち止まり、吠えた。

カズヤは振り返る。

マイゴの鼻先が地面を向いている。何かが落ちている。しゃがんで拾い、裏返すと、テレフォンカードだった。電話のイラストが描かれており、度数ゼロのところに穴が空いていた。

「これ、渡来の」

マイゴが覗き込んでくる。

「どうだ。におい、残ってるか？」

鼻先にかざしたが、マイゴはぷいと顔をそむけた。

「だよな。雨で流れてるよな」

立ち上がろうとして、何かが尻ポケットに入っているのに気が付いた。取り出すと、四つ折りの手作り地図だ。そういえば保管当番だと押し付けられた。仕舞おうとして、硬直する。

あれデンロー、ここ、なんで書いてねぇの？

あ、ごめん。書き足すの、忘れてた。

そこ、何かあるの？

廃ビルだ。三階建てのぼろっちいやつ。鉄格子みたいなシャッターが閉まってた。

もうすぐ取り壊しだって。ありゃ悪の根城だな。

手書きの地図の右上、街の北東、正人が書いた記号的なイラストが廃ビルを表している。

「悪の根城」

この際、縋（すが）れるならなんでもよかった。じっとしていられなかった。ここで凛の捜索を止める自分には、なりたくなかった。

テレフォンカードと地図を持ったまま走り出す。

マイゴがついてくる。

雨は本降りになっている。

運動靴の中敷きが水を含んでいる。マイゴもびしょぬれだ。

カズヤは息を整え、地図のイラストと目の前の建物を照らし合わせた。

三階建てのビル。表から見る限り一階に窓はなく、二階の窓ガラスは嵌め殺し、三階の窓は開閉式のようだが、閉まっていて内部まではわからない。濡れて色の変わった壁はスプレーの落書きと緑の細い蔦に覆われ、ジーと音を立てる脇の電灯に照らされている。周りを似たようなコンクリート製の雑居ビルに囲まれ、夜闇に佇む長方形の無機物は、威圧的だった。

入口には鉄格子のシャッターが下りていた。なかを覗くと、狭いエントランスの向かって右に階段があり、踊り場が見える。左の奥にはテナントの入口があるようだが、薄暗くてよく見えない。床にはゴミが散乱していた。タバコの吸い殻やコーヒー缶に混ざって、防犯ブザーが転がっていた。初日、凜と初めて会ったとき、彼女が鳴らそうとしたものによく似ていた。その奥には、見覚えのある傘とかばんが落ちていた。

カズヤはシャッターを両手で持ち上げようとしたが、ガタつくだけで上がらない。鉄格子の隙間から覗き込むと、下方にスライド式の鍵がついており、ＬＯＣＫの表示側に摘まみが移動していた。手を伸ばしても届かない。エントランスの内側からしか、開閉できないようになっている。

「くそっ」

一階と二階に事務所、三階に歯科医院が入っていたことが、壁に残った看板の日焼け跡から読み取れた。耳を澄ましても物音ひとつ聞こえないのは、防音加工のせいだろう。

膝を折って、マイゴに顔を近づけた。

「ここで待ってろ」

わふ

マイゴはじっと視線を逸らさない。こんなときは利発に見えるから不思議だった。カズヤは傘を閉じて、ビルとビルの隙間へ踏み込んだ。砂塵を被った室外機や太いパイプの間を、横歩きに進む。

ビルの裏手に回ると、地面の舗装がなくなり、土がぬかるんだ。さらに進むと、開閉式の窓があった。ガラスに直線状のヒビが入っている。クレセント錠は上がっていた。

窓越しに見える部屋は、簡易キッチンだった。無人のようだ。

ビニール傘の柄を数回ガラスに打ち付けてみたが、びくともしない。傘の先端でヒビの上を突いてみる。割れない。今度はもっと強く突いた。蜘蛛の巣状のヒビが入った。傘を壁に立てかけ、パーカーを脱いで右拳に巻き付けて、握りしめる。窓ガラスは厚くない。思いっきり叩きつけると、パラパラとガラスの破片が落ちてきた。もう数回叩いたところで、バリンと音を立てて、割れた。

外からクレセント錠を下げて、窓をそっとスライドさせた。窓枠に残ったガラスが揺れて、欠片がぱらぱらと落ちる。パーカーをはたいて羽織り、桟を摑んで身体を持ち上げた。腹を乗り上げ、片足を引っ掛けて、建物内に侵入する。そっと下りると、ゴム製の床がきゅっと鳴った。抜き足差し足で埃（ほこり）っぽい簡易キッチンを出て、エントランスへ向かう。果たして、見覚えのあるかばんは塾のかばんであり、傘の柄にはヒマワリのストラップがぶらさがっていた。

「やっぱり」

足音が響いた。

顔を上げる。

コンクリートを打つ足音だ。誰かが階段を下りてきている。二階からではない。三階からだ。ガラスが割れる音を聞いたのかもしれない。

息を吞み、周囲を見回す。ひとまずエントランスから離れ、侵入してきた方へ戻った。明かりは乏しいが、目はだいぶ暗さに慣れていた。一階の廊下には、大小様々なサイズのステンレス製の棚が左右に並んでいる。どれも煤（すす）けて埃を被っている。廊下の奥には消灯した避難誘導灯のマークとドアがあった。棚の間を抜け、ざらついたドアノブを回してドアを開けて、隙間に滑り込んだ。避難階段だった。ドアは厚く、廊下の音は聞こえない。採光用の窓から入る弱々しい光を頼りに、音を立てないよう慎重に階段を上がった。

二階と三階の踊り場にデスクや本棚などの古いオフィス家具が積み重なっていたため、引き返して二階のドアを開けた。一階と似たような構造だった。息を殺して廊下を進み、弁護士事務所のカッティングステッカーが残ったドアを開けると、コンクリート打ちっ放しの階段があった。エントランスから続く階段だ。手すりがあり、小窓がある。雨が降っている。耳を澄ますと、一階から物音が聞こえた。エンカウントは避けられたらしい。

階段を上り、三階の歯科医院跡にたどり着いた。磨(す)りガラスの重いドアを開けて室内を見渡すと、がらんどうの待合室だった。

待合室の奥、診察室のスライドドアが閉まっていた。近寄る。取っ手が濡れていた。摑んで開ける。医療機器が撤去された診察室は広く、窓ガラス越しに差し込んだ街灯の明かりが淡く室内を照らしていた。通りに面しているようだ。

窓際に、小さな人影があった。

「渡来！」

カズヤは慌てて駆け寄った。

窓際に座る凜は、ガムテープで目隠しをされて、口を塞がれていた。両腕を身体の後ろに回している。傍でもう一度「渡来」と呼ぶと、彼女の小刻みな震えが落ち着いた。その上下する肩に触れ、カズヤは「外すよ」と告げて、彼女の頬に触れた。ゆっくり、口を覆ったガムテープを剥がしていく。

「……敷石？」

凜が弱々しく尋ねた。カズヤは黙る。そして頷く。「そう」

目元のガムテープも、皮膚を傷めないように丁寧に剥がした。閉じていた瞼がぱちぱちと瞬いて、真っ赤に充血した目が、カズヤを捉える。凜はくしゃりと顔を歪めた。それだけだった。カズヤのほうが泣きそうになる。こみあげてきた感情を隠したくて、彼女の後ろに回った。手首にはガムテープが何重にも巻かれていて、なかなか破れそうにない。剥がすしかなさそうだった。

ガムテープの端を爪で引っ掛けてめくりながら、カズヤは尋ねた。「何があったの？」

「塾の帰りに、声かけられて、名前を、呼ばれて、それで」

「それで、逃げずに立ち向かったの？」

凛が小さく首肯した。

「何やってるんだ。ちゃんと周りに助けを求めないと」カズヤの脳裏には、彼女を探し回る母親が焼き付いていた。こんなときにこんなところで正論をかましても、と思ったが、言わずにはいられなかった。「すごく怖かった。渡来が殺されたらどうしようって」

「わかってる、わかってる。けど、犯人逮捕につながるかも、って。マイゴが巻き込まれるのだって嫌だったし、かっこいいお姉ちゃんになるチャンスだと思って。そしたら、腕、摑まれて、ど、どうせ死ぬんだから、って言われて」

パニックになり、口を塞がれて押さえ込まれ、そのまま失神してしまったらしい。思い出したのか、凛の身体がまた震える。ぐっと歯を食いしばって恐怖に耐える小さな背中は、強靭とは程遠い。カズヤはさらに泣きそうになる。

「渡来、ごめん」

ガムテープをはがす手を止めて言う。

「ごめん。そうだよな。そうなんだ。本当は助けてほしくて、でも、弱い自分が惨めに思えるから、言えないんだ。本当はずっと、ずっと叫んでたのに、俺なら理解できるのに、俺、自分のことばかりで、渡来を頼ってばかりで、渡来は誰にも助けられたくないはずだって、思い込んでた」

口元が痙攣した。視界が滲んだ。目元を拭う。ここで自分が涙を零すのはお門違いだ。

「ほんとにごめん」

凛は気まずそうに項垂れていた。

「わかってるよ。わたし、おまじないで取り繕ってるだけなんだって、わかってる」

ガシャン、と大きな音が響いた。

ふたりは弾かれたように顔を上げた。

何かを倒したか、落としたか、割ったか。金属特有の反響音が、ぐわんぐわんと廃ビルを揺らしている。音源は階下だ。立て続けに数回、ガシャン、ガシャン。

カズヤは我に返り、ガムテープを外しにかかる。

「は、犯人の顔は」

凛は首を振った。「見てない」ぴったりとくっついた手首を広げようと捻じる。

ガシャン
ガシャン

なかなか外れない。思い通りに動かない短い指がもどかしい。焦れば焦るほど指先がべたべたして、横着するとガムテープが中途半端に千切れてしまう。

耳障りな音が止んだ。

誰かが階段を上ってくる。わざとらしい足音を立てて。

犯人だ。

ようやく薄くなったガムテープを乱暴に破って外すと、皮膚を引っ張られた凜が顔をしかめたが、文句は言わなかった。彼女は立ち上がって背後の窓を開け放ち、硬直した。

「高い」

下りる手段はない。診察室の隅にパーテーションが立てかけられている。凜の手を引き、カズヤは壁とパーテーションの隙間にもぐりこんだ。子どもの体軀だからできたことだった。

彼女の腕を摑んだまま、息を殺して待つ。

診察室のドアが、音もなく開いた。大きな舌打ちが響き、凜の肩が撥ねた。ずるずると何かを引きずる音を立てながら入ってきた犯人は、パーテーションの前を通り、部屋の奥、窓際まで進んだ。

パーテーションの隙間から窺うと、犯人の後ろ姿が視認できた。

泥のはねた靴に、オーバーサイズの汚れたコートを羽織っている。全体的に灰色だが、唯一、片手に提げられた手頃なサイズの角材の先端に、赤黒い色が染みついていた。あいつだ、とカズヤは思った。公園の男。やっぱりあいつも異物だったんだ。

マイゴの咆哮が雨音を貫いた。

窓から身を乗り出して下を覗いた男が、「あの犬、こんなところまで」と言う。

スライドドアは開きっぱなしだ。

凜がカズヤの腕を摑み、パーテーションから飛び出した。背中に怒号を受ける。

ふたりは待合室を抜け、もつれそうになりながら階段を駆け下りて一階のエントランスへ到達した。立ち塞がった鉄格子を両手で摑んで揺するが、びくともしない。LOCKの摘まみをスライドさせて解除、「せーの！」と持ち上げようとしたが、無理だった。貧弱な子どもの腕では難しい。壁に開閉ボタンを認め、自動式だったのかと慌てて連打したが、電力供給が停止しているため稼働しない。

ガン！　と角材を壁に打ち付ける威嚇の音に、凜が階段を振り返る。「どうしよ」

鉄格子の先に、びしょぬれのマイゴが現れた。ぐるりと回ってまた吠えた。

カズヤは凜の手を摑み、シャッターから離れた。

「こっち」

侵入してきた窓がある廊下へ入り、立ち止まった。

狭い廊下で、奥行きの厚いステンレス製の棚が傾ぎ、大地震の直後のように重なり合って、互いに引っかかった状態で、行く手を阻んでいた。

侵入経路を封じられた。

先ほど響いていた金属の反響音からするに、この先に続いていた棚すべてが倒されていると思われた。棚に残っていた色褪せた資料の束と飛び出した引き出しが、斜めに傾いだ棚と床の隙間を埋めている。下をくぐるのは不可能だ。通るためには、不安定な棚をよじ登り、棚の背の上を進むしかない。そしてふたりの背丈では、棚の上に登れない。

「わたしが」

凛が、泣きそうな顔でカズヤを見る。「わたしが土台に」

「いや」カズヤは棚を背に立ち、両手を組んで腰を落とした。「登って」

凛は逡巡したが、頷く。カズヤの両手に右足をかけ、足掛かりにして、棚の背によじ登った。バランスを取りながら進んでいく。

棚がずれた。

「あっ！」

耳を塞ぎたくなるような金属の擦れる音に、カズヤは思わず顔をしかめた。

棚が再度引っかかり、ギイと嫌な音を立てて止まる。

「無事か！」

「無事！」

凛の姿が見えなくなる。

「窓が開いてる！　カズヤも早く！」

「すぐ行く」土台になるものを探す。足を引っかけられるような窪みはないか。

床と靴裏のゴムの擦れた音が、背後で鳴った。

カズヤは固まる。

ゆっくり、振り返る。

片手に角材を握り、頭から布を被った、あの男が立っていた。

カズヤは息を吞んだ。後頭部の血管が脈動し、視野が狭まった。吐き気を催した。

言いようのない恐怖と拒絶が奥底から湧き上がる。身に迫った危機への恐れではなく、もっと根本的な、たとえば生理的嫌悪感、眼前の存在に対する否定に似た感情だ。

こいつは誰だ。

ちゃんと向き合え。

こいつは。

雷が轟（とどろ）いた。閃光が視界を焼いた。

「おまえ、あのときの」

ボロ布の下で、無精ひげの顎が動いた。

「奇妙なエビのガキ」

カズヤの世界は無音になった。

カプセルトイの中身。付属の解説文。「アノマロカリスは、カンブリア紀に生息していた最大級の生物で、食物連鎖の頂点でした。名前の意味は〝奇妙なエビ〟です。」言いふらして知ったかぶりをしていた。なけなしのプライドの残滓（ざんし）。

「おまえ」

掠れた声が出た。それ以上続かなかった。

秘密基地での凜の言葉を思い出す。

この場所を知ってる人物はますます限られてくる。敷石、飯塚、田島の三人組と、杉内先生。それからわたしと、マイゴと

　――あんた。

　男が近づいてくる。角材が振りかぶられる。風を切る音。咄嗟に防御する。衝撃。意識が飛んだ。

　テコ入れを嘲るタイプだった。過去を変えたら未来が変わるなんて、都合が良すぎる。それでも敷石和也という人間から脱却したかったのは、自分が心底嫌いだったからだ。

　自分が認められなかった。自分が世界でいちばん醜く見えた。緩やかな挫折を経験した成れの果てがみっともなくて仕方がなかった。自己否定の塊。

　頼りない足跡を思い出す。どこまでも続く駅のホームの地面にスタンプされた、自分に続く足跡。

　生きていると、誰しも、ひとつずつ、一日一日、一瞬一瞬を蓄積している。あると き振り返って、それが轍となっていることに気づく。過去になるのだ。失敗したことも、恥ずかしかったことも、思い出したくないことも、全てが生きてきた証になる。承認欲求や自尊心や羞恥心に関係なく、事象全てが実績になる。

　不確実な未来。確実な過去。

いまを支えているのが過去の自分だということを、忘れていた。だから足跡を消そうとした。新しい人生を求めて、空っぽの器に希望を見出した。変わりたくて、成長したくて。

この先、不確定な足場を渡っていく上で、あの足跡がどれほど頼りになるだろう。きっと、振り返るだけで大丈夫だと思える。覚束なくてもいいから、どれほど不格好でもいいから、歩いてきた時間があれば、それだけで。

それだけで、よかったのかもしれない。

でも。

歩みを進めた先が絶望なら、どうすればいい。

緩やかに意識が浮上した。目が霞む。背中が濡れて冷たい。

カズヤは倒れていた。上半身を持ち上げると、身体の左側に鈍痛を覚えた。腕は後ろで固定されている。指を動かすと粘ついた。ガムテープが指先まで何重にも巻かれているようだ。一方で目と口は自由だった。

三階の診察室に連れ戻されていた。背後から弱々しい明かりが差し込み、階調的に部屋の奥まで照らしていた。窓から入り込む雨は勢いを増していた。

三メートルほど間隔を空けて、男が丸椅子に座っていた。彼を覆っていた布は外れていた。

カズヤの覚醒を認め、男は徐に立ち上がった。イスを蹴って倒し、傍らに立てかけていた角材を手に取る。その眼差しは、泥沼のように澱んでいる。

「おまえ、誰だ？」

尋ねられ、カズヤは口を噤んだ。

角材が壁を打った。

「おまえは誰だ？」

「……カ、カズヤ」

「カズヤ」

角材が壁を打つ。カズヤは顎を引いて男を睨める。怖かった。気づいてしまった事実、一連の事件の犯人の正体を、受け入れたくなかった。

男が尋ねる。「正直に言え、おまえはどこから来た。何者だ」

「カズヤだ。俺はカズヤ」息を吸い込んで絞り出した。「おまえは敷石和也だろ」

男が固まった。

カズヤは畳みかける。

「おまえは、未来からきた敷石和也だ」

腹の底が熱い。視界が滲んで、空気の塊が喉を塞いでいる。悔しくてたまらなかった。

初日、男は西公園からカズヤを追い出した。二日目は街中で怒鳴っていた。今日はコンビニですれ違った。血の付いた角材は、これまでにカラスとスズメとタヌキとネズミとネコを撲殺したものだ。拓郎と正人の名前を知っていたのは、知り合いだから。凜の推理通り、『動物虐待事件』と『不審者情報』はつながっていた。つながっていなければおかしかった。共通点は元凶、この男だ。

「どうしてわかった」男は動揺の色を見せた。「俺の過去に、おまえはいなかった」

それはカズヤ自身がよく知っている。

カズヤは異物以外の何物でもない。二十二歳の敷石和也が入り込んだ器。実在しない人間。『赤の他人タイムスリップ』。目の前の男も同様の存在なのだ。

男が角材を握りしめた。「おまえが、タイムスリップを引き起こしたのか?」

カズヤは答えない。何も答えたくなかった。

男がいなければ起こらなかった、『不審者情報』と『動物虐待事件』。そしてカズヤがいなければ起こらなかった、『杉内先生の秘密基地来訪』。

異物は最初から、カズヤとこの男だけだった。不審者の姿をしっかりと見た者がいないのは、彼がカズヤと同様に、タカナリの刷り込みがなければ他人に認識されないからだ。


「どうして渡来をさらった？」

カズヤは腹に力を入れ、男を睨み上げた。

間があった。

「殺しておいた方がいいんだよ。あいつは俺の人生の邪魔をするんだ。邪魔者なんだ」

「……じゃあ、なんで殺さなかったんだ」

「…………」

男が一歩踏み出した。カズヤは尻をずって後ろに下がった。背中が壁にぶつかった。

「邪魔ってなんだ。ガムテープは手袋のように、カズヤの小さな両手を覆っている。外れない。なんでこんなこと」

「黙れ！」

カズヤは身体を撥ね上げた。

「わかるわけがない！　嘆き続ける末路が！　おまえにわかるか！」

唾が飛ぶ。

「この苦痛がわかるか！」

角材が床を打つ。

「あいつを殺せば終わる！」

角材が床を打つ。

「殺せば！　終わるんだ！」

残響が消えるまで、カズヤは瞬きひとつできなかった。表層は凪いでいたが、深層では恐慌状態に陥っていた。静謐の混乱だ。

「そうだ。誰も助けてくれないのは、誰も俺を理解しないからだ」男は片手で顔を覆った。「おまえ、敷石和也を知ってるんだな？　知ってるんだろ？　ん？　どうなんだ？」

カズヤは恐る恐る頷いた。

「そうかあいつを知ってるのか。あいつは、自分が世界でいちばん偉いんだと信じて疑わない思い上がりだ。そうだろ？　ああいうのは一回怖い目に遭ったほうがいい。決定的な挫折を与えてやったほうがいいんだ」

「……それ、は、……」

タカナリと対面したとき、こいつはちょっと痛い目を見たほうがいいんじゃないか、と思った自分がいた。緩やかな挫折ではなく、仕切り直しできるくらい明確な挫折を体験させてやれば、ぽきりと折れて諦めがついて、再スタートが切れるはずだと。

「ああ……」

残虐な方法は知っている。犯罪心理学の講義で聞いた手順に倣えばいい。敷いたレールの上を進めば、いつの間にかシリアルキラーの皮を被ることができる。タカナリが怖いものなしなら、自分が恐怖の対象になればいい。心を折ってやればいい。身の程を弁えろ、おまえは誰も守れない、ヒーローじゃない、幻想を捨てろと呪詛(じゅそ)を送り続けて、怖がらせて、怯えさせてやればいい。だから、タカナリが通う場所に動物の骸(むくろ)を放置した。拓郎と正人に声をかけた。タカナリの神経を逆撫でて、苛立たせることばかりをしたのだ。

「卑怯だ」

凜をさらった理由はわからない。でも、思惑なら手に取るようにわかる。タカナリに憎悪を抱きながらも臆病だから、タカナリの周辺を突いて回る真似しかできなかったのだ。最悪タカナリを殺してしまったら、自分が消えてしまうかもしれない。タカナリの人格を破壊するほど追い詰めてしまったら、自分の精神に悪影響が出るかもしれない。

「どうせ自分は、この世界の異物だから、何をしたっていい、って思ったんだ。そうだろ？」

カズヤは床に向かって零した。

男は片手で顔を覆い、鬱屈と笑った。

「そうだよ。目が醒めたらここにいた。根城にぴったりだった。神様が用意してくれたんじゃねぇかと思ったよ。俺のためにさぁ。奇跡だと思うよな。思っちゃうだろ。タイムスリップだ。過去を変えるチャンスだ。俺は待ち望んだ。ずっと、もしもを考え続けてきた。ずっと奇跡を待ってた。そのときが来たんだ。やっとやり直せる。やっと抜け出せる」

「だからって」

カズヤは男を見上げる。腸（はらわた）が煮えくり返ってこんなにも頭が熱いのに、身体を蝕（むしば）むのは激しい悔恨と絶望を越えた虚脱だ。

どうしたらいい。

同じことをかつて思った。こんな奇跡を利用しないでどうするんだ、と。

た。

　ああいう人間にはなりたくねぇな、と口を衝いて出た言葉が、無意識の本心だった。

　どうしたらいい。

　唇を噛んで俯く。

　どうしたら。

「で、おまえは、何だ？」

　男のしゃがれた声に、カズヤは項垂れたまま歯ぎしりをした。この男は敷石和也だ、間違いなく俺だ、と言い切れる。だから、俺も敷石和也だ、とは、言いたくなかった。

「俺は喋った。おまえも喋ってもらおうか。だいたいのことは信じてやるよ」

「……俺は、」カズヤだ。おまえとは違う。敷石和也じゃない。俺は。

　足音が近づいてくる。

「俺は？」

　角材の先がカズヤの左肩を押した。背が壁につく。

「俺は、なんだ？」

　えぐるように回された角材が、服を巻き込み、肩の肉にめり込んだ。痛かった。

「大丈夫。おまえを殺しはしない。正直に言え」

口が緩む。大丈夫。なんて皮肉だ。頭痛がまた始まる。

奇跡を待っていた。

変わりたいと思い続けて、自分の影を振り切って、過去を捨て去って、新しい姿に生まれ変わって、そうすれば、万事が上手くゆくと思っていた。だから、奇跡を待っていた。

床が冷たい。自分の細い脚と小さな身体に落ちた影が、ぼやけていく。頭蓋骨にキリで穴があけられ、腹の底に重い岩がたまって破れそうだ。角材とどっちが痛いだろう。どっちもどっちか。

目を閉じる。

誰か。

奇跡を。

犬が吠えた。力強い一声だった。

霞んだ意識下で、カズヤは唱える。

マイゴ。

「なんで――」

男の愕然（がくぜん）とした声が降ってきた。顔を上げると、男は角材を下げ、驚愕と戦慄の入り混じった表情で窓の外を見ていた。

カズヤは振り返り、膝立ちになって、窓から下を覗いた。頭痛が漣のように引いていく。降りしきる雨のなか、柴犬が一匹。その隣に傘も差さず、少年がひとり。タカナリが立っていた。

「なんで」

タカナリは片手に木刀を提げていた。雨に打たれながら背を反らし、鼻先を空へ向けた。

「俺が！」

彼は大きく空気を吸い込んだ。拳を握り身体に力を込め、溜めに溜めて、腹の底から吐き出した。

「助けに来たぞ！」

幼い、たった十二歳の少年の大声が肌を粟立たせ、カズヤは口を堅く結んだ。そうしていなければ崩れてしまいそうだった。頭を振って耐える。積み上げてきた過去の重みを知る。未来を押しつぶすくらいの重みを。聞いて！　また脱出してきた！　お茶の子ほいほい！　ああ、言いそうだな。俺なら言いそうだ。怒られても飛び出してきそうだ。いつでも我儘に人助けをするし、自己中心的に誰かを守る。そして奇跡を起こす。大きなものから小さなものまで。

ヒーロー。

ずっと助けてほしかった。路頭に迷った自分を連れ出してほしかった。欠点を自覚しながら生き方を変えられなかった。だから、いつか、どこか、誰か、自分ではない外側の力に頼るしかなかった。流されて、見栄や意地を張って、自分を否定して成長した気になって、いつかやってくる奇跡を、いつか来てくれる誰かを待っていた。

タカナリは木刀の切っ先をこちらに向けた。修学旅行で買った宝物だ。誰に叱られてもこだわった、カスタマイズされたへんてこな木刀は、和也の武器だった。敵が現れたら戦う。そのために、持参した小遣いを初日で使い果たした。

「もう大丈夫だ！」

染みていく。いちばん欲しかった言葉が、萎（しお）れた心を打っている。此度は武器じゃない。誤魔化しのためのおまじないでもない。正真正銘、自分発、自分行の、確信としての大丈夫。

喉の奥で空気が閊（つか）え、横隔膜が痙攣する。左胸の奥に生まれた温かみが、じわりじわりと広がっていく。足が、腹が、掌が、額が、熱い。洟をすって目をきつく瞑り、仰ぐ。

遠くでパトカーのサイレンが鳴っている。男がたじろぎ、踵を返した。

カズヤは目を開いた。立ち上がった。両手は相変わらずテープでぐるぐる巻きだが、不安は消し飛んでいた。床を蹴って、逃げ出す男に肉薄、体当たりした。男が倒れ、顔面を打った。

「他人のせいにするな！」

カズヤは叫んだ。

「俺だって、敷石和也だ！」

見せてやるよ、大人になった俺を。

窓に駆け寄った。桟の上によじ登って、立った。「何してる」と掠れ声が背後から聞こえた。無視して踏み切った。三階から、宙に飛び出した。

浮遊感。時間の流れがスローになる。頬に雨が打ちつける。パーカーの裾が広がる。タカナリが、びっくりした顔でこちらを見上げていた。おもしろかった。どうせ、奇跡なんて偶然の連鎖に過ぎない。本当の奇跡は簡単に起こらない。わかってる。

だから、起こしにいくんだろ。

空が歪んだ。地面が歪んだ。景色が上下左右から圧縮されてぐにゃりと曲がり、消失点に向かって吸収され、視界が漂白された。

いつのまにか、そこはどこまでも続く駅のホームになっていた。

着地で勢いを殺せず、両膝と両手をついた。ガムテープはなくなっていた。絆創膏もない。掌を見る。身体はまだ、カズヤだった。

辺りを見回す。誰もいない。振り返ると、マイゴがおすわりをしていた。

わん
マイゴは腰を上げ、カズヤに尻を向けた。トコトコと歩き出す。

カズヤも立ち上がった。マイゴの後に続いた。

茶色の尻尾が揺れている。ピンと立った耳。胸を張って、へっへっへっと呼吸をしながら進む。道案内をされている。

「マイゴ」

ずっと遠くに電車の音を聞いた。

視線が少し高くなっていた。徐々に足は大きく、ストライドは広く、靴は見慣れたスニーカーへ。格好も冬場に誂え向きのダウンジャケットに。

マイゴの毛に白色が混ざり始めた。健康的だった体軀が痩せていく。ピンと伸びていた背筋が曲がり、尻尾の振り幅が小さくなって、老いていく。それでも歩き続ける。

ずっと昔。通学路の隅っこでうずくまる、黄色い傘を差した女の子を見つけた。彼女は子犬を抱えていた。雨の日だった。自分は傘を忘れていたもんだから、びしょぬれになっていた。

どうしたの。

声をかけると、女の子は顔を上げた。いまにも泣き出しそうだった。彼女は言った。この子を助けたいの。

俺がどうにかしてやるよ。

ほんと？

女の子は顔をほころばせ、子犬を差し出した。受け取ると、子犬はくうんと鳴いた。びしょぬれで震えていた。寒そうだ、と思った。子犬を抱きしめて言った。ちゃんと助けてやるよ。俺はヒーローになるのが夢だからな。

女の子が言った。ありがとう、ヒーロー。はにかんだ。ごめんね、わたし行かなくちゃ、あとはよろしくね。

自分は頷いた。わかった、俺はヒーローだ、あとは任せろ。

女の子は去っていく。

さて、せめて家みたいなところを探してやるからな。ていうかここどこだっけ。

俺、また近道しようとして迷っちゃってさ。一緒に探してよ、正しい帰り道。

ひとりと一匹で歩き回った。こっちだっけ、あっちだっけ、この道？　見たことないなぁ。どうやって帰ったのかとんと憶えていない。子犬をどこかの軒先か、雨風が凌げる場所に避難させたことだけは確かだ。とにかく次の日は盛大に風邪を引いて、両親に叱られた。

たった数時間の、無責任な出来事。「ヒーローになりたい」が、「俺はヒーロー」に変わった、小さな始まり。些細な出来事は、毎日のわくわくに上書きされていた。いや、大切だからって心の奥底に仕舞って、触れないようにしていたのかもしれない。どん詰まりでは、光すら痛みに変わるから。

「マイゴ」

よぼよぼの柴犬が立ち止まり、ゆっくりとおすわりをした。片目が白く濁っていた。

和也は、突っ立ったまま、小さくなった柴犬を眺めた。

マイゴ。

迷子の前に現れて、正しい道まで案内する、不思議な犬。俺の弟子。君もヒーロー。

電車の音が聞こえる。

ホームの先が見える。女性がひとり、こめかみを押さえて立っている。その背中がぐらつき、落ちた。助けて、と消え入りそうな救難信号。

和也は踏みだした。たった一歩が、いまはこんなにも軽い。

駆け出す。マイゴを抜く。ぐんぐん速度を上げる。

〝俺〟ならどうする？

〝俺〟なら絶対に迷わない。

電車が迫る。ヘッドライトが夜に円錐の穴を穿ち、こちらへ迫る。

大丈夫。できるよ。だって〝俺〟はヒーローじゃないか。

コンクリートの地面を蹴った。窓から飛び降りたときと同じだ。宙に浮かんだ〝見殺し〟をぶち破り、砂利の上に着地する。小石が跳ねあがる。脱力した女性に手を伸ばす。

わん！

5

顔の真横を暴風が通り過ぎた。左耳に直接ブレーキ音が飛び込んできて顔をそむけた。

耳障りな音が止まった。沈黙が下りる。瞼を開いた。腕のなかに女性がいた。抱きかかえていた。

恐々と横を向くと、車輪があった。目と鼻の先だった。どっと汗が噴き出した。呼吸を思い出し、喘ぐ。

和也は、ホーム下の避難スペースにいた。

動悸が治まらない。ずっと耳鳴りがしている。視界は暗い。全てが遠く聞こえる。

「お客さん！　お客さん！」上から声が降ってきた。

和也はどうにか答えた。「はい」

「よかった！　いま、電車を動かします！　動かないで！　その場で待機してください！　電車を動かしますからね！　待機ですよ！」

車輪が回転し、ゆっくりと電車が動いていく。差し込んだ明かりに目を細めた。

線路に人が下りてきた。

「無事ですか！」

車掌だった。和也は「はい」と答えた。

「あの、救急車を」

言いながら腕のなかで気を失っている女性を見て、呼吸をまた忘れそうになった。

女性は若い。血色が酷く悪く、ぐったりと目を閉じている。茶色に染髪されたボブカットの毛先がばらついて、頬にかかっていた。

幾分成長しているが、面影が残っている。

「渡来」

万代病院に搬送中、救急車のなかで意識を取り戻した彼女は、睡眠不足によるものです、たぶん貧血です、と何度も繰り返した。よくあるんです、大丈夫です、と救急救命士に言っていたが、大丈夫なわけがないでしょう、とまるで相手にされていなかった。

落下の際に足と頭を打っていたらしい。脛骨にヒビが入っており、軽い脳震盪を起こしていた。経過観察のために一晩入院をして、翌日の昼過ぎに退院となった。

和也は救急車に同乗したこともあり、翌日に彼女を病院まで迎えに行った。

冬特有の薄い青空が広がる昼間だった。無風だが空気は乾燥しており、肌がひりついた。少し期待していた。ベンチに腰掛け、ポケットに手を突っ込んでそわそわしていると、病院の大きな自動ドアが開いた。

父親と一緒に出てきた彼女は、和也を認めて、松葉杖から離した手を小さく振った。

和也は立ち上がり、ふたりに近寄る。

「君は命の恩人です」今朝、和也に退院の連絡をくれた凜の父親が、目頭を押さえた。「うちの娘が本当にすみませんでした」

「いえいえ、無事でよかったです」

「本当に、どれだけ感謝してもしたりない。凜、これに懲りたら毎日しっかり寝なさい」

「わかってるって」

「唯も本当に心配してたんだから」

「わかってる」凜は視線を逸らした。「あとでＬＩＮＥ入れておく」

「電話してあげなさい」

「するする」

彼女の父親は昨日の夜、東京から飛んできたらしい。ちなみに母親はいま海外の研究施設にいるようだ。これから東京に戻るなら引き留められないな、と和也は思ったが、凜と父親は、今日は三駅隣の祖母の家に泊まると言った。

「これからちょっと、話せる？　そこのカフェで」

尋ねると、凜は頷いた。

帰るときは電話してくれ、車で迎えに行くから、と懇願する父親と別れ、ふたりはチェーン店のカフェに入った。コートを脱いでイスに座り、それぞれドリンクを注文してから、凜がピンと姿勢を正した。

「この度はご迷惑をおかけして、本当に申し訳ありませんでした。助けてくださってありがとうございました」流れるような動きで頭を下げる。

虚を突かれ、和也は黙り、考えて、「えっと、俺ら……同級生だろ？」

「そうだけど」

顔を上げた凜は、硬い表情だった。

「敷石くんとは、同級生でもそんなに関わりなかったじゃん」

たった一言が、昨晩、布団のなかで天井を眺めながら抱いた疑問の答えをもたらした。和也はしばらく黙っていたが、やがて頷く。

「そうか」

感情の波が静かに引いていく。水を土に染み込ませるように、「そうだな」と繰り返し、自身の過去を改めてたどる。敷石和也にとって、渡来は同じクラスの天敵だった。あの四日間で築いた凜との関係は、全てが泡沫だった。

「や、だからって、あの、」凜が両手を左右に振った。「何かお礼をするね。ここ、奢る」

和也は息を吐く。「いや、自分の分は自分で払うよ」

「じゃあ、……話って？」

「渡来は、同窓会に来たんだよな」

「そう、だけど、店の前で引き返したから、誰にも会ってない」

「なんで」

「大学の用事で到着が遅くなっちゃって」

「大学って、東京の？」

「そう」

「東京からここまでわざわざ?」

万代町は地方にあり、東京から気軽に来られる距離ではない。交通機関の利便性も都心とは雲泥の差がある。東京の大学の用事を終えてちょっと万代町まで、は無理があるように思われた。

「だってせっかく誘ってもらったし、卒業式で約束したし。でもいまから参加しても中途半端かなって。こっちは中学で引っ越した身だし」

「遠慮か」

「するでしょ。わたし、たぶん、嫌われてたからね。性格悪かったし」

苦笑する彼女と和也の間には、透明な壁がある。

「疲れてるだろうに、誘って悪いな」

「ううん、大丈夫」

「大丈夫か」反芻する。「大丈夫のおまじない、だろ?」

「……なんでそれ、敷石くんが知ってるの?」

訝しげに身を引かれ、和也は薄く笑った。

なかったことになってしまった。過去を捨てることの本質を、過去を手放さなかった未来で実感している。とんだ皮肉だったが、ひとり余韻に浸っていては、さらに警戒心を抱かせてしまう。

んん、と喉の調子を整えた。すべての照らし合わせをしたかった。

「これから俺が言うこと、信じられないかもしれないけど、聞いてくれる？」

凜の眉間にしわが寄った。

ウェイターが、コーヒーカップをふたつ持ってきた。

一通り話し終わった頃には、コーヒーは空になっていた。お代わりを注文して、凜が「つまり」と口火を切る。

「敷石くんはタイムスリップをして、過去で未来の自分と衝突して、現在に戻ってきたってこと？」

「そういうこと」和也は運ばれてきたコーヒーにミルクを入れて、スプーンで混ぜた。白がぐるぐると回転して黒が薄まっていく。

はたから見れば、和也はありもしない過去をタイムスリップという設定で捏造していることになる。だが、あの体験が白昼夢でないことは証明されていた。

背凭れにかけていたダウンジャケットのポケットに手を突っ込み、それをテーブルの上に置いた。

凛が瞬く。「アノマロカリスだ」

「そう、奇妙なエビ」

「これって、えっと、タイムスリップ先から持って帰ってきたの？」

「だと思う。ポケットに入ったままだったから」

「触っていい？」

「いいよ」

午前中、実家の押し入れの中身をひっくり返したが、昔に入手したカプセルトイのアノマロカリスは見当たらなかった。代わりに不格好な木刀が出てきた。見つけた瞬間笑ってしまい、仕舞うに仕舞えず、部屋の隅に立てかけてきた。

「俺の話、信じてくれるんだ？」

和也が尋ねると、凛は口角を上げた。和也が話し始めたころとは打って変わり、彼女は前のめりになっていた。

「わたしを見殺しにしかけて、タイムスリップして、帰ってきてわたしを助けて、そこまでした敷石くんが身も蓋もない嘘をつく理由が思い当たらない。ほんとなんでしょ。事実は受け入れたほうが早い」

和也は思わず頬を緩ませる。「過去で同じようなこと言われた。あんまり変わってないな」

「……ああ、うーん、ごめん。一方的に知られてるのは、なんか気持ち悪いかも」凛は複雑そうな顔で、アノマロカリスをテーブルに置き、腕をさする。「でも、わたしの記憶と違うってことは、敷石くんが体験した過去は、実際の過去じゃないってことだよね？」

「だと思う。『赤の他人タイムスリップ』は、『登山』みたいに過去だけが変わるわけでも、『木の幹』みたいに未来が変わるわけでもない。もちろん『巻き戻し』とも違う。平行世界の過去に飛ばされた可能性も考えたけど、でも最後、世界が真っ白になって、消滅したように見えたんだよな。俺はどこにいたんだろう」

「平行世界の過去で未来の自分と対峙するってのも、変な話だよね。過去、現在、未来の三人が一堂に会して、最後は世界が消えて、って、そんなのB級映画でも観たことないくらいの意味不明さだよ。わたしが観たことないだけかもしれないけど……まさか、夢オチだったりしない？　空き地とか、廃ビルとか、実在してる？」

「空き地はまだあった。廃ビルは幼稚園になってた。でも、悪の根城って、手作りの地図に描いた憶えがあるんだ。それに、夢オチなら、アノマロカリスがポケットに入ってた説明がつかない。渡来は、『気づいたことノート』は、持ってた？」

「持ってた。タイムスリップの分類も、三は重要な数字ってことも、嫌いな自分をやめる方法も、憶えてるよ。大丈夫のおまじないも言ってたし、唯が検査入院ばかりしてたのもほんと」

「唯くんは、元気？」

「完治はしてないけど、新薬でかなり良くなったよ。古生物学者になるんだってさ」

「そっか。よかった」

凜は顎に手を当てている。「じゃあ、『赤の他人タイムスリップ』の仕組みと原因は謎のままなんだね。話を聞く限り、未来の敷石くんがタイムスリップを引き起こしたわけじゃないみたいだし」

和也は一度、口を閉じた。

開いた。

「引き起こす動機は、ある。あの俺は、たぶん、渡来を見殺しにした未来を生きる俺だ。あいつは、渡来を殺したら終わる、って言ってた。過去の渡来を殺しておけば、電車に轢かれて死ぬ渡来はいない。俺は罪悪感から逃げおおせる」

「そのために人を殺してちゃ、世話なくない？」

「過去の改変としては、よくある形だろ。その場では殺せなかったからってさらってさ、ほんと最悪だよ、未来の俺」

「でも、わたしが電車に轢かれて死ぬ未来は、現在の敷石くんが変えたんでしょ？」

言ってから、凜は思案する様子を見せた。「変なタイムスリップだなぁ」

和也はコーヒーを一口飲む。「俺は、カズヤって存在と、タカナリの刷り込みがないと認識してもらえないってシステムも、不思議だけど」

凜は思考を中断した。「カズヤはアバターみたいなもので、刷り込みは、わたしは腑に落ちるよ。自分の存在を自分が認めることに、おかしさなんてないと思う」

「……ああ、それ、的を射てる気がする」

「他には、たとえばさ、カズヤっていう不確かな存在と、現実世界をつなぐのがタカナリだったんじゃない？　霊感のある人を介さないと、霊が認識できないみたいに。カズヤはある意味、幽霊と同じ立場だったのかも」

仮説を述べる凜を眺め、茶色の髪を何気なく視線でなぞり、和也は長い黒髪のポニーテールを思い出した。

「髪」

「うん？」

「大学入ってから？」

凜は瞬く。「えっと、うん、染めた」細い指が毛先を摘まんだ。「コンビニ夜勤バイト、この色の方が舐められないから。突然どうしたの？」

「いや、なんとなく」

奇妙な間が生まれ、和也は間違えたな、と思うが、何を誤ったのかわからなかった。話の腰を思い切り折ったことは理解していた。過去で出会った凜が大学生になったとき、バイト先の客に舐められないよう容姿を変えるだろうか、と思い、小さな寂しさに気がついた。

和也が凜に対して抱いている親近感は、一方的なものだ。和也は人気者でも自信家でもなく惰性的な生活を続ける大学生で、凜は大丈夫のおまじないで誤魔化してバイトのために髪を染める大学生。

どこか呆気(あっけ)なかった。

突然話題を奪われ、凜も手持ち無沙汰になってしまったようだった。意味もなく足を動かし、靴底で床を擦った。

「敷石くんは、期待してたんだね」

ぽつりと零れた言葉は、湿気を含んでいた。

和也は返す。「期待？　何に？」

「未来の自分に」

「俺が？」

「犯人は自分だ、ってわかったとき、絶望したんでしょ。カズヤとして生きていこうとしてたのにさ。心の底では、本当は、未来を信じてた。裏切られたから絶望したんだ。先が見えないと、否応なしに期待しちゃうじゃん」

「そう、なのか」

コーヒーに視線を落とす。カップに触れると、コーヒーが僅かに波立った。一口飲んだ。犯人の正体を知ったときの自分は、感情も思考もぐちゃぐちゃで、一言で表せるような状況ではなかった。しかし疑念より悲痛が勝ったのは確かだ。

ずっと、助けてくれねーかな、と、唱えていた。いまもどこかで唱えている。

「俺はいままで、過去に足を引っ張られてた」

うん、と凜が相槌を打つ。

「昔の自分が嫌いでたまらなくて、だからって、いまの自分も好きになれなくて、そこに他人を見殺しにした先の未来が加わったから、自分であることをやめたくなった」

「こんな人生やってられねーって感じ？」

「そうそう」笑みが零れる。「元々すぐ諦めちゃうんだよ、俺。何をしても長続きしないし、強みもない。そのくせ自己肯定感が低くてプライドが高い。厄介だ」

でも、と和也は唇を舐めた。

「本当は、過去に足を引っ張られてたんじゃない。俺が勝手に過去を足枷だと思い込んでただけだ。俺はずっと続いてきて、これからも続いていく。過去を切り離す生き方を否定するわけじゃないけど、でも、俺はやっぱり、俺でしかない。過去は、ゼロには、ならない」

凜が幽かに笑った。霧のなかに溶けそうな笑い方だった。彼女は頰杖をついて、視線をテーブルに落とした。数秒の間が空いた。

「自分でなんでもやろうとするのって、悪癖だと思う？」

和也は答える。「一概には言えないけど、抱え込むのはよくないな」

「十二歳のわたしって、敷石くんから見ても、無理してた？」

「してた」

「そう。そっか。まあ、そうなんだけどさ、そう」

凜は目を伏せがちに、コーヒーカップを両手で包んだ。

「わたし、昔からそういうところがある。何でも辛抱する。要領が悪くて実力不足で理想が高くて、できる子になりたくて、責任ばかり背負いこんでる。欠点だ、ってわかってるんだ。わかってても、」

「簡単には、変えられないよな」

凜は視線を下げたまま、小さく頷く。「でも、敷石くんの知ってるわたしは、そこを吹っ切ったのかもしれない。だって謎でしょ、どうしてタカナリが廃ビルに来たのか」

和也は、マイゴが彼を呼んだのだと思っていた。

「わたしのことだから、わかるんだけど」

凜は、コーヒーカップの縁を親指で撫でた。

「廃ビルを脱出して、わたしは交番に行こうとした。けどね、思い直したんだ。先にタカナリの家に行った。言えたんだと思う。助けてって。だからタカナリは来た。そこは、いまのわたしと違う」

真っ直ぐな瞳が、和也を映す。

「許容できたんだよ。助けを乞う自分を」

話が煮詰まり、和也はトイレに立った。

用を足し、手を洗ってからスマホを取り出して点けると、正人と拓郎からメッセージが入っていた。昨晩の同窓会のことと、彼が電車に轢かれかけた女性を助けたことを心配する内容だった。昨晩ふたりのアカウントのブロックを解除して、駅での出来事を簡単に知らせていたのだ。

その場で返信をして、今日の夜、できれば会いたいと送る。和也も凛と同様に、大学の関係で明日には万代町を発たなければならない。それまでにふたりに面と向かって謝りたかったし、奇妙な体験談を聞いてほしかった。

すぐに既読がひとつ付いたが、返信を待たずにスリープにする。

席に戻ると、凛が「そろそろ出る？」と腕時計を見た。入店してから二時間が経過していた。

和也はダウンジャケットを羽織った。「長居したな」

「ある意味、積もる話すぎて」彼女はファー付きの白いコートを着てから松葉杖を手に取り、片足で立つ。「わたしが払うね」

「いや、俺が」

「いやお礼だから」

「いやいや」

和也は財布から千円札を三枚取り出して、凜に渡した。こうでもしないと、受け取ってもらえそうになかった。

「これで会計を頼む。お釣りはいらない」

凜は苦笑して、それを受け取る。「わたし、助けてもらったお礼できないじゃん」

「いやこれでいい。ウィンウィンってことで」

「うーんちょっとニュアンスが違う気が」

ふたりは店を出た。陽は傾き、あたりはどことなく夕方の雰囲気を纏っていた。和也はまだ夢見心地だった。足元がふわふわと頼りなく、取り残されたような感覚が付いて回る。隣の凜を見る。彼女が父親に電話を入れる気配はなかった。せめて駅まで送ろうか、と言いかけたところで、

「よし、行こう」

凜が別方向へ三本足で進み始めた。

「行く？　どこへ？」慌てて追いつく。「おい無理すんな」

「解決してない謎があるでしょ。どうして敷石くんはタイムスリップをしたのか。誰がタイムスリップを引き起こしたのか。『赤の他人タイムスリップ』の元凶、真犯人が解明されていない」

真犯人、と唱え、和也は立ち止まる。

「わかるのか?」

尋ねながら、自分の予想と彼女の予想が合致していたら嬉しいな、と思った。

「トリックやロジックの謎は多いけど、真犯人の特定は簡単だよ。いるでしょ、過去の敷石くんを誰よりも慕ってて、現在の敷石くんを叱咤激励してくれそうな、タイムスリップの中心的存在が。それに何より、」からりと笑い、凜は目を細める。「敷石和也は選ばれたんだ。人生の道に迷って、迷子になってたからね」

「そうだな」

行先がわかった。和也は同意する。「行くか、駄菓子屋」

凜が振り返らず、得意げな口調で、「そこに真犯人がいるかも」

「真犯人って言うか」

「真犯犬」

万代町は、十年前と同じようで違った。歩道には緑色の通学路ゾーンが追加されている。畑がなくなって住宅になっている。角の家の柿の木は伐採されている。品揃えだけ入れ替わった自販機が道の脇に佇んでいる。

駄菓子屋は、閉まっていた。

木造住宅はリフォームされていた。店が構えられていたガレージには、錆（さ）びついたシャッターが下り、寂れていた。看板はあるが、人の気配はない。

「駄菓子屋のばあさん、俺が中学生のときに亡くなったんだ。今朝、親に訊いた。それで店が一瞬だけ閉まって、すぐ別の人が継いだらしいけど」

「誰もいないね」

「だな。無駄足になったかも。松葉杖なのに悪いな」

「大丈夫。それより、マイゴがどうなったのか聞いてない？」

和也は首を振る。「見かけなくなった、って親は言ってたけど」

「生きてたら何歳？」

「十五とか、六とか？　見かけないってことはもう死んでるかも」

「悲しいことをさらっと言うね」

「あいつ、半分野良みたいなものだったし、このご時世に地域犬は難しいだろ。会えたら奇跡だ」

「それは正真正銘の奇跡じゃない。偶然を都合よく解釈しただけ」

凛が横を向いた。つられて和也も向くと、道の先から誰かがこちらへ向かって来るところだった。ブラックスーツを着た細い体格の、眼鏡をかけた癖毛の男だ。

男はふたりに気づき、小走りになった。

「何か御用でしょうか」

近づいてくるその人物に、和也は見憶えがあった。順当に歳を重ね、若者の青さはなくなったが、頼りなさは相変わらずだ。

凜が声を弾ませる。「杉内先生」

杉内先生は最初、ふたりのことがわからなかった。自己紹介をして五年と六年の副担任を受け持ってもらったことを伝えるが、十年前のことなので朧気らしかった。しかし、学校に忍び込んで池の鯉を鷲摑みにしたことを話すと、「ああ！」と手を叩いた。「あのやんちゃな敷石くん！」次いで、凜のことも連鎖的に思い出したようだ。

「ふたりとも、大学生ですか。大きくなりましたねぇ。どんな分野に進んだんですか？」

「えっと、言語系を」和也は苦笑する。専門的に学んでいるとは言えない現状だ。

「そこそこやってます」

凜は、んー、と語尾を伸ばした。「有孔虫です。海の原生生物」

「言葉と生き物ですか。いいですね」

和也が尋ねる。「杉内先生は、ここの駄菓子屋のお孫さんですよね？」

「そうです、けど、言ったことあったかな。児童には隠してるんだけど」

凛が尋ねる。「いまは先生がお店を？」

「いえ、僕の父が継ぎました。七、八年くらい前に新装開店して、でも、今日は臨時休業です」

俺らとある事情があって、と和也が言いかけて、「虫の知らせってやつですかね」と杉内先生が眦を下げた。「マイゴ、って柴犬を憶えてますか？」

ふたりは顔を見合わせて頷いた。

「わたしたち、マイゴに会いに来たんです」

「どこにいますか？」

「……そうでしたか」湿度の高い返答だった。「あの子、長年この店に居着いてたんですけどね、昨晩に息を引き取ったんですよ」

片目に白内障を患い、老いたマイゴは、いつの間にか駄菓子屋に居座るようになった。店を継いだ先生の父親は、マイゴを大変可愛がった。大人しい看板犬は来店客にも人気で、これからもずっと、カウンターの横で穏やかな眼差しを湛え生きているような気がした、と先生は続ける。

「昨日かな、やけに外に出ようとして、もう足も随分と弱っていたので止めたんです。片目は見えていないし、持病があったし、だからってリードを付けると嫌がるし。そうしたらぐったりとしてしまって、そのまま眠るように。今日は身内だけで葬式を挙げてきたんですよ」

昔は苦手だったんだけどなぁ、と彼は恥ずかしそうに頰を掻いた。

「それで、ふたりはどうしてマイゴに？」

「話せば長くなります」

言った和也の隣で、凛がしんみりとした表情で頷いた。

杉内先生は、「ここでは寒いでしょう」とポケットから鍵を取り出して、シャッターを開けた。甘いお菓子の匂いが漂ってきた。

「お茶を淹れましょう。どうぞ座ってください」

店の奥に、パイプ椅子がふたつ並べられた。

杉内先生はエアコンのスイッチを入れ、奥に引っ込んで、湯呑(ゆのみ)を三つお盆に載せて持ってきた。「どうぞ」とふたりのまえに湯呑を置き、自身はウッドチェアに腰かけて、ジャケットを脱ぎ、黒色のネクタイを緩め、緑茶を一口飲んだ。

「では、長い話を聞かせてください」

和也が話した内容は、凜に話したものと概ね同じだ。

杉内先生はにこにこしていたが、途中で「恥ずかしいな」と言ったり、「ありましたね、そんなこと」と言ったり、憶えがなさそうに首を傾げたり、シリアルキラー疑惑のくだりで笑ったりした。凜と同様に、『不審者情報』も『動物虐待事件』も知らなかった。『ホームレスの男』はもちろん、『カズヤ』という少年とは会ったこともないと断言した。秘密基地を訪ねたこともないらしい。それでも彼は、和也の超自然的な体験談を否定しなかった。

「大冒険でしたね。それで君たちは、敷石くんのタイムスリップの真犯人がマイゴだと思ったんですね？」

「はい。自分でも、とんでもない話だと思うんですけど」

和也の言葉に、先生は「信じますよ」と言った。そして視線を落とし、親指でスラックスについた折れ目を撫でた。

「あの子はとても利発で、こちらのことを全部理解しているような振る舞いをすることもありました。得意技で人助けをするんだ、って、自分で決めていてもおかしくない。タイムスリップくらい引き起こしそうです」

お茶を一口飲んだ凜が、口を開く。「わたし、思うんです。神様がマイゴに力を貸してくれたのかもって。見返りを求めることもなく、得意技で迷子の人を助け続けたから、願いをひとつ叶えてもらったんじゃないかな。それが『赤の他人タイムスリップ』だった」冗談ぽく言い、「なんてね」と付け足した。

「それで迷子の俺を助けてくれた、と」和也も渇いた喉を潤した。今日は喋りっぱなしだ。「マイゴは人助けが好きだったのかな。それとも」

「やっぱり、ヒーローに憧れてたんじゃない？」

命がいちばん輝くときに奇跡を起こせる、という会話は、和也の過去で駄菓子屋のおばあさんとの間に実際にあったことだった。日付までは憶えていないが、あれは小学六年生の春頃。駄菓子屋を覗くと、おばあさんに撫でられて満足気なマイゴがいた。和也はマイゴの居候事情など知らなかったので、へぇここでもかわいがってもらってるんだ、と思ったぐらいだった。おばあさんと世間話をしているうちに、奇跡の話になった。

「でも、どうでしょうね」

杉内先生が湯気でくもった眼鏡を外し、はにかむ。

「あの子は調子がいいところもあったから。案外、敷石くんともう一度遊びたかっただけかもしれませんよ。昔の敷石くんと、いまの敷石くんと、一緒に、子どもの頃みたいに。ゴールデンウィークなんて、外で遊ぶのにちょうど良い時期です」

「あ、だから俺、子どものカズヤだったのかも？」和也は笑った。「だとしたら、二(に)兎(と)追うものは二兎を得てますね。俺と遊んで、ヒーロームーヴもしっかりやって」

「ほんとだ。飯塚くんや田島くんを未来の敷石くんから守って、現在の敷石くんを励まして、おいしいとこ全部持っていってる。結局マイゴの掌の上だったってこと？」

凛が嬉しそうに言った。

「掌って言うか、肉球？」和也も嬉しかった。「手玉に取られて、マイゴにはもう会えなくて、謎は謎のままお蔵入り。すごい犬だよ」

「もういない人には訊けませんね」先生が沁(し)みるように言った。

和也は笑みを浮かべたまま訂正する。「もういない犬、ですね」

「犬だ」

「犬」

「天国で笑ってるだろうなぁ」

駄菓子屋を、軽やかな笑い声が包んだ。

マイゴの墓は、小さいものをおばあさんの墓の隣に建てる予定らしい。杉内家とマイゴは家族と呼べるほど親密な関係ではなかったが、おばあさんも先生の父親も、マイゴのことを愛していた。僕も好きですよ、と先生は付け足した。「唯一、僕が触ることのできる犬ですから」

「まだちょっと怖いんですか？」

「あの子以外はね。お茶のお代わりを淹れましょうか？」

先生の提案を、ふたりは断った。そろそろ良い時間だった。挨拶をして店を出る。西陽がアスファルトを照らしていた。鋭い夕焼けだった。空は冷たく、東の空の青が濃くなっている。

スマホの通知を確認すると、正人と拓郎が勝手に盛り上がり、それなら晩ごはんを一緒に食べよう、三人だけで語らおうよ、と話がまとまっていた。店は幹線道路沿いの小さな居酒屋だ。タカちゃん、予約していい？　と拓郎のメッセージに、頼む、と返す。すぐに、晩ごはんはいらないと親に連絡を入れる。

凜が和也を見上げ、目を細めた。「嬉しそうだね。いいことあった？」

「いや」反射的に否定して、和也は少し黙った「いいことあったよ」と応えた。本心から目を逸らしている自分が、まだ残っている。凜の大丈夫のおまじないだけじゃない。俺もまだまだ充分、呪われてるな、と思った。

「正人と拓郎と飯に行くから、その連絡」

「仲良いんだ」

「全然。昨日、久々に会った。でも、また仲良くなれたらと思ってる」

「なれるんじゃない？」

「どうだろうな。お互い、変わってるから」

『赤の他人タイムスリップ』の話を聞いたら、ふたりはどんな反応を示すだろう。物的証拠はたったひとつ、古代生物のフィギュアだ。信じてくれないかもしれない。笑われるかもしれない。それでもいいと思えた。次は武器も受け流せる。いや、それが武器ではないことに気づけるだろう。

「ＬＩＮＥ、交換しない？」

凜がポケットからスマホを取り出した。命の恩人にお礼品を贈りたい、と言われたので、和也は快諾した。

「渡来、迎えは？」

「歩いて帰れるし、このまま駅に行くよ」

「じゃあ送る」

「いや、大丈夫」

言った後で、間を空けて、凜が眉尻を下げた。

「大丈夫じゃないね。お願いする。ありがとう」

駅までの道のりはさほど遠くない。ふたりはゆっくり歩く。

「未来の敷石くんが過去にいた理由だけど」

凜がにわかに言った。

「もしかして、過去の世界を成立させるために引き込まれたんじゃないかな」

「どういうこと？」

「平面がひとつに決まるとき、その平面は同一直線上にない三つの点を含む、って条件があって、小六のわたしはそこを塾のテストでど忘れして、二度と忘れないために、ノートにメモった。おかげでいまだに印象に残ってる」

「そんなのあった？」和也はまったく憶えていなかった。「中学でやるところ？」

「そうそう。『赤の他人タイムスリップ』の転移先の世界を成立させるには、敷石くんと敷石くんもどきが合わせて三人必要だったのかもしれない。もどきが混ざっていないといけなかったのは、同一人物が鉢合わせしたら因果律がどうのこうので世界が消滅しちゃうから。そういうSF映画は、観たことあるよ。つまり三人の敷石くんが、点の代わり」

「平面を決める条件なんだろ？　地球は球なのに？」

「地球規模なら、万代町はほとんど平面に近似できるでしょ。『赤の他人タイムスリップ』は平行世界へのタイムスリップじゃなくて、新しく作られた世界へのタイムスリップだったんだよ。マイゴが作った過去の世界。思い出の世界。マイゴにとって、未来の敷石くんの介入は想定外だった。だからあの男に敵対した。うん、それっぽい」

「未来の俺は巻き込まれただけってこと？　なんか、すごく突飛というか、突拍子もない話だな」

松葉杖の凜に歩調を合わせながら、和也は続ける。

「同一直線上にない三点ってことは、過去と現在と未来の俺は、それぞれ別の平行世界から来たってことだろ？　つまり過去の世界の俺は、俺の過去とは違う俺で、あ、でも、そうか、俺は渡来を助けたから、未来の俺とは違う世界を生きてるのは確実で、俺の過去に『動物虐待事件』は起こらなかったから、過去の俺と違う世界を生きてるのも確実で……こんがらがってきたぞ」

「ほとんど妄想だから、適当に聞いてよ。真剣に考察されると逆に恥ずかしい。とにかく、『赤の他人タイムスリップ』は過去を変えることができない、タイムスリップの意義がまったくないタイムスリップなんだと思う」

「じゃあ、本当の本当に、俺はマイゴの最期の遊びに誘われただけってこと？」

「きっとヒーローの師匠に会いたかったんだよ」凜はからからと笑った。「わたしも行きたかったな、その世界」

もうなんでもいいか、と和也は思った。最悪な自分にならずに済んだ。後悔だらけの未来を回避した。凜を救えた。いまはそれでいいと思えた。マイゴの考えていたことは、人間の自分にはわからない。

「でも、『赤の他人タイムスリップ』でよかった」

和也の口元で、白い息が躍る。

「過去が変わらなくてよかった。変えるべきなのは、過去じゃなくて、現在の自分だって、気づけたから」

凜が静かに頷いた。

「わたしも、我慢体質のわたしと、うまく付き合っていけたらいいな。だめなところを否定するんじゃなくて、馴染ませる感じで」

二車線の幹線道路を車が行き交っている。元気な小学生の軍団とすれ違う。買い物帰りの主婦や、子どもを肩車する父親。自転車を漕ぐ中年男性。軽自動車が角を曲がって細道に入っていく。シチューの香り。居酒屋の提灯。後ろに伸びた影法師。立ち並んだ街灯が点いた。冷気が鼻の奥に刺さる。

駅に着いた。発車まであと五分だった。

凜が改札のゲートを通った。購入した入場券を改札口に通し、和也も続く。休日の夕方、ホームはほとんど無人だった。緊急停止ボタンの位置を無意識に視認して、和也は苦笑する。

ふたりは並んで立った。凜はベンチに座らなかった。松葉杖で立ち、まっすぐ前を向いていたが、不意に口を開いた。

「ずっと昔に、子犬を拾ったんだ」

西陽が彼女の横顔を照らしている。

「引っ越してきてすぐだったから、小学二年生の頃かな。拾ったって言うか、道端を歩いてる子犬を見つけて、抱えて、途方に暮れてた」

和也は黙って先を促した。

「助けたかったけど、どうしたらいいかわからなかった。そしたら男の子がやってきて、わたしはその子に子犬を託した。あの子犬がマイゴだったらいいな、って、ずっと思ってる」

「奇遇だな、俺も」言いかけて、口を閉じる。「きっとマイゴだ。あいつ、恩返しまでちゃっかりやってたんだよ。片や人生の道案内をして、片や間接的に命を救って、抜け目ないよなぁ」

凜は和也を見て瞬き、少し考えてから、笑んだ。そうだね、と応えて前を向いた。

「マイゴはヒーローだ。あのときの男の子もね」

電車が来た。凜は乗車する。じゃあね、と告げる。ドアが閉まり、発車する。残り風が通り過ぎる。ホームに人はいない。

和也は入場券を取り出そうと、ポケットに手を入れた。アノマロカリスに指先が触れた。

昔持っていたアノマロカリスと、このアノマロカリスは別物だ。でも、どちらもアノマロカリスだ。遥か昔、カンブリア紀に生きていた最大級の生き物。食物連鎖の頂点。絶滅してしまった奇妙なエビ。本質は変わらない。くすんでいても、曲がっていても、最低でも、自分は自分。

スマホに通知が入る。ＬＩＮＥだった。凜からだ。黄色い傘のスタンプがひとつと、一言。

ヒーローだったよ。

和也は柴犬のスタンプを選んだ。ありがとう、と一言添えて送信。スマホを仕舞い、鮮やかな空を仰ぐ。これは奇跡じゃない。ただの偶然の重なり。現実は何も変わっていない。敷石和也は緩やかに折れたままだ。それでも、馬鹿で傲慢で得意気で、自信に満ちていた、消し去りたかったタカナリの姿を、和也は否定しない。過去がいまを、いまが未来を構築していく。

変わりたい、と思い続けてきた。自分の影を振り切って、過去を捨て去って、新しい姿に生まれ変わって、そうすれば、万事が上手くゆくと――。

少し笑う。息を吐き、改札を向いて、踏み出す。

気のせいだ。

特別対談

宮田愛萌×鯨井あめ

【経験は違っても、感情で重なる】

みやた・まなも　一九九八年生まれ。作家、タレント。日向坂46卒業時に発表した『きらきらし』（新潮社）で小説家デビュー。

【聞き手・構成】吉田大助

※二〇二一年六月十七日、オンラインにて。肩書は対談当時のもの

一味違うタイムスリップもの

――自堕落な生活を送る大学三年生の敷石和也（しきいしかずや）は、ある出来事をきっかけにタイムスリップしてしまう。目の前には、小学六年生の自分がいる。なんと存在しなかったはずの子供になってしまっていた……。『アイアムマイヒーロー！』はデビュー作の流れを汲む青春小説でありながら、一風変わったタイムスリップものですね。

鯨井　賞を取る前から、いつか書きたい、とずっと温めていたネタなんです。そうい

うネタは他にもいくつかあったので、編集者の方にひと通りお伝えしてどれにしようかと話し合う中で、『アイアムマイヒーロー！』でいこうという流れになりました。ただ、最初はタイムスリップものとして考えていたわけではなかったんですよね。私はいつもお話の山場の、一番盛り上がる場面を最初に考えるタイプで。山場の場面を書くにはどういうお話にしたらいいのか、というふうに逆算して、タイムスリップものの設定であったり、舞台となる年代や季節、主人公の人物像などを考えていきました。

宮田　感動しました。私は今はアイドルとして活動していることもあり、未来のことやこの先の自分のことをよく考えるんです。小説を読み終えた時、今の自分というものは過去からの流れの中にあって、その先に未来の自分もいるんだなとはっきり思い浮かべることができました。今の私がどんな選択をしたとしても、未来でちゃんと過去の自分の選択を受け入れたいな、と……。気づいたらもう一回読んでいた、みたいな感じで、八回くらい読んじゃいました。

鯨井　ありがとうございます！　めちゃくちゃ嬉しいです。

宮田　タイムスリップものと聞いて思い浮かぶお話とは、かなり雰囲気が違うように感じました。普通のタイムスリップものって、うっかりにせよ自分の意思でタイムスリップしたにせよ、主人公が飛んでいった先の時代で何を解決すればいいのか、何が大きな目的なのかっていうところが明確にあるのかなと思うんです。『アイアムマイヒーロー！』の主人公は、タイムスリップによって目の前に現れた問題を、一個一個考えていく。「短い問いと答え」が連なっていく感じですよね。その途中で主人公が、「別に元の世界に戻れなくても、この世界で生きていければいいかな」みたいなことを言い出しちゃったりする（笑）。

鯨井　そうですよね。普通はタイムスリップものって、主人公の中に「恋人と復縁したい」とか「大きな失敗をなかったことにしたい」みたいな感情があって、過去に行って作戦を実行して現在に戻ってくる。そうすることで、現在が変わる。そういうお話は私もこれまで結構触れてきていたので、今回のお話はどんなタイムスリップものにしようか、最後まで悩みました。

宮田　私は、今回のお話の結末、すごくすごく好きでした。

鯨井　めっちゃ嬉しい。宮田さんのブログや「小説現代」のエッセイを拝読して、文章がお上手で、文章からもたくさん本を読んできた人だなと感じていました。そういう方に、この小説が好きだと言ってもらえるのは自信になります。

昔の気持ちを思い出して、友達と話したくなりました

――さきほど宮田さんから、アイドルという活動は「未来」を考える機会が多い、という話がありました。確かに、アイドルの多くはいつか「卒業」しなければならないものですよね。いつか訪れる人生の分岐を、絶対に考えなければいけない職業と言える。小説家とは違いますね。

鯨井　いつまでも書けます（笑）。私自身は一生、書いていきたいと思っています。

宮田　私は、大学三年生から四年生に上がる時に、いろいろ考えました。周りのみんなは就職活動が始まっていたけれど、私はアイドルの活動をしている。アイドルをするのは一番楽しいし、一番幸せなことだけど、楽しいだけでいいのかなって不安になったんです。でも、もしアイドルをやめたとして私が一番やりたいことは、たくさんの人に本を読んでもらうための仕事に就くこと。それってアイドルでもできるし、アイドルの私だからこそ「この本が好き！」という言葉が、届けられる場合もある。そこを届けてからでも、その先の選択は遅くないんじゃないかなと思ったんです。

鯨井　すごい。とっても素敵ですね。宮田さんがアイドルになったのは、何歳の時で

すか？

宮田　大学一年生の夏です。中高がわりと厳しめの学校で、芸能活動が禁止だったんです。晴れて大学生になって何をしても自由だぞとなった時に、もともとアイドルは好きだったのでオーディションに応募してみようかなと。思い出になるかなぐらいの軽い気持ちで応募したら、選考が進んでいくうちに私のことを応援してくださる方とたくさん出会うことができたんです。その方たちの思いを無駄にはしたくない、私も頑張らなきゃという気持ちにどんどんなっていった。今でもその気持ちは強いです。

鯨井　私は、新人賞を取っても取らなくても、小説を書くことは続けるからきっと何も変わらないなと思っていたんです。でも、本を出したということがすごく大きくて。それこそ応援じゃないですけど、全国の本屋さんがポップを付けて売り出してくださったり、読んだ方がSNSなどで「この本、いいよ」って薦めてくださったりしている。アマチュア時代に、ただ好きで小説を書いていた頃とは、少し違う人生が始まったんだなあと感じるようになりました。ただ、私自身本を読むことも好きで、面白い本といっぱい出会ってきたから、自分の本を貶(おとし)めるわけではないんですけど、いまだに不思議ですね。「私の書いたものが本屋さんに並んでる……。読まれてる……」と（笑）。

宮田　鯨井さんの『晴れ、時々くらげを呼ぶ』も大好きです！　小説の中に、実際にある本の名前がいっぱい出てくるじゃないですか。私の生きている世界がこの物語の一部のような気がしたし、知らない本の名前が出てくると、世界が広がる感覚がありました。どこかの本屋さんで、『晴れ、時々くらげを呼ぶ』に登場した本のフェアをやってほしいです。

鯨井　私もやってほしい……。「本がいっぱい出てくる本」にしようと思ったんですよ。自分が好きなことを好きなように書いたという気持ちが一番大きいんですが、この本をきっかけに、他の本にもどんどん触れていってくれたら嬉しいなとも思っていました。

宮田　『アイアムマイヒーロー！』もそうだったんですが、鯨井さんの小説を読んでいると、「そうだった、私も昔こういう気持ちを持ったことがあった！」と、自分の記憶だとかしまっていた感情を、自然と引き出される感覚があります。『晴れ、時々くらげを呼ぶ』を読んだ時は、懐かしくなって高校の頃の友達に連絡したんです。中高時代はすごく楽しかったんですけど、苦しかったり辛かったり、なんで私はできないんだろう、なんで私だけ……と思うこともありました。そういう中でも、友達がいたから、本があったからこそ頑張れた。その気持ちを思い出して、友達と話したくなりました。

鯨井　その感想はすごく嬉しいです。特に十代の頃のことって、実際に経験することだったりシチュエーション自体はそれぞれ違っても、苦しかったり嬉しかったり、感情の部分で重なることはあるのかなと思うんです。私は「こういう人に読んでほしい！」とはあまり考えずに書いていくタイプなんですが、そういった根幹の部分が、読んでくださった方とシンクロしているのかもしれません。

シンクロする演者タイプ、仕掛けていく演出家タイプ

――お二人は一九九八年生まれ、今年で二十三歳と同い年です。もしかして、読んできた本も近いのではないかと思うのですが。

鯨井　本の話をするのって、ちょっと怖いですよね（笑）。本を読むことは好き同士でも、読んできた本のジャンルは全然違うかもしれない。

宮田　そうですね（笑）。

鯨井　私は、構成が面白い小説が好きです。『アイアムマイヒーロー！』は、自分の構成好き、ギミック好きな面が出ているなと思います。

宮田　私は、人の感情が丁寧に書き込まれた小説が好きです。昔から読み続けている作家さんは、江國香織(えくにかおり)さんと千早茜(ちはやあかね)さん。女性の描く女性の方が、自分の感覚や感情に近いような気がするんです。私、自分の感情を疑っちゃうんですよ。例えば嬉しい時も、「これって本当に嬉しいという感情なのかな？」と。そういう時は、過去に読んだ小説で、登場人物が「嬉しい」と言葉にしていた感情のことを思い出すんです。それと照らし合わせて、「ああ、だったら私が感じているこれも、嬉しいという感情で当たっているんだな」と判断しているんですよね。

鯨井　興味深いです。自分を客観視しているんですね。

宮田　そうだと思います。感情には形も色もないし、他の人の「嬉しい」がどんなものなのかは、私には知ることができない。小説であれば、それが分かるんです。

鯨井　感情って、成長しながらどんどん増えていくって言うじゃないですか。でも、一定の年齢に達したら、それ以上は増えていかないような気がするんですよね。ある程度経験してしまうと、外からの単純な刺激ではもう自動的に新しい感情が発生するようなことはない。でも、自分から意識的に発見していったり、感情を育てていくことで変化させたりすることはきっとあるんじゃないかなと、今宮田さんの話を聞きながら思いました。その一助に私の小説がなれるんだとしたら、それはすごいことだぞ、と。

宮田　私も今、自分がこれまでずっと感じていたことが、初めて分かってもらえたような気がして感動しています！

――宮田さんは、短編小説を発表されていますよね（電子書籍『最低な出会い、最高の恋』収録の「羨望」）。自分で実際に書いてみたことで、小説の難しさや面白さについて改めて気づいた部分もあったのではないですか。

宮田　あれは私にとって初めて書いた小説だったんですが、編集者の方から「恋愛」というテーマをいただいて、主人公になりきるみたいな感じで書いていったんです。その時はそれで大丈夫だったんですが、長編小説であれば登場人物がたくさん出てくるじゃないですか。キャラクターたちの性格であるとかそれぞれの感情を、どういうふうに描き分けるのかがすごく気になります。

鯨井　私は主人公や他の登場人物に、自分をシンクロさせていく書き方はしないんですね。登場人物たちの性格などをざっくり決めたうえで、私はその人たちに仕掛けをする側なんです。私の仕掛けに反応して勝手に登場人物が笑ったり怒ったり泣いたりするのを見て、オッケーを出していく。舞台の演出家みたいな感じかもしれません。そのほうが、書いていて自分もびっくりするので、楽しいんです。気をつけているのは、登場人物たちの感情が不連続にならないようにすること。悲しい状態から嬉しい気持ちに変わる時も、突然ぽんと飛ぶわけじゃなくて、その間にいろいろな感情が蠢（うごめ）いている。そこはちゃんと書かなければ、と思っていますね。

書くことに、制限なんてない。憧れに恥じないようなものを

――ところで『アイアムマイヒーロー！』の主人公は、感情的にどん底の状態からスタートしますが、これは……。

鯨井　自分の中で一番書きたい、一番盛り上がる場面に行き着くためには、主人公はどういう状態からスタートさせればいいんだろうと考えていったら、自然とこうなっちゃったんです。自分でも、彼に悪いことをしたなという思いはあります（笑）。

宮田　私も最初は、「何があったらそんなにどん底に……」って気持ちになりました（笑）。でも、読んでいくうちに分かったのは、何かがあったからではなくて、何もなかったからなんですよね。きっと何かがあれば、原因が分かっていればそれを解決しようとすることはできるんだけれども、そういうものが何もないからこそ迷子になってしまっている。

鯨井　そうかもしれない、と今お話を伺いながら気づきました（笑）。

宮田　「幸せになってくれ！」とずっと願っていました。クラス委員長の凜ちゃんに対してもそうで、彼女は「助けて」って人に言えない子じゃないですか。私自身、最近は言えるようになってきたんですが、何か苦しいことがあっても周りに言えないタイプだったんです。凜ちゃんの一人で全部抱えてしまう気持ちが、私には分かるよ、「幸せになってくれ！」と。

鯨井　深いところまで読んでくださってありがとうございます。人の苦労や葛藤は、他の人には見えないんですよね。特に、子供時代の主人公の目線からしたら、彼女のことは「なんでもかんでもずけずけ言う、しっかり者」にしか見えない。でも、一応大人になった主人公の目線であれば、彼女の弱い部分や頑張っている部分が見えるんです。凜ちゃんにまつわるいろいろな描写は、このお話だからこそ書ける、絶対に書きたいと思っていたところでした。

宮田　凜ちゃんを通して過去の自分を思い出しただけではなくて、あの時クラスメイトのあの子を、さりげなくフォローできたらよかったのに……みたいなことも考えました。もちろん過去は変えられないんですが、他の人と会う時の、これからの気持ちは変えられる。鯨井さんの小説を読むと、優しくなれる気がするんです。

鯨井　受け取り方って、その人次第だと思うんです。私の小説を読んで優しくなれる人はきっと、もともと優しい、優しさが何か考えている人なんだと思います。

――そろそろ終了の時間が来てしまいました。鯨井さんと話をしてみて、宮田さんもまた小説を書いてみたくなったんじゃないですか？

宮田　はい。アイドルとして活動していくうえで、表現しきれないこともあるじゃないですか。でも、小説の中だったらそれが自由にできるかもしれない。それを言葉にして物語の中に残しておけば、ずっと未来で誰かが読んで、何か伝わるかもしれないじゃないですか。それって本当に素敵なことだなと思うんです。

鯨井　私はまだデビューして一年なのでおこがましいんですが、いっぱい書いてほしいです。書くことに、制限なんて何もないですから。それに、楽しいですよね、書くことって。

宮田　……今、奇跡みたいなことが起こっているなと思いました。好きな小説を書いた方とお話ができて、しかも憧れているその方から、書くことに背中を押していただけて。今日は本当にありがとうございました。

鯨井　私こそ！　憧れに恥じないようなものを、これからも書いていきたいと思います。

（二〇二一年八月号「小説現代」より）

本書は二〇二一年八月、講談社より刊行された単行本に加筆・修正を加えたものです。

|著者|鯨井あめ　1998年生まれ。兵庫県豊岡市出身。兵庫県在住、大学院在学中。2015年より小説サイトに短編・長編の投稿を開始。'17年に『文学フリマ短編小説賞』優秀賞を受賞。'20年、第14回小説現代長編新人賞受賞作『晴れ、時々くらげを呼ぶ』でデビュー。本作は二作目の長編小説。他の著書に短編集『きらめきを落としても』がある。

アイアムマイヒーロー！

鯨井(くじらい)あめ

講談社文庫

定価はカバーに表示してあります

2023年6月15日第1刷発行

発行者――鈴木章一

発行所――株式会社　講談社

東京都文京区音羽2-12-21　〒112-8001

電話　出版（03）5395-3510

販売（03）5395-5817

業務（03）5395-3615

Printed in Japan

デザイン―菊地信義

本文データ制作―講談社デジタル製作

印刷―――株式会社KPSプロダクツ

製本―――株式会社国宝社

ISBN978-4-06-531917-8

講談社文芸文庫

加藤典洋
小説の未来
解説＝竹田青嗣　年譜＝著者・編集部

川上弘美、大江健三郎、高橋源一郎、阿部和重、町田康、金井美恵子、吉本ばなな……現代文学の意義と新しさと面白さを読み解いた、本格的で斬新な文芸評論集。

かP7
978-4-06-531960-4

李良枝
石の聲　完全版
解説＝李　栄　年譜＝編集部

三十七歳で急逝した芥川賞作家の未完の大作「石の聲」（一～三章）に編集者への手紙、実妹の回想他を併録する。没後三十余年を経て再注目を浴びる、文学の精華。

い－3
978-4-06-531743-3

木内一裕　水の中の犬
木内一裕　アウト＆アウト
木内一裕　キッド
木内一裕　デッドボール
木内一裕　神様の贈り物
木内一裕　喧嘩猿
木内一裕　バードドッグ
木内一裕　不愉快犯
木内一裕　嘘ですけど、なにか？
木内一裕　ドッグレース
木内一裕　飛べないカラス
木内一裕　小麦の法廷
北山猛邦　『クロック城』殺人事件
北山猛邦　『アリス・ミラー城』殺人事件
北山猛邦　私たちが星座を盗んだ理由
北山猛邦　さかさま少女のためのピアノソナタ
北　康利　白洲次郎　占領を背負った男　(上)(下)
貴志祐介　新世界より(上)(中)(下)
岸本佐知子 編訳　変愛小説集
岸本佐知子 編　変愛小説集　日本作家編
木原浩勝　文庫版 現世怪談(一)　主人の帰り
木原浩勝　文庫版 現世怪談(二)　白刃の盾
木原浩勝　増補改訂版 もう一つの「バルス」〈宮崎駿と『天空の城ラピュタ』の時代〉
喜国雅彦・国樹由香　メフィストの漫画
喜国雅彦・国樹由香　本格力〈本棚探偵のミステリ・ブックガイド〉
清武英利　石つぶて〈警視庁　二課刑事の残したもの〉
清武英利　しんがり〈山一證券　最後の12人〉
清武英利　トッカイ〈不良債権特別回収部〉
喜多喜久　ビギナーズ・ラボ
岸見一郎　哲学人生問答
木下昌輝　つわもの
黒岩重吾　新装版 古代史への旅
栗本　薫　新装版 ぼくらの時代
黒柳徹子　窓ぎわのトットちゃん 新組版
倉知　淳　新装版 星降り山荘の殺人
熊谷達也　浜の甚兵衛
倉阪鬼一郎　八丁堀の忍
倉阪鬼一郎　八丁堀の忍(二)〈大川端の死闘〉
倉阪鬼一郎　八丁堀の忍(三)〈遥かなる故郷〉
倉阪鬼一郎　八丁堀の忍(四)〈隻腕の抜け忍〉
倉阪鬼一郎　八丁堀の忍(五)〈討伐隊、動く〉
倉阪鬼一郎　八丁堀の忍(六)〈死闘、裏伊賀〉
黒田研二　神様の思惑
黒木　渚　壁の鹿
黒木　渚　本性
黒木　渚　檸檬の棘
久坂部羊　祝葬
黒澤いづみ　人間に向いてない
久賀理世　奇譚蒐集家　小泉八雲〈白衣の女〉
久賀理世　奇譚蒐集家　小泉八雲〈終わりなき夜に〉
雲居るい　破蕾
鯨井あめ　晴れ、時々くらげを呼ぶ
決戦！シリーズ　決戦！関ヶ原
決戦！シリーズ　決戦！大坂城
決戦！シリーズ　決戦！本能寺
決戦！シリーズ　決戦！川中島
決戦！シリーズ　決戦！桶狭間

講談社文庫　目録

島田荘司 〈改訂完全版〉異邦の騎士
島田荘司 御手洗潔のメロディ
島田荘司 Pの密室
島田荘司 ネジ式ザゼツキー
島田荘司 都市のトパーズ2007
島田荘司 21世紀本格宣言
島田荘司 帝都衛星軌道
島田荘司 UFO大通り
島田荘司 リベルタスの寓話
島田荘司 透明人間の納屋
島田荘司 〈改訂完全版〉占星術殺人事件
島田荘司 〈改訂完全版〉斜め屋敷の犯罪
島田荘司 星籠の海(上)(下)
島田荘司 屋上
島田荘司 名探偵傑作短篇集 御手洗潔篇
島田荘司 〈改訂完全版〉火刑都市
島田荘司 〈改訂完全版〉暗闇坂の人喰いの木
清水義範 蕎麦ときしめん
清水義範 国語入試問題必勝法〈新装版〉

椎名誠 にっぽん・海風魚旅〈怪し火さすらい編〉
椎名誠 〈にっぽん・海風魚旅4〉大漁旗ぶるぶる乱風編
椎名誠 〈にっぽん・海風魚旅5〉南シナ海ドラゴン編
椎名誠 風のまつり
椎名誠 ナマコ
椎名誠 埠頭三角暗闇市場
真保裕一 取引
真保裕一 震源
真保裕一 盗聴
真保裕一 朽ちた樹々の枝の下で
真保裕一 奪取(上)(下)
真保裕一 防壁
真保裕一 密告
真保裕一 黄金の島(上)(下)
真保裕一 発火点
真保裕一 夢の工房
真保裕一 灰色の北壁
真保裕一 覇王の番人(上)(下)
真保裕一 デパートへ行こう!

真保裕一 アマルフィ〈外交官シリーズ〉
真保裕一 天使の報酬〈外交官シリーズ〉
真保裕一 アンダルシア〈外交官シリーズ〉
真保裕一 ダイスをころがせ!(上)(下)
真保裕一 天魔ゆく空(上)(下)
真保裕一 ローカル線で行こう!
真保裕一 遊園地に行こう!
真保裕一 オリンピックへ行こう!
真保裕一 連鎖〈新装版〉
真保裕一 暗闇のアリア
篠田節子 弥勒
篠田節子 転生
篠田節子 竜と流木
重松清 定年ゴジラ
重松清 半パン・デイズ
重松清 流星ワゴン
重松清 ニッポンの単身赴任
重松清 愛妻日記
重松清 青春夜明け前

講談社文庫　目録

重松　清　カシオペアの丘で(上)(下)
重松　清　永遠を旅する者〈ロストオデッセイ　千年の夢〉
重松　清　かあちゃん
重松　清　十字架
重松　清　峠うどん物語(上)(下)
重松　清　希望ヶ丘の人びと(上)(下)
重松　清　赤ヘル1975
重松　清　なぎさの媚薬(上)(下)
重松　清　さすらい猫ノアの伝説
重松　清　ルビィ
重松　清　どんまい
重松　清　旧友再会
新野剛志　美しい家
新野剛志　明日の色
殊能将之　ハサミ男
殊能将之　鏡の中は日曜日
殊能将之　殊能将之 未発表短篇集
首藤瓜於　事故係生稲昇太の多感
首藤瓜於　脳男 新装版

島本理生　シルエット
島本理生　リトル・バイ・リトル
島本理生　生まれる森
島本理生　七緒のために
島本理生　夜はおしまい
小路幸也　高く遠く空へ歌ううた
小路幸也　空へ向かう花
小路幸也 原案 山田洋次 平松恵美子　家族はつらいよ
原作・脚本 山田洋次 小路幸也 脚本 平松恵美子　家族はつらいよ2
島田律子　私はもう逃げない〈自閉症の弟から教えられたこと〉
辛酸なめ子　女修行
柴崎友香　ドリーマーズ
柴崎友香　パノララ
翔田　寛　誘拐児
白石一文　この胸に深々と突き刺さる矢を抜け(上)(下)
小説現代編 石田衣良他著　10分間の官能小説集
小説現代編 勝目梓他著　10分間の官能小説集2
小説現代編 乾くるみ他著　10分間の官能小説集3
柴村　仁　プシュケの涙

塩田武士　盤上のアルファ
塩田武士　盤上に散る
塩田武士　女神のタクト
塩田武士　ともにがんばりましょう
塩田武士　罪の声
塩田武士　氷の仮面
塩田武士　歪んだ波紋
芝村凉也　孤闘の寂〈素浪人半四郎百鬼夜行(六)〉
芝村凉也　追憶の翰〈素浪人半四郎百鬼夜行(拾遺)〉
真藤順丈　畦と銃
真藤順丈　宝島(上)(下)
柴崎竜人　三軒茶屋星座館1〈冬のオリオン〉
柴崎竜人　三軒茶屋星座館2〈夏のキグナス〉
柴崎竜人　三軒茶屋星座館3〈春のカリスト〉
柴崎竜人　三軒茶屋星座館4〈秋のアンドロメダ〉
周木　律　眼球堂の殺人〈～The Book～〉
周木　律　双孔堂の殺人〈～Double Torus～〉
周木　律　五覚堂の殺人〈～Burning Ship～〉
周木　律　伽藍堂の殺人〈～Banach-Tarski Paradox～〉

講談社文庫　目録

周木　律　教会堂の殺人〈～Game Theory～〉
周木　律　鏡面堂の殺人〈～Theory of Relativity～〉
周木　律　大聖堂の殺人〈～The Books～〉
下村敦史　闇に香る嘘
下村敦史　生還者
下村敦史　叛徒
下村敦史　失踪者
下村敦史　緑の窓口〈樹木トラブル解決します〉
九把刀　阿井幸作／泉京鹿 訳　あの頃、君を追いかけた
神護かずみ　ノワールをまとう女
四戸俊成　芹沢政信　神在月のこども
篠原悠希　霊獣紀〈獲麟の書（上）〉
篠原悠希　霊獣紀〈獲麟の書（下）〉
篠原悠希　霊獣紀〈蛟龍の書（上）〉
篠原悠希　霊獣紀〈蛟龍の書（下）〉
篠原美季　古都妖異譚〈玉手箱～シール オブ ザ ゴッデス～〉
潮谷　験　スイッチ〈悪意の実験〉
潮谷　験　時空犯
杉本苑子　孤愁の岸（上）（下）

鈴木光司　神々のプロムナード
鈴木英治　大江戸監察医
杉本章子　お狂言師歌吉うきよ暦
杉本章子　大奥二人道成寺〈お狂言師歌吉うきよ暦〉
諏訪哲史　アサッテの人
菅野雪虫　天山の巫女ソニン(1)　黄金の燕
菅野雪虫　天山の巫女ソニン(2)　海の孔雀
菅野雪虫　天山の巫女ソニン(3)　朱鳥の星
菅野雪虫　天山の巫女ソニン(4)　夢の白鷺
菅野雪虫　天山の巫女ソニン(5)　大地の翼
菅野雪虫　天山の巫女ソニン　巨山外伝〈予言の娘〉
菅野雪虫　天山の巫女ソニン　江南外伝〈海竜の子〉
鈴木みき　日帰り登山のススメ〈あした、山へ行こう！〉
砂原浩太朗　いのちがけ〈加賀百万石の礎〉
ラトナ・サリ・デヴィ・スカルノ　選ばれる女におなりなさい〈デヴィ夫人の婚活論〉
瀬戸内寂聴　新寂庵説法　愛なくば
瀬戸内寂聴　人が好き［私の履歴書］
瀬戸内寂聴　白道
瀬戸内寂聴　寂聴相談室　人生道しるべ

瀬戸内寂聴　瀬戸内寂聴の源氏物語
瀬戸内寂聴　愛する能力
瀬戸内寂聴　藤壺
瀬戸内寂聴　生きることは愛すること
瀬戸内寂聴　寂聴と読む源氏物語
瀬戸内寂聴　月の輪草子
瀬戸内寂聴　新装版　寂庵説法
瀬戸内寂聴　死に支度
瀬戸内寂聴　新装版　蜜と毒
瀬戸内寂聴　新装版　花怨
瀬戸内寂聴　新装版　祇園女御（上）（下）
瀬戸内寂聴　新装版　かの子撩乱
瀬戸内寂聴　新装版　京まんだら（上）（下）
瀬戸内寂聴　いのち
瀬戸内寂聴　花のいのち
瀬戸内寂聴　ブルーダイヤモンド〈新装版〉
瀬戸内寂聴　97歳の悩み相談
瀬戸内寂聴　すらすら読める源氏物語（上）（中）（下）
瀬戸内寂聴・訳　源氏物語　巻一

講談社文庫 目録

瀬戸内寂聴・訳 源氏物語 巻二
瀬戸内寂聴・訳 源氏物語 巻三
瀬戸内寂聴・訳 源氏物語 巻四
瀬戸内寂聴・訳 源氏物語 巻五
瀬戸内寂聴・訳 源氏物語 巻六
瀬戸内寂聴・訳 源氏物語 巻七
瀬戸内寂聴・訳 源氏物語 巻八
瀬戸内寂聴・訳 源氏物語 巻九
瀬戸内寂聴・訳 源氏物語 巻十
先崎 学 先崎学の実況! 盤外戦
妹尾河童 少年H (上)(下)
瀬尾まいこ 幸福な食卓
関原健夫 がん六回 人生全快
瀬川晶司 泣き虫しょったんの奇跡 完全版〈サラリーマンから将棋のプロへ〉
仙川 環 幸福の劇薬〈医者探偵・宇賀神晃〉
仙川 環 偽装診療〈医者探偵・宇賀神晃〉
瀬木比呂志 黒い巨塔〈最高裁判所〉
瀬那和章 今日も君は、約束の旅に出る
蘇部健一 六枚のとんかつ

蘇部健一 六とん2
蘇部健一 届かぬ想い
曽根圭介 沈底魚
曽根圭介 藁にもすがる獣たち
田辺聖子 ひねくれ一茶
田辺聖子 愛の幻滅 (上)(下)
田辺聖子 うたかた
田辺聖子 春情蛸の足
田辺聖子 蝶花嬉遊図
田辺聖子 言い寄る
田辺聖子 私的生活
田辺聖子 苺をつぶしながら
田辺聖子 不機嫌な恋人
田辺聖子 女の日時計
谷川俊太郎 訳 和田 誠 絵 マザー・グース 全四冊
立花 隆 中核VS革マル (上)(下)
立花 隆 日本共産党の研究 全三冊
立花 隆 青春漂流
高杉 良 労働貴族

高杉 良 広報室沈黙す (上)(下)
高杉 良 炎の経営者 (上)(下)
高杉 良 小説 日本興業銀行 全五冊
高杉 良 社長の器
高杉 良 その人事に異議あり〈女性広報主任のジレンマ〉
高杉 良 人事権!
高杉 良 小説消費者金融〈クレジット社会の罠〉
高杉 良 小説 新巨大証券 (上)(下)
高杉 良 局長罷免 小説通産省
高杉 良 首魁の宴〈政官財腐敗の構図〉
高杉 良 指名解雇
高杉 良 燃ゆるとき
高杉 良 銀行大合併〈短編小説全集(上)〉
高杉 良 エリートの反乱〈短編小説全集(中)〉
高杉 良 金融腐蝕列島 (上)(下)
高杉 良 勇気凜々
高杉 良 混沌 新・金融腐蝕列島 (上)(下)
高杉 良 小説 会社再建

講談社文庫　目録

高杉　良　新装版　懲戒解雇
高杉　良　新装版　大逆転！〈小説　三菱・第一銀行合併事件〉
高杉　良　新装版　バンダルの塔
高杉　良　第四権力〈巨大メディアの罪〉
高杉　良　巨大外資銀行
高杉　良　最強の経営者〈アサヒビールを再生させた男〉
高杉　良　リベンジ〈巨大外資銀行〉
高杉　良　新装版　会社蘇生
竹本健治　新装版　匣の中の失楽
竹本健治　囲碁殺人事件
竹本健治　将棋殺人事件
竹本健治　トランプ殺人事件
竹本健治　狂い壁　狂い窓
竹本健治　涙香迷宮
竹本健治　新装版　ウロボロスの偽書(上)(下)
竹本健治　ウロボロスの基礎論(上)(下)
竹本健治　ウロボロスの純正音律(上)(下)
高橋源一郎　日本文学盛衰史
高橋源一郎　5と3/4時間目の授業

高橋克彦　写楽殺人事件
高橋克彦　総門谷
高橋克彦　炎立つ　壱　北の埋み火
高橋克彦　炎立つ　弐　燃える北天
高橋克彦　炎立つ　参　空への炎
高橋克彦　炎立つ　四　冥き稲妻
高橋克彦　炎立つ　伍　光彩楽土〈全五巻〉
高橋克彦　火怨〈北の燿星アテルイ〉(上)(下)
高橋克彦　水壁〈アテルイを継ぐ男〉
高橋克彦　天を衝く(1)～(3)
高橋克彦　風の陣　一　立志篇
高橋克彦　風の陣　二　大望篇
高橋克彦　風の陣　三　天命篇
高橋克彦　風の陣　四　風雲篇
高橋克彦　風の陣　五　裂心篇
髙樹のぶ子　オライオン飛行
田中芳樹　創竜伝1〈超能力四兄弟〉
田中芳樹　創竜伝2〈摩天楼の四兄弟〉
田中芳樹　創竜伝3〈逆襲の四兄弟〉

田中芳樹　創竜伝4〈四兄弟脱出行〉
田中芳樹　創竜伝5〈蜃気楼都市〉
田中芳樹　創竜伝6〈染血の夢〉
田中芳樹　創竜伝7〈黄土のドラゴン〉
田中芳樹　創竜伝8〈仙境のドラゴン〉
田中芳樹　創竜伝9〈妖世紀のドラゴン〉
田中芳樹　創竜伝10〈大英帝国最後の日〉
田中芳樹　創竜伝11〈銀月王伝奇〉
田中芳樹　創竜伝12〈竜王風雲録〉
田中芳樹　創竜伝13〈噴火列島〉
田中芳樹　創竜伝14〈月への門〉
田中芳樹　魔天楼〈薬師寺涼子の怪奇事件簿〉
田中芳樹　東京ナイトメア〈薬師寺涼子の怪奇事件簿〉
田中芳樹　巴里・妖都変〈薬師寺涼子の怪奇事件簿〉
田中芳樹　クレオパトラの葬送〈薬師寺涼子の怪奇事件簿〉
田中芳樹　黒蜘蛛島〈薬師寺涼子の怪奇事件簿〉
田中芳樹　夜光曲〈薬師寺涼子の怪奇事件簿〉
田中芳樹　魔境の女王陛下〈薬師寺涼子の怪奇事件簿〉
田中芳樹　海から何かがやってくる〈薬師寺涼子の怪奇事件簿〉

講談社文庫　目録

田中芳樹　白魔（びゃくま）のクリスマス〈薬師寺涼子の怪奇事件簿〉
田中芳樹　タイタニア1〈疾風篇〉
田中芳樹　タイタニア2〈暴風篇〉
田中芳樹　タイタニア3〈旋風篇〉
田中芳樹　タイタニア4〈烈風篇〉
田中芳樹　タイタニア5〈凄風篇〉
田中芳樹　ラインの虜囚
田中芳樹　新・水滸後伝(上)(下)
田中芳樹／幸田露伴 原作　運命〈二人の皇帝〉
田中芳樹／土屋守　「イギリス病」のすすめ
田中芳樹 文／皇名月 画　中国帝王図
田中芳樹／赤城毅　中欧怪奇紀行
田中芳樹編訳　岳飛伝(一)〈青雲篇〉
田中芳樹編訳　岳飛伝(二)〈烽火篇〉
田中芳樹編訳　岳飛伝(三)〈風塵篇〉
田中芳樹編訳　岳飛伝(四)〈悲曲篇〉
田中芳樹編訳　岳飛伝(五)〈凱歌篇〉
高田文夫　TOKYO芸能帖〈1981年のビートたけし〉
高村薫　李歐（りおう）

高村薫　マークスの山(上)(下)
高村薫　照柿(上)(下)
多和田葉子　犬婿入り
多和田葉子　尼僧とキューピッドの弓
多和田葉子　献灯使
多和田葉子　地球にちりばめられて
高田崇史　QED〈百人一首の呪〉
高田崇史　QED〈六歌仙の暗号〉
高田崇史　QED〈ベイカー街の問題〉
高田崇史　QED〈東照宮の怨〉
高田崇史　QED〈式の密室〉
高田崇史　QED〈竹取伝説〉
高田崇史　QED〈龍馬暗殺〉
高田崇史　QED ～ventus～〈鎌倉の闇〉
高田崇史　QED〈鬼の城伝説〉
高田崇史　QED ～ventus～〈熊野の残照〉
高田崇史　QED〈神器封殺〉
高田崇史　QED ～ventus～〈御霊将門〉
高田崇史　QED ～flumen～〈九段坂の春〉

高田崇史　QED〈諏訪の神霊〉
高田崇史　QED〈出雲神伝説〉
高田崇史　QED〈伊勢の曙光（あけぼの）〉
高田崇史　QED ～flumen～〈ホームズの真実〉
高田崇史　毒草師〈QED Another Story〉
高田崇史　QED ～flumen～〈月夜見〉
高田崇史　QED ～ortus～〈白山の頻闇〉
高田崇史　QED〈憂曇華（うどんげ）の時〉
高田崇史　試験に出るパズル〈千葉千波の事件日記〉
高田崇史　試験に敗けない密室〈千葉千波の事件日記〉
高田崇史　試験に出ないパズル〈千葉千波の事件日記〉
高田崇史　パズル自由自在〈千葉千波の事件日記〉
高田崇史　麿の酩酊事件簿〈花に舞〉
高田崇史　麿の酩酊事件簿〈月に酔〉
高田崇史　クリスマス緊急指令〈～きよしこの夜、事件は起こる!～〉
高田崇史　カンナ　飛鳥の光臨
高田崇史　カンナ　天草の神兵
高田崇史　カンナ　吉野の暗闘
高田崇史　カンナ　奥州の覇者

2023年3月15日現在